# 風狂のひと
# 辻潤

尺八と
宇宙の音と
ダダの海

高野澄

Liberal Arts
Publishing
House

人文書館

カバー装画
高山ケンタ「守り神」
油彩・カンヴァスボード・180×140mm／2005年

扉イラスト
辻 まこと
「ダダイスト 辻潤 書画集」
（『虚無思想研究』編集委員会）より

『或る詩人の像』(辻潤像)
林 倭衛(春陽會第十回展覧會作品)
[郵便はか《ママ》き　POST CARD](原版拡大)　[林 聖子氏提供]

# 風狂のひと 辻潤

尺八と宇宙の音とダダの海

## まえがき「いま、辻潤を語る」

イヤな世である。むかしも、いまも、世とはイヤなものだ。

おおきな、黒い網の袋が天から落ちて降ってきて、ぼくたちをひっ括《くく》ろうとしている。

どうするか、二本の途の選択。正義の途を邁進して、粉砕されるか、それとも、からだをミジンコのサイズにまで縮めて網の目から逃れるか。

辻潤は後者の途を後退した。いまも、むかしも、〈卑怯者の途〉とよばれる途だ。おれは降参党である、弱者であって絶望者でもあると宣言した。世にたいして、ひとつだけ注文をつけた。「すべてのひとが食えるようにしてくれ。ならば、文句はいわない」と。

知人友人、読者にたいしてはあれこれと注文をつけたが、要すれば一個である。「あんたはあんたの人生を享楽してくれ。それがあんたの義務なんだ」と。

人生享楽には精神と肉体の訓練が必須である。肉体のほうはともかく、精神の訓練のために、潤はいつでも書物を読んで、いつでも思索していた。

網の目から逃れ、ミジンコの心境を満喫するには、読書と思索がいちばん有効だ。

目次

序章

# 人生享楽――あいつらの手は借りないぜ！

## 道頓堀に立ちすくむ

大阪でもっともにぎわう街、ミナミの道頓堀。愉快で陽気で、騒音と埃が自慢といった顔の街だ。だが、この日――大正十二年(一九二三)九月の下旬――は、いつもとは様子がちがう。九月一日の関東大震災の報道が道頓堀をゆくひとから陽気をうばった。報道につづいて、身ひとつで騒乱からのがれてきたひとの群がある。避難者をむかえた大阪のひとの表情にも不安と混乱の色が濃厚になる。

この日、大阪の新聞社は号外を発行した。道頓堀をゆくひとはわれさきにあらそって号外を手にした。大地震のあと、東京に戒厳令が布かれたのはわかっている。大震災、そして戒厳令とつづけば、事態は容易ならざるものであり、容易ならざる事態の発生を号外が急報しているにちがいない。

号外は、大杉栄(一八八五―一九二三)と伊藤野枝(一八九五―一九二三)が憲兵隊によって虐殺された、とつたえた。

大杉栄はアナキズム(無政府主義)運動の指導者として有名である。アナキズムは共産主義よりもなおいっそう過激な反体制の政治思想として、この時期の日本の、ひろい社会で知られていた。大杉は民衆の英雄といってまちがいない。賃金労働者の多い大阪で、アナキズム運動も指導者の大杉も、東京に劣らぬ共感と支持をあつめていた。

――まさか。あの、大杉が！

激しい驚愕と不安で歪んだ顔が、そこかしこにみえる。

夕方ちかく、道頓堀を通りかかった中年の男が号外を手にして、目を通した。はげしいショックに耐えられなかったのだろう、一瞬、立ちすくんだ。そのあと、どうしたか――かれ自身の回想によれば、

「夕方道頓堀を歩いている時に、僕は初めてアノ号外を見た。地震とは全然異なった強いショックが僕の脳裡をかすめて走った。それから僕は何気ない顔つきをして俗謡のある一節を口吟《くちずさ》みながら朦朧とした意識に包まれて夕闇の中を歩き続けていた」（「ふもれすく」）

夕暮れの道頓堀に立ちすくみ、一瞬のあと、何気ない顔つきで俗謡を口ずさみながら歩きつづけた中年の男、その名を辻潤（明治十七―昭和十九年、一八八四―一九四四）という。

辻潤は神奈川県の川崎に住んでいて、住まいが地震にやられた。十日ほどは野外で暮らしていたが、妻（小島きよ）が妊娠している、清潔な住まいを確保できない川崎で出産するのは危険である。妻の実家のある広島をめざし、ふたりで川崎を出た。途中から妻を先行させ、夫の潤は大阪にしばらく滞在し、広島で合流するこ

とになっていた。

憲兵隊に殺された伊藤野枝は辻潤の前妻であった。ふたりは明治四十五年（一九一二）から東京で同棲生活をはじめ、大正四年（一九一五）に結婚届けを出して夫婦になった。一（まこと）、流二の二子がいる。

野枝は女性解放運動の理論家、活動家である。平塚らいてう（一八八六—一九七一）が主宰する雑誌「青鞜」の編集を手つだうかたわら、ヨーロッパの女性解放運動家の著作を翻訳、出版していた。夫の潤は大正三年（一九一四）にチェザーレ・ロンブオゾオ『天才論』を翻訳し、出版した。これは版をかさね、ベスト・セラーになった。著述家としては夫の潤が有名だが、アクティブなのは妻の野枝である。

ふたりのまえに、大杉栄があらわれた。大杉と野枝は意気投合し、やがて野枝は潤とふたりの子をすてて大杉のもとへ走った。大正五年（一九一六）のことである。

それからあしかけ八年、東京は大震災に襲われ、戒厳令が布かれ、憲兵隊に身柄を拘束された大杉と野枝、大杉の甥の橘宗一が虐殺された。虐殺をつたえる号外を、辻潤は大阪の道頓堀で読んだ。

## 〈評伝・辻潤〉のこころみ

かれの生涯を一冊の書——評伝——にまとめようと計画して、ながい時がすぎた。一冊の書の柱に立てられる言葉をさがして、なかなかみつからなかった。

いま、ようやく、柱に立てられる言葉をみつけた。それが「人生には目的がある。人生を享楽する、それが目的だ」である。この言葉を発見して、いま、ようやく〈評伝・辻潤〉を書きはじめられる。

かれは何度もなんども「人生を享楽せよ」と書いて読者に訴えた。人生享楽論を凝縮してまとめた「享楽の意義」というタイトルの短文を書いたこともある。いくつか、紹介しておこう。

「人生にもし目的があるとすれば、それはこの生を各自が出来るだけ享楽せよということ以外にはなにものもない」

「僕らは、たとえ如何に貧乏であろうとも、如何に苛酷な労役を余儀なくされていようとも、この世を熱愛して、生きている限り、少なくとも、如何なる状態におかれていようとも、一日として、この世を享楽しようとすることを忘れるものではない。あらゆる機会を捉えて、自分の欲望に忠実に、自分の力の範囲において、自分とこの世とを享楽しようとしているのである。

享楽ということを否定することは、この世を否定することである」

「享楽は決して、安価にして粗末であってはならない。真実この人生を享楽せんと欲する人々は、一日も自己の精神と肉体の洗練と訓育とを怠ってはならないのである」

かれの視野に、人生を享楽していない多数のひとの群がある。かれはそれを痛ましい光景とみる。自分は自分の人生を享楽しているという鮮明な認識があるから、「みなさん。このわたくしのように、あなたがたの人生を享楽しなければだめですよ」といってやりたい衝動に駆られ、書いた。

「享楽の意義」は大正十二年（一九二三）四月、雑誌「中央美術」第九巻第四号に掲載された。翌年、かれの第二エッセイ集『ですぺら』の一篇におさめられ、刊行された。辻潤は四十歳であった。タイトルの『ですぺら』は「DESEPERANZA―絶望」からきている。かれはこのような造語が好きだった。自分自身の独自の想いは、歴史や伝統にしばられた形式では表現できないとおもうからだ。

## 天啓の偶然

「享楽の意義」はかれの考え方の主柱、頂点にあたるエッセイだとぼくはかんがえる。潤は自分の考え方を体系的な哲学に仕上げようとはしなかった。その著作の一、二をぼくがとりあげ、主柱とか頂点とか評しても意味はない。かれ自身が迷惑におもうかもしれない。それを承知のうえで、あえて主柱、頂点と評するのは、「人生の目的は享楽のみ」といいきった勇気にあやかりたいからである。ここまで漕ぎつけた精神の奮闘に共感する者として、ぼくの名を登録したいからである。

「人生の目的は享楽のみ」といいきった、その半年あとに前の妻の伊藤野枝が虐殺された。重すぎる悲劇であった。妻をうばった大杉栄も、妻も、ともどもに命をうばわれた。

――きみは、なぜ、ぼくの妻をうばったのか？――大杉の答えはない。

——きみは、なぜ、ぼくから逃げたのか？——野枝の答えはない。

野枝も大杉も殺され、この世にはいない。そうであるかぎり、二個の生命をうばったちから——国家の権力というものに、潤はひとりで対峙することになる。もちろん、対峙する、しないの選択は潤の手のうちだ。

結果はどうであったかというと、潤は国家と対峙する途をえらんだ。対峙というと〈勇猛果敢〉〈死をおそれず〉などという勇ましい形容がうかぶが、潤と国家との対峙はむしろ弱々しい、前進よりは退却が目立つ、要するに弱者のそれであった。

弱者と国家との対峙は勝敗をあらそわず、勝利をめざさない。激しく熱い刹那の勝敗よりむしろ、執拗な執着である。突き刺すのではなく、ねばねばとまとわりつく。国家との対峙を意識して生き、十数年ほどすぎて、またしても潤は重くて強く、美しい言葉を吐く。

「あいつらに、殺されてはいかんな。殺され損だよ」

「ぼくは自分を自分で殺しても、やつらの手は借りないぜ」

「あいつら」または「やつら」——昭和十三年のころ、小田原に住む商業看板専門の画家、山内画乱洞に辻潤が語った言葉である。

戦後になって、「あいつら」「やつら」が語られたその場の雰囲気と言葉が画乱洞から詩人の高木護につたえられ、さらに、高木の著書『辻潤「個」に生きる』によって、二十一世紀に生きるわれらのまえにある。

明治四十四年(一九一一)、幸徳秋水ら十二名が天皇暗殺をくわだてた容疑で死刑判決をうけ、処刑された。大逆事件である。大逆事件について潤は画乱洞に語り、幸徳たちを殺したちからを「あいつら」と表現した。それから潤は伊藤野枝、大杉栄が虐殺された事件について語り、野枝や大杉を殺したちからを「やつら」と表現した。

幸徳や野枝や大杉を殺したちからを国家とか憲兵隊とかはいわず、「あいつら」「やつら」とした。擬人の文法を使いたかったからではない。抽象的に国家とか権力とかいっても、国家権力は最終的には人間個人の言行として現実化する、そのことに潤は気づいていた。気づいていたから、自分自身や読者に警告したかった。

——「あいつら」「やつら」といって毛嫌いし、警戒するわれらが、ほんのちょっとしたきっかけで「あいつら」「やつら」に変身してしまうかもしれないぞ!

「あいつら」「やつら」は暗号である。ああいう人間になってはだめだぞと、潤が自戒し、読者に警告する暗号なのだ。

さてそこで、もしも、伊藤野枝と大杉栄の虐殺が「享楽の意義」の発表以前であったと仮定すると、どういう事態になっていたか? 「あいつら」「やつら」を発見するどころか、潤は悲劇の重みに圧しつぶされ、すべてが終わっていたかもしれない。その可能性は強い。

だが、じっさいは逆であった。潤は虐殺の半年まえに「享楽の意義」を書いていた。享楽を妨害するちからの存在を見据える構えができていた。みずからは意識していなかったかもしれないが、「あいつら」「やつら」と対峙する方向に歩きだしていた。日暮れの道頓堀、「朦朧とした意識に包まれて歩きつづけた」というその歩みは「あいつら」「やつら」の発見にちかづく第一歩であった。

　復讐の歩みではない。人生の目的は享楽だと悟り、読者にも伝えたからには、享楽をさまたげるちからが存在する事実から目を逸らすわけにはいかない。

――あなたの人生の目的、すなわち、あなたの人生享楽を妨害するちからは存在しているのです。腹立たしく、口惜しいことですが、そのちからの存在を無視するわけにはいかないのです。そのちからが何であり、どこに、どういうかたちで存在しているのか、それを発見する旅にわたくしは出かけます。発見次第、すみやかにお知らせすることを約束します。

　こういって辻潤は歩きだした。

## 『唯一者とその所有』

　かれの主著はなにかといえば、マックス・スティルナーの原作を翻訳した『唯一者とその所有』である。翻訳書が主著だというのは奇態であるし、『浮浪漫語』『ですぺら』『絶望の書』『どうすればいいのか?』『癡人の独語』などのエッセイ集のうちの一冊を主著とする手がないわけでもない。

だが、辻潤の主著は『唯一者とその所有』でなくてはならぬ。それだけの理由がある。マックス・スティルナーがダダイストであり、『唯一者とその所有』がダダイズムの先駆的な宣言の書であり、辻潤みずからダダイスト宣言をした――からではない。『唯一者とその所有』を読み、翻訳しようと決意してからあとの潤の暮らしは、『唯一者とその所有』で展開される理論に肉付けするかたちのものであった。〈この書を正しく読むと、ぼくのようになるよ〉と語っていたようなものなのだ。だから『唯一者とその所有』は、辻潤の主著なのである。

『唯一者とその所有』の翻訳をはじめたのは大正四年（一九一五）である。大正九年（一九二〇）に、前半部が「人間篇」のサブタイトルをつけて出版された。あとになって潤は「僕はスチルネルを読んで初めて自分の態度がきまったのだ。ポーズが出来たわけだ」と語る。「人生の目的は人生享楽なり」という主張はマックス・スティルナーを読んだときから下地がつくられたといっていい。

だが、大阪の道頓堀で「アノ号外」を読まなかったなら、いいかえれば、伊藤野枝と大杉栄の虐殺がなければ、『唯一者とその所有』は訳業のひとつにすぎず、主著とはいえない事態になっていたはずだ。

スティルナーを読んだことできまった「自分の態度、ポーズ」は、やがて「人生の目的は享楽」という確固たる姿勢になった。この姿勢があったから、「アノ号外」に接したショックを肥やしにして生きつづけ、いまは亡き野枝と大杉に「僕は、たとえ自分を自分で殺すことはあっても、きみたちのような損な殺され方はしないよ」と告げることができた。「まあ、そちらから見物していてくれよ」と続く語があったかもしれない。

道頓堀における「アノ号外」との接触が辻潤の生涯の折り返し点であった。この点から過去にさかのぼるようにみえ、だが、すぐあとには、この点で颯爽とジャンプして、さっさと前に歩きだす。

## 脆弱なる享楽、確固たる享楽

いまから書かれるこの書は、潤が「アノ号外」を読んだ時と場を基点として、潤の思索と著述とともに、前後に行ったり来たりの書き方になるはずだ。

それにしても、「享楽」という言葉の使われ方は残酷をきわめている、ひどすぎる。「享楽」とは〈楽しみを享《う》ける〉というだけの意味しかなく、犯罪色濃厚な頽廃《たいはい》的な暮らしや思考とも、他人の楽しみをうばって我が物にする姿勢とも無縁である。それがどういうわけであるのか、潔癖一筋の正義派はもちろん、ふつうの程度の常識人でさえ、「享楽」の字をみれば顔を背けるべきだといった状況になってしまっている。

儒教の影響が強い東洋ならではの現象のようにみえるが、西洋でも事情は似たようなものらしい。エリザベス・フェラーズ作『その死者の名は』というミステリーに、こういう文章が出てくる。原題は「Give a Corpse a Bad Name」という。

「息子のシェリーは本当に乱暴な子でした。すぐにかっとなったり、はめをはずしたり、享楽的で、楽しむ

ことばかり考えていて」（中村有希訳　創元推理文庫）

原文（英語）を読んでいないから断定はできないものの、〈破壊された人格〉に等しい意味合いの語として「享楽」がつかわれているのはあきらかだ。

一歩をゆずって、「享楽」の語を本来の意味で使うひとは少なくないかもしれない。〈人生は楽しまなきゃ、だめだよ〉という人生論をもつひとも多数ではあろう。〈人生を享楽している〉とみえるひとが、身近にいる。そういうひとをみているのは楽しく、それ自体が〈我が人生享楽〉と感じられるときもある。

だが、そうであればこそ、なおさらに不安が生じる。強いちからに襲われたとき、そういうひとたちの人生享楽は維持、継続されるのだろうかと。

享楽している人生に襲いかかるちから——そのうち、最もありふれたものが国家権力だ。ありふれているだけに、強烈だ。国家というものは、国民が人生を享楽するのを歓迎しない。国民を抱きこみ、引きこみ、おさえこんで、人生享楽を悪だとする方向にひっぱってゆく。

脆弱な享楽と、確固たる享楽の差があらわれてくる。

趣味のレベルにとどまるのが脆弱なる享楽である。暮らしの習慣の次元におさまっているのが脆弱なる享楽である。〈享楽はケシカラン！〉と否定されても、命をうばわれるわけではないし、ゴルフはだめだ、魚釣に変えろと強制されるようなものだから、喪失感覚は生じないのである。つまり、痛くも痒くもない。

人生の目的としての享楽は確固たる享楽である。辻潤の享楽が確固たる享楽である。このタイプの享楽主義者は国家が一歩でも接近してくると、敏感に感じて、身構える。敏感な感覚と構えを可能にするもの、それは恐怖である。

## 国家恐怖・権力恐怖——確固たる享楽の必須条件

国家の性質を良くするのも悪くするのも国民の叡知と努力と献身の如何にかかっている。国民が叡知と努力と献身をかたむければ国家は良くなり、お返しとして国民は安全と幸福を支給される。国民が愚劣で怠惰であるならば国家は悪くなり、国民はお返しとして悪政や暴虐の犠牲を強いられる——こういう理屈が時代とともに嵩《こう》じてきている。近代国家は国民とともにあるという幻想がまかりとおっているから、事態はますます酷《ひど》くなる。

すべてが、頭から尻尾にいたるまで暴論である。

国民の賢愚や善悪が国家の良否、善悪と比例する——こんな馬鹿な理屈に騙されるのはよろしくない。あなた自身にとってはもちろん、他人の為にもならないからである。

いつの世にも、どこの地域でも、聡明で善意で献身的な国民が、そうではない国民の数よりも圧倒的に多数であった。あなた自身と友人、知人のことを考えてみれば納得がゆくはなしであるはずだ。

にもかかわらず、たった一個の国家が真・善・美をそなえて存在した日は一日としてなかったのである。

そういう惨状のなかで〈人生の目的は享楽のみなり〉と悟っても、じっさいに享楽するのは困難である。享楽しようと構えた国民があらわれれば、国家はすかさず感知して襲いかかり、手を替え、品を替えて籠絡にかかる。

——享楽が悪の同義語であるのを、ご存じないはずはない。

——自分ひとりが享楽すれば、他人の貧苦などは気にならない。それでもかまわぬというのですな。

——国民がそれぞれ勝手に享楽の途に走れば、国家や社会、世の中のまとまりは目茶滅茶になる。あなたは、人生享楽主義を最初に唱えたひととして責任をとらなければならない。

国家の籠絡をきりぬけるか、負けてしまうかの岐路は恐怖の有無にかかっている。

国家恐怖、権力恐怖の想いがあれば、国家の籠絡作戦を早めに察知して身構え、攻撃を逸《そ》らせて逃げられる。退路は長く、果てがない。逃げているあいだは国家の籠絡作戦に追いつかれることはない。退却は恰好が悪いという美意識をふまえた躊躇《ちゅうちょ》はありうるが、退路においてさえ、人生享楽はじゅうぶんに可能だ。

国家にたいする善意の献身、聡明な協力——これを否定するには勇気が要るが、いわなければならない、あなたの献身を妨害しないが、どうか、あなたの隣人や若い世代を引きこまないでいただきたい、と。

国家恐怖、権力恐怖、それが人生享楽を可能にする最低限の精神の下ごしらえなのだ。

## 先入観を去ってほしいとはいわないけれど――

辻潤にはいくつかの形容詞がつく。

ダダイスト――第一次大戦のなかごろ、ドイツやフランスで起こった芸術運動の一傾向をさしてダダイズム、略してダダといった。ダダの精神を好きなひとがダダイスト、またはダダである。既成の権威や習俗、道徳をすべて無意味として否定排斥し、自発性と偶然性とを尊重する。

なにものをも意味しない言葉としてダダの名称が使われたらしい。赤ん坊が最初に発する言葉ならぬ言葉が「ダダー」である、だからダダイズムになったのだという説もあり、これは辻潤の発明なのだという解釈もある。

マックス・スティルナーはダダの先駆者のひとりとされ――先駆とか後発というのはダダの世界ではなんの意味ももたないが――『唯一者とその所有』はダダ宣言の典型とされる。潤はこの書の訳者として当然ながらダダを自称し、世間からダダといわれるのを了承した。ただし、どんなことにも拘泥しないのがダダだから、潤にたいして「ダダとしてのあなたの見解を――」といった迫り方をするのは、かれにとって迷惑にちがいない。

ニヒリスト――虚無主義者と訳されることもある。既成の真理や道徳に客観的な存在理由はないというのがニヒリズムの根本である。ロシアの作家ツルゲーネフの『父と子』の主人公バザーロフがニヒリストと呼ばれたのが最初だとされる。

バザーロフの否定の対象は帝政ロシア政府の存在理由であったが、ヨーロッパではニーチェのアンチ・キリスト主義にとりいれられ、あらゆる権威を否定するのがニヒリズムだとされるようになった。

自由に生きるのを妨害するちからが多すぎる、とりあえずは、それらを否定してから始めようといった立場もニヒリズムだといっていいとおもわれ、辻潤はこれに近い。潤は大正十四年(一九二五)に友人の卜部哲次郎、荒川畔村とともに雑誌「虚無思想研究」を創刊し、「こんとら・ちくとら」というタイトルの、かなり長い評論を掲載した。その一節に「『虚無思想』を研究するということはどんなことをするのか、私にも実はよくわかっていないのだ」という文章がある。

ダダであって、ニヒリストでもある、それが辻潤だといえばおおまかながらも潤をとらえたことになる。だが、潤はダダとしてダダイズムの深奥を極めようとしたわけではない、ニヒリストの典型の人生像をもとめて生きたわけではない。形容詞を使うのは便利だが、便利ゆえに謂われのない当て込みをする危険がある。それだけは、ちからを尽くして避けなければならない。

ダダとかニヒリズムといった便利な形容詞から、ともかくもまず潤をひきはなす、それには柱となる言葉をみつけることだとぼくは自分にいいきかせ、「人生享楽」を発見した。

# 第1章

# 鳴想——音の記憶

## 浅草・蔵前

立派な茶人か風流人、暮らしのために稼がなくともすむ——世が世ならば、辻潤はこういう生涯をおくっていたはずだ。

それが、世が世でなくなったあおりをうけ、二十歳のとき——明治三十六年(一九〇三)——には小学校の助教員になっていた。いずれは助教員の「助」がとれ、正教員になる。格別に尊敬はされないが、といって、生徒の親からは「先生さま」と頼られる身分である。不平をいうと罰があたるが、本人は一時、立派な茶人か風流人になっているのを予想していただけに、失望ははげしい。

辻という家は幕臣であったらしい。ふるくからの幕臣ではなく、本業の札差《ふださし》の儲けで幕臣の株を買い、徳川の臣下の末端の身分を手に入れたのだろう。

徳川の臣下は、収入の様態を基準とすると二種類にわけられる。領地から上がる年貢で家計をまかなう知行取と、徳川の米蔵から米を現物支給してもらい、市場で換金して生計とする蔵米取である。知行取が高給、蔵米取は低給である。前者が旗本、後者が御家人に区別されるという解釈もあるが、旗本と御家人の定義は複雑であり、一概にはきめられない。

米の受給から市場への搬出、換金のすべての業務を蔵米取に委託されて代行する特権商人を札差といった。札差は徳川の米蔵のちかくに店をかまえている。その一帯を蔵前といい、札差の暮らしぶり、生活感覚を「蔵前ふう」といった。辻潤がなるはずだった立派な茶人、風流人というのもつまりは札差の生活スタイルなのである。

蔵米取は困窮する。二年も三年も先の蔵米を担保にして、札差からカネを融通してもらう。蔵米取は暮らしの根本を札差におさえられている。札差の儲けが莫大であったたしるしだ。

幕臣の株を買うぐらいでは、札差の金庫は底をつかない。徳川政権の倒壊、武士階級の消滅によって札差も消えたが、それでも辻家には相当の財産がのこっていた。少年の潤がちかい将来のおのれの姿として立派な茶人、風流人を予想していたのはこの財産があったからだ。

明治十七年（一八八四）、東京の浅草の向柳原町にあった祖父の隠居所で、潤は生まれた。いまでは台東区浅草橋四丁目のあたりである。辻家の本宅は台東区の蔵前にあったが、母親は向柳原の隠居所を産所として潤を産んだ。六次郎と美津の夫婦の長男が潤だ。潤のあとに弟の義郎、妹の恒が生まれた。

江戸から東京へもちこした財産がある。さきゆきを考えれば不安を感じざるをえないが、不安を感じるのがイヤだからさきゆきを考えない。これもまた苦を避け、楽につきたい人生の智慧にはちがいない。辻家と同様、さきゆきを深刻に考えない、その日暮らしを優先する元・札差が蔵前には多かった。そういう環境のなか、もしも辻家が明日の暮らしの不安におびえる様子をみせれば、家計をつましくして貯蓄をしなかった怠け者として、ご近所の非難をあびたかもしれない。

## 「鳴想」――音の世界のなかの自分

記憶をたどってゆくと、音につきあたる。それから先の記憶はない。

音に敏感な子供だったと潤はいう。昭和七年(一九三二)、四十九歳の年に書いた「自分と『音』の世界」という短文がある。四十四年ほどさかのぼって幼時を回想したものだ。

「幼年の自分はひどく病身で気むずかし屋だった。『音』と『味』とに対して特別に敏感だった。だから食物の好き嫌いがはげしかった。騒々しい音がきらいだった。サカリ場に行くことがきらいだった」

浅草の蔵前通りは静かだった。夜はいっそう静かになり、「鐘《かね》は上野か浅草か」の鐘が両方ともよくきこえた。ニコライ堂の鐘もきこえた。

そのつぎに忘れられないのは神楽《かぐら》囃子《ばやし》だ。神社の縁日には、かならずといっていいくらい、神楽殿でお神楽が演じられた。おさないころの最上の娯楽は縁日でお神楽を見物することだった。神楽の登場人物のなかではピエロ役の「馬鹿」が潤の贔屓《ひいき》役だった。どこの神社の神楽の「馬鹿」がいちばん上手であるかと、比較して論じることもあった。友達をあつめ、神楽遊びをしたのはもちろんだ。

ここで壁につきあたるのを、潤は悟る。

「いくら僕が『音』の世界の話をしてもそれが直接、読者のサウンドボックスに入って鳴らないと一向興味がないだろう。つまり自分と同じ年齢か、もしくはそれに近く、生まれも東京の下町の人だと一番いいのだ。聴いたことのある人ならすぐとそれを『鳴想』することが出来るからだ」

「鳴想」は潤の造語だ。わざわざ「生まれて初めて偶然いま使ってみたのである」と注釈をつけている。既成の熟語ではつたえられない想いがあるという心境を、「鳴想」を造語することで表現しようとした。その想いとは、なんであるか――絶望や焦燥、そして苦渋と抱き合わせの快感のはずだ。

自分と同じ年齢、東京の下町うまれのひとなら鳴想できるという。だが、この文章を書いている昭和七年の時点で、そういうひとは存在しないのを潤は知っている。四十数年まえに上野の鐘、浅草の鐘の音をきいたひとはいるが、その体験を懐かしむひとは、もはや皆無であるのを知っている。

音の記憶を懐かしまずに、では、なにをしているのか？

「一番賑やかで民衆的なのは江戸の夏祭りだった。祭りを好むのはわれわれの国民性だと思うが、それが『選挙騒ぎ』などに転化してしまってはまったく殺風景で、ダラク？　の極地だと、ちょっと義憤を漏らしておく」

潤の「音の世界」に鳴想できるはずのひとたちは、じつはいまは選挙騒ぎに熱中している。

——あんたとぼくは、むかし、あの神社の縁日の神楽囃子を楽しんだんですよ。おぼえていませんか？

誘導しても、かれらは反応しない。殺風景でダラクの極地の選挙騒ぎのほうが切実であるからだ。選挙騒ぎに音がないわけではないが、そんなものは懐かしみの対象にはならない。

それを知らぬかれら、知っている自分——絶望や焦燥、苦渋と抱き合わせの快感を潤は味わっている。

懐かしみの対象となるほどの音の世界、そこが潤の幼時の環境であった。

ひとりになり、目をつむれば音の記憶を懐かしむことができる。ひとりであること、目をつむること、どちらも人生の最初であり、最後であるが、潤は人生の節々の瞬間においてひとりになり、目をつむって音の世界の記憶を懐かしんだ。

ひとりになること、目をつむること、それが人生を享楽する潤の方法であった。

## 母の三味線と長唄

さきゆきの不安を考えず、今日の一日を歌ってやりすごす、その先頭に立っていたのは母の美津であった。

美津は会津藩の江戸詰め武士の娘だそうだ。辻家の養女になり、埼玉の農家の息子の六次郎を婿にとって潤や義郎、恒を産んだ。

父の赴任地の江戸で生まれたというから、美津の母はおそらく花街に身をおく女性であったろう。潤の、歌舞音曲への関心や興味は生まれそだった環境の恵みであった。

美津は辻家の養女となり、歌舞音曲へ身を入れるのは義務となった。歌舞音曲に興味も才能もなしに、札差の家付き娘の役目がつとまるものではない。

養父の四郎三――潤の祖父――は蔵前の風流人を絵にかいたようなひとであった。美津を養女としたのも、彼女の歌舞音曲の才と腕を見込んだからではないか。

美津は長唄を得意とし、三味線も弾いた。明治のはじめの蔵前の元・札差のおかみが三味線が弾けなくてははなしにならない。

母が弾く三味線をきき、母の唄う長唄をきいてそだった潤は向柳原の幼稚園へはいり、浅草の小学校にまなんだ。小学校入学は明治二十三年(一八九〇)、七歳、文部省が教育勅語の謄本をすべての学校に配布する事業をはじめていた。整列させられ、直立不動、「朕惟《ちんおも》ふに」の教育勅語をはじめて聴かされた世代のひとり、それが潤である。

辻家の中庭には三階建ての土蔵があった。使用人は雪洞《ぼんぼり》を灯して土蔵の二階、三階にあがって季節の調度品を出し入れした。

鎌倉の、名刹の名を五つか六つかぞえるとかならず名の出てくる寺に安置されていた三十三体の観音菩薩像、それはかつて辻家の所蔵だったというはなしがある。

土蔵の一階は少年の潤の住まいであった。女中にかしずかれて寝起きし、女中に手をひかれて小学校にかよった。

## 「この子は妙な子だよ」

息子の潤をどういうふうに育てるか、父にはこれといった方針はなかったようだ。

母の美津は、そうではない。美津の存在は少年の潤に強烈な影響をあたえた。彼女は息子を「妙な子」と評して、あたたかい嘲笑の対象としていた。家人一同も潤を「妙な子」と嘲笑半分に評した。

たとえば、かれは味噌のおでんが好きだった。おでんそのものが安価な食い物の典型、潤みずから「元来がプロレタリヤの発明にかかるもの」と評していた。辻家において、おでんはどのようにあつかわれたか。かれの回想によると、

「昔は飯の代りに、もしくは惣菜の代りにしたもので、うちのおふくろなどはよく僕のコドモの時分、——ちょっと、おうめどん、お昼のお惣菜が気に入らなかったら、また横丁へ行って、おまえの好きなおでんでも買っておいで——などとよくいったものだ」（「メカマをちどる」）

女中さんがつくる昼食を、辻家の一同はたべる。女中のためには別の昼食がつくられた。だが美津は、女中のための昼食が女中の口に合わない場合があるのを知っていた。そうと察したとき、彼女は女中に指示する、「嫌いなら、ちかくのおでん屋で好きなおでんを買ってきて食べてもいいんだよ」と。おでんの代金は辻家の家計から支給される。美津は鷹揚な家風の演出者でもあった。

息子の潤もおでんが好きだった。それも、安価のメニューの典型の「味噌のおでん」が好きだった。「味噌のおでん」はコンニャクと里芋にかぎられていた。潤少年はコンニャクと里芋の味噌おでんをオヤツの代わりに買ってきて、うまそうにたべる。美津は息子の「プロレタ趣味」を軽蔑し、嘆いていう。

「ほんとうにこの子はおなが屋のコドモみたいだよ」

軽蔑と嘲笑の対象になる自分自身について、潤少年にははっきりした自意識があった。

「僕は自慢じゃないが、ブルジョアの伜のくせに子供の時分からいい着物を着ることがきらいで、いい着物をきせられるとおもてへ遊びにゆくのがイヤで——特に近所の僕のカサクの長屋のコドモ達に対して、はなはだ面目次第もないような気がして、いつでも強情を張っては家人をてこずらせたものだ」

カサクは「家作」と書く。裕福な家が所有する賃貸住宅である。たいていは数軒が壁一枚でつながる長屋形式だから、「うちの長屋」といった言い方をする。美津からみれば女中と長屋の子供は同等の階級である、大切な跡取り息子の潤に女中の食べ物のおでんをうまそうに食ってもらいたくない、長屋の子供のような粗末な着物を、好きこのんで着てほしくはない。

潤はこうしたことを、「僕の悪趣味」といっていた。自己嫌悪のかたまりといったものではない。美津が生きているあいだは、母の子であることを意識する手がかりであった。美津の没後には、追想のよすがになっていた。おのれの「悪趣味」を意識するその先端に、美津が確実な存在感をみせていた。

## 伊勢の津

美津は三味線を弾き、長唄を唄う。

江戸うまれの江戸そだちだから、上方の地唄は知らなかったと、息子の潤は語る。長唄ばかりで地唄を知らない母に軽い悲哀を感じていたかもしれない。長唄の上手な母が自慢である、自慢だから、これで地唄もうたえればどんなにいいかと、贅沢な不満があった。

母が三味線を弾き、母が唄う長唄にあわせて一、二節をくちずさんで母を悦ばせる、かれはこういう少年だった。

六次郎は東京市の役人をしていたが、下級であった。一旗あげるチャンスをうかがっていたところへ、親戚のひとりが三重県の知事になった。好機逸すべからずと、知事を頼って三重県の役人に転出した。

父と母と潤の三人で伊勢の津にひっこした。明治二十五年(一八九二)、潤は九歳だった。弟と妹はまだ生まれていない。

あしかけ三年の津の暮らしを、潤は「最初の自然」といって、いつまでも懐かしんだ。はじめは知事の官舎に住み、まもなく、街をながれる塔世川（安濃川）の岸辺にうつった。川といえば隅田川のほかに知らないかれにとって、綺麗な塔世川は驚異でさえあった。

うまれてはじめて河原で遊び、釣をおぼえた。美しい小砂利の洲のあいだを透明な水が幾筋にもわかれて流れた。対岸の堤の一面の藪のなか、松の巨木が空にむかってつきぬけていた。

## 尺八と地唄

東京から津へ移動したのは潤の家族だけではない。母の美津が主導する歌舞音曲も東京から津にうつって、潤を包んだ。

となりに尺八の名人が住んでいた。裁判所に勤める官吏だ。妻は京都の出身、夫の尺八にあわせて地唄のひとつやふたつは唄った。夫の尺八はアマチュアの域をこえ、妻の地唄もなかなかのもの。

土曜日の晩などは誘われて一家そろって隣家にゆき、美津と奥さんが長唄と地唄を交換して演じた。長唄物の合奏をしたこともある。父は気がむくと一中節をうなることもあったが、息子の耳には聴くに堪えない。

地唄の「雪」をはじめて聴いたのも津の隣家だ。古風なリードの名曲は潤の好みの一曲になった。大阪の南地の芸妓が出家して、しずかな晩年をむかえた。むかし、つれない目にあわされた男を想ってうたうのが「雪」である。「雪」という題がついているが、雪の情景は出てこない。

〽こころも遠き夜半の鐘、のあとに美しい合の手がはいる。雪や寒さの感じをあらわす効能をかわれ、「雪の手」と通称されてほかの曲の合の手につかわれることがおおい。地唄といえば「雪」が連想される、それくらい有名な曲の合の手だ。

〽こころも遠き夜半の鐘——ティン、トン、ターン

いい気分になる。つまり、はやくも少年辻潤は人生を我が手でつかまえた。

人生の一角にすぎない、人生のすべてではない——そういって貶《けな》す意見はあるだろう。ならば、いいかえてもかまわない、かれは人生をつかまえる方法を体得したのだ、と。のこりの人生、この調子でいけばいいと納得したのだ、と。

後年、母とふたりで「雪」を合奏することもあった。そのたびに懐かしい伊勢の津の暮しが回想される。単なる懐旧ではない、母と隣人のおかげで音楽の快感を発見した時点にもどり、現在只今の暮しの状況——気持ちよく暮らしているか、どうか——と照らし合わせる。わが人生はウマクいっているのか、ウマクナイのかと。津で体験した快感と類似の感覚があるならウマクいっている、そうでなければウマクナイ。

かれは音楽が好きだった。演奏するのも、演奏を聴くのも好きだった。どういうふうに、どれくらい好きな

のかというと、

「僕は元来知識や芸術を食物と同等にみている。即ちそれを精神的食物と見なしている」（「書物と鮭」）

不思議な雰囲気の短文である。かれはまず「僕は美食家」といい、美食家の意味を「ウマイと信ずるものを食べる人」と定義した。そして、かれが一番ウマイと感じ、これまで一番多く食べたのは鮭だという。鮭でもウマイのとウマクナイのがあるが、もちろん潤が好きなのはウマイ鮭だ。

精神の食べ物という共通性において「芸術イコール食物」の等式がなりたつ。そして、「僕の精神の素質は芸術の中で最も音楽を愛好する」というほど、かれは音楽が好きだった。もちろん、ウマイ音楽にかぎる。ウマイ、ウマクナイを分ける基準は潤の好みである。ウマイ音楽の起点が地唄「雪」だといってもいい。

## 伊勢から東京へ

伊勢の津で三年暮らして、東京にもどった。父の六次郎は下級官吏の職をやめた、いや、やめさせられたのが真相であったか。息子の潤は「無能で淘汰されて――」といっている。

やめてどうするのか、たしかな当てはなかったのだろうが、札差のころの奢侈《しやし》のはての美術品を元に「士族の商法のような骨董屋」をはじめた。

濡れ手で粟をつかもうとするカネの亡者がおしかけてきて、辻家は賑わう。だが、賑わうだけで、商売にはならない。没落の真っ只中に身をおいて、潤はなにをやっていたか。

「僕は少年の頃、大人の馬鹿らしさと、人間の醜悪愚劣なことは大方、オヤジとその兄弟と、オヤジの処へやって来る人間共からしみじみと教え込まれたような気持ちが今でもしている」(「文学以外」)

猿屋町の小学校の高等科に編入し、神田の開成中学にはいった。哲学の田辺元、経済史の村岡典嗣、和歌の斎藤茂吉など、やがて高名な学者となる青年が同級、上級生だった。

だが、その開成中学はあしかけ二年在学しただけで、やめてしまった。我が家が破産しかかっている、かなりの借金もあるらしい。中学校をやめた直接の理由はこれである。父親の無能があきらかになった、長男の潤がなんとかしなければならないが、どうすればいいのか見当もつかない。学校へゆく元気もなくなり、いつのまにか退学していた次第であったろう。

長男が学校をやめたとて破産はふせげない。だが、潤が商店や工場の丁稚《でっち》になってカネを稼いだ形跡はない。庶民の家の男の子が十三歳になれば丁稚になる、それはふつうのことだ。十三歳の潤の丁稚の稼ぎで破産が避けられるわけはないが、飢えだけは避けられる。

こういうことではなかったのか——辻家の財産はゼロになったわけではないが、なんらかの手をうたなければ早晩はゼロになる。辻家は骨董営業から手をひきますと世間にむかって宣言し、うそでない証拠として跡取り息子を退学させて納得をとりつけ、わずかな財産の保全を可能にする。

——おまえが学校をやめなければ本当に破産してしまう。

こんな無茶な理屈は十三歳の潤にはわからない。寄ってたかって学校をやめさせられたといってまちがいはないが、それも半分だけのこと、のこり半分はかれが開成中学での学生生活をエンジョイしていなかったからである。つまらない学校だとおもっているところへ、退学云々のはなしが出た。渡りに舟といったように退学してしまったらしい。

「おやじが意気地のないために財産どころか、借金を残して、おまけに僕は中等教育さえ碌々受けず、若い時分から飯を食うために働かなければならなかった」

「僕は今でも、元気のある中学生や、高等学校の生徒諸君が勇ましくベースボールやテニスをやったり、校歌や寮歌を高らかに歌って往来を歩いている姿を見ると実に羨望に堪えない。僕は学生生活の楽しさをとうとう一度も味わわずに過ごしてしまったのだ」(「文学以外」)

父も母も、息子の教育を最優先するタイプではない。息子に近代教育をうけさせ、その報酬として晩年の生活の保証をうけるという人生に関心がなかった。豪奢な生活が断絶されるのはイヤだが、相似形の縮小なら承知する、何百分の一の縮小でも不平はいわない、そういうタイプであった。

## 尺八で身を立てられないか？

元・札差の豪奢な生活の縮小版、そのシンボルはいくつかあった。母と潤に共通するのは歌舞音曲である、尺八である、三味線である。中学校をやめた潤は、

——尺八を吹いて身を立てられないものだろうか？

プロの尺八演奏家——実現の可能性は高かった。夢想といってかたづけられるものではない。

かれがはじめて手にした楽器は「手風琴と銀笛」だ。手風琴はアコーディオンだが、銀笛はフルートだろうか。伊勢の津から東京にもどったとき、一家は神田の佐久間町の叔父の家に間借りした。家作どころか、住むべき持家もなくなっていたのだろう。

むかし、叔父の家は質屋をやっていた。質流れの手風琴と銀笛があった。潤の従兄弟があって、叔父が留守になるのをみはからい、ふたりは蔵から手風琴と銀笛をとりだし、弾き、鳴らして遊んだ。石油罐をガダガタと叩いて楽隊の真似をしたこともある。日清戦争が終わってまもなく、巷では大捷《たいしょう》軍歌がはやっていた。

だが、満足できない。

——これは、ちがう。ぼくの欲しい音楽は、これではない。

楽しかった津の暮し、隣家の夫婦と父母の合奏が何物にも換えがたい価値あるものとしてよみがえってくる。

あの光景のなかの、尺八の音！

下谷あたりの古道具屋で買ってきた、尺八とは名ばかり、ポーポーいうだけの竹ズッポオだが、ともかくも尺八ではある。だれにも教えてもらわず、『尺八ひとり稽古』といった怪しげな手引書をたよりに毎日かかさず吹いて、半年ばかりすると、唱歌ぐらいは吹けるようになった。

「経験のある人なら説明の限りでないが、なにが厄介だといって、尺八位厄介な楽器は恐らく世界中探してもあるまい。初めはまるでピーともプーともスーともなんともいわないので、それからいくら音楽の才能がある人間でも唇があまり厚かったり、歯並びが変だったり、息が弱かったりしては尺八を吹く資格はゼロだ。つまり色々な条件が備わらないと尺八は吹けない。だから誰にでも吹けるという楽器ではないのだ」（「エイ・シャク・バイ」）

学校はやめた、時間はいくらでもある、いい気になって尺八に没頭した。さすがに父は苦い顔をすることもあったが、母の美津は「そんなに好きなら、だれか、いいお師匠さんに習ったら、どうなんだろうね」とそそのかす。かれは「しめた！」とおもった。ひまがあれば三味線を弾き、長唄を唄っていた母である、息子の進歩をよろこんでいたのだと解釈した。

「お師匠さんは、だれがいいだろう」

「ここから遠くないところというと、代地のお師匠さんかね」

代地の師匠とは荒木古童というひとだ。おまえなんかには上等すぎるが、どうせ習うなら、いいお師匠さんでなければ損だよと美津は示唆した。賢明であって、しかもおのれの美意識を維持するについては強情なのである。

潤は、おそらく生まれてはじめて勇気をふるった。自称「随分シャイ」な少年がお師匠さんの家をたずねて、「尺八を教えていただきたい」と願う、たったそれだけのことにたいそうな勇気を必要とした。

古童先生はもう七十ちかくなっていて、頭はつるつると光り、眉は半白、客座敷の横の三畳ぐらいの部屋を工房として、ひまさえあれば――稽古がないとき――前屈みの姿勢で仕事をしていた。尺八のお師匠さんの「仕事」というのは尺八を製造すること、尺八の世界ではこれを「竹を開く」という。

弟子たちは年配者がおおく、潤のような少年はめずらしかったから、可愛がられた。お師匠さんが「ゴゼン」とよんで尊敬しているひとは、潤を「きみ、きみ」とよぶ平民的なひとだった。ただし、尺八はうまくはない。

潤の腕前はどうだったかというと、「俺はタチがわるくなかった」と自賛している。掛け値のない評価とうけとっていい。半年ほどして、専門の演奏家になってやろうという気がおこった。稼げるようになるまでの苦労はわかっている、先生の内弟子になればいいわけだと判断し、師匠に希望をつたえたところ、

「懇々とその不心得を戒められた。その理由はつまり、尺八で生活することの困難、時勢の推移、年が若いからこれから先なろうと思えばなんにでもなれるから、奮発して学問でも勉強し、尺八は楽しみに吹けばよろ

しい」（「エイ・シャク・バイ」）

学問でもしてと先生はおっしゃるが、なんの目的も見当もない。尺八吹きになろうと決心したほかには、なんの決心もない。プロの演奏家になる途は閉ざされたまま、しばらくは古童先生に習っていた。

尺八はつねに潤とともにあった。別のことに熱中して尺八をかえりみない時期もあるが、ほんの一時のことにすぎない。時代遅れの、しかし最も風流な楽器の尺八を潤は愛した。

「俺はだが今でも旅に出る時は必ず携えることを忘れない——勿論人にきかせるためではない。いくら古い楽器でも、芸は拙劣でも俺自身の旅情を慰めるには足りる。ないよりも遥かにましだ」（「エイ・シャク・バイ」）

「エイ・シャク・バイ」とは奇妙である。「エイ」は英語、「シャク」は尺八、「バイ」はバイオリンのことである。

妻の野枝が大杉栄のもとに走ったあと、潤は自宅に「英語、尺八、バイオリン教授」の看板を出した。英語と尺八は潤が教え、バイオリンは「日本でも有数な提琴家」と潤が称賛してやまない佐藤謙三が教授する。

親友の宮嶋資夫が「エイ・シャク・バイ」と略し、おおいなる友情をこめてからかったところから、潤は自分でも「エイ・シャク・バイ」というようになった。尺八演奏家のプロになろうとした少年の決心が、十数年後、なんとも奇妙なかたちで実現したアイロニーが短文「エイ・シャク・バイ」にこめられている。

## 「シリアスな問題が——」

十七歳か十八歳のころ、尺八をやめた。

いつのまにかやめた、というのではない。はっきりした理由があって、やめた。「精神状態に危機がやってきた」「呑気に尺八などを吹いてはいられなくなった」「シリアスな問題が頭の中をカチャカチャに掻きまわし始めた」からだ。シリアスな問題に刺激され、「好きな文芸を一切放擲して勇敢に走った」(「エイ・シャク・バイ」)

これだけ説明しても、わかってもらえないと潤はかんがえていた。精神状態を危機に陥れた事件とはどういうものなのか、原因を説明しなければ尺八をやめた理由として充分ではないとわかっていた。だが、原因については「そう簡単に片づけるわけにはいかない」と、突き放した口調でいう。

熱中の対象が文芸から「シリアスな問題」に転換した。潤少年の文芸への傾倒は『西遊記』や滝沢馬琴の『椿説弓張月』、頼山陽の『日本外史』にはじまり、『風流佛』『一刹那』『有福詩人』などの幸田露伴の作品をへて、森鷗外が主宰する文芸評論雑誌「しがらみ草紙」の読者となった。

荒木古童について尺八を習いだしたころ、潤少年の読書は独特の姿勢をみせる。『徒然草』に熱中したのである。

愛読書について論じた文章がある。

「自分の心の根本の姿勢は昔から少しも変わっていない。僕の七、八歳頃の愛読書（僕にはいつでも愛読書というものがあった、そして今でもあるが）は、荒唐無稽な『西遊記』であり、十四、五歳位な時の愛読書が『徒然草』であったことは僕の最も著しい心的傾向を示しているものである。『西遊記』は明らかに僕のロマンチストであることの象徴であり、『徒然草』は僕のそれ以外のテンペラメントの象徴である。そしてそれらの二ツによってはぐくまれた僕の芽生えは次第に成長するに従って色々なものに影響されてきたことはきたが、いつでもその深い根底において変わるところがないのである。

『西遊記』がボオドレエルになり、ホフマンになり、ポオになるになんの不思議なことがあろう？『徒然草』が老荘になり、伝道の書になり、スチルネルになり、スタアンになり、セナンクウルになり、レオバルジになるになんの不思議なことがあろう」（『浮浪漫語』序詞）

『西遊記』の一本槍でなく、『徒然草』という別の一本の枝を生やしたのが潤の読書の深みとなる。『徒然草』への傾倒について、こういう文章を書いた。

「少年の時からペシミストであった私は、『徒然草』の無常観に著しく影響されたのは無理もない。今でも私は時々『徒然草』を出して読むことがある——勿論今となってはあまりたびたびよんだせいもありたいして面白いとも思わないが、しかし日本の古典のうちで特に自分の愛読書ともいうべきものを指摘することになれば、『徒然草』をあげるよりほかに仕方がないと思っている。後に老荘の思想に深く影響されたのも、やはり「出発点」は『つれづれ草』だといわざるを得ない」(「自分はどれくらい宗教的か?」)

シリアスな問題が頭の中をカチャカチャと掻きまわすようになったのは『徒然草』を読みはじめてまもなくのことだ。かれは「呑気に尺八などを吹いていられなくなり」、「文芸を一切放擲」して「勇敢に走った」。走っていった目標はキリスト教と社会正義であった。文芸がキリスト教や社会正義に取って代わったのではない。辻家の家計がどうにもならなくなり、かれは貧困を直視せざるをえなくなった。貧困という俎板《まないた》のうえで潤の熱中対象が文芸からキリスト教と社会正義に、百八十度の転換をとげた。

## 小説「三ちゃん」

明治四十年(一九〇七)、雑誌「実験教育指針」に「三ちゃん」というタイトルの小説が発表された。二十四歳の辻潤の作品である。「実験教育指針」は潤が著述家として世に出る窓口になった。伊藤野枝との出会いもこの雑誌とのかかわりに由来している。それほど重要なこの雑誌の詳細については、やがてのべる。

小説「三ちゃん」は自伝的な作品として読める。主人公の静雄が中学二年生のとき家がかたむき、父が死に、静雄と母は母の義理の兄の家に同居する。叔父に定職はない。機械の発明をするといって、設計図のようなものをひねっている。母は朝早く、どこかへ出かけ、夕方もどってくる。静雄には行く先をいわない。

叔父のもうひとりの甥が三ちゃんだ。父に死に別れ、母に捨てられ、叔父の家にあずけられた。歳は十三歳。

朝早く起きて自分で飯を炊き、弁当をつくって鉄工場にはたらきにゆく。静雄と三ちゃんは親友になる。イヤでたまらぬ毎日に静雄は愚痴をこぼすが、母に「三ちゃんをご覧」と戒められると、それ以上はいえない。

静雄はある会社の給仕として働くことになった。「給仕々々」とよびつけられ、帳簿書類のもちはこびから茶の給仕、床の紙屑をひろわされ、阿弥陀籤《あみだくじ》の駄菓子を買う役目をおおせつけられる。ただひとつの救いは好きな小説を読むことと、三ちゃんと散歩することだった。

その三ちゃんが工場で機械に巻きこまれ、重傷を負い、死に、「共同墓地の片隅へ形ばかりに」葬られる。

「あの時むしろ三ちゃんとともども穴へ入った方が遙かに幸せであったかと思います。

『静雄さん、一体人が死ぬとどこへ行くのでしょう』

三ちゃんはこの問を自分の耳底に深く深く刻んで行きました。

空がまた曇り出しました。明日も大方降るでしょう」

事実そのままではなかろう。静雄――潤が給仕になってカネを稼いだ事実はないのかもしれない。迫りくる貧困への恐怖を、「給仕になって働く」具象にあらわしたのだろう。貧困は事実だから、書いているうちに、自分が実際に給仕になってコキつかわれている疑似体験に没入するのは可能であったろう。

この疑似体験を転換台として、潤は文芸熱中からキリスト教と社会正義へ転換する。富裕を恨み、不正義を嫌悪し、社会を矯正する運動の仲間にはいり、矯正された理想社会のなかに近い将来の自分の生活を位置づけようとする。

このように決意した青年に尺八はふさわしくない。貧困や不正義を憎み、消滅させようとするのは積極的な運動である、組織による快活なうごきである。伴奏音楽としてふさわしいのはマーチや軍歌、ラッパや太鼓であり、尺八ではない。

「エイ・シャク・バイ」で潤は断定している、「尺八でマーチは吹けない」と。

かれは尺八を吹くのをやめた。

# 第2章

## 夢幻——反大正教養主義

### 内村鑑三『求安録』

十九歳ごろまではキリスト教徒だったと、潤は語る(「自分だけの世界」)。

はじめてキリスト教に接したのは伊勢の津である。女中のお供で散歩していると、キリスト教の講義所のまえに出た。賛美歌の斉唱にひきつけられ、女中が「坊ちゃん、ヤソだからおよしなさい」ととめるのをふりきって中にはいり、耳をかたむけた。

尺八と三味線、長唄や地唄のつぎに潤を魅了した音は賛美歌であった。キリスト教の賛美歌は西洋音楽——クラシック音楽——の基礎である。潤がクラシック音楽の虜になり、満腔の自信をもって「あらゆる芸術のなかで最も音楽を愛する」と告白するにいたる運命はすでにきまっていた。

講義所の日曜学校の生徒になり、聖書の文句を抜粋したカードをもらって暗記したり、マタイ伝を教えてもらったりした。「神様」のはなしをきいて賛美歌をうたうのは楽しかった。

日清戦争がはじまり、愛国主義の高まりのなかでキリスト教は圧迫される。潤の講義所ゆきは中止されたが、キリスト教に反感をもつことはなかった。

東京にもどり、内村鑑三(一八六一―一九三〇)の『求安録』を手にしたのがきっかけで、内村の著書をつぎつぎと読破、キリスト教信仰が伊勢時代にも増して強くよみがえった。

内村鑑三――この名は明治日本のキリスト教、そして社会主義の歩みとともにある。高崎藩士の子としてうまれ、札幌農学校の第二期生となり、「少年よ大志を抱け」で有名な前教頭W・S・クラークがのこした「イエスを信じる者の契約」に署名し、M・C・ハリスによって受洗した。

卒業後は開拓使につとめたが、まもなく辞し、アメリカにわたった。児童福祉施設の看護夫として働き、アマースト大学のシーリー学長によって第二の回心を体験し、福音主義のキリスト教者として帰国した。

明治二十三年(一八九〇)、第一高等中学校の嘱託教員になった。だが、わずか四カ月で解職される。教育勅語に敬礼するのを躊躇したのが「不敬罪」にあたるとして攻撃され、退職させられたのだ。これからは官職につかず、キリスト教系新聞の寄稿家や私立学校の教師としてイエスの福音を説く。

内村の『余は如何にして基督信徒となりし乎』は有名だ。日記にもとづき、入信の経過をのべたドラマチックなものである。これにたいし、入信の経過をふまえ、信仰の問題をより理論的にまとめたのが『求安録』である。

『求安録』の刊行は明治二十六年（一八九三）だ。潤は十歳、父母とともに伊勢の津にいて、キリスト教の講義所に出入りはしていたが、『求安録』は読まなかったろう。津から東京にもどり、神田の正則国民英学会にまなんだころに内村鑑三の名を知り、『求安録』などの鑑三の著作を読んだとおもわれる。

十九歳のころにキリスト教から離れた。宮崎滔天（一八七一―一九二二）の『三十三年の夢』を読んで革命の志に共感したからだ。革命にたいする共感が日露戦争に反対する志へつながり、さらに平民社への賛同、協力に発展してゆく。

潤の頭のなかは「カチャカチャ」と掻きまわされていた。正義にあこがれ、不正義に怒る、その心境を「カチャカチャ」と擬態語で表現したところに、終生変わらぬ音楽への傾倒はしめされている。

## 『三十三年の夢』

宮崎滔天は肥後の豪農の出身である。長兄の八郎は西南戦争で西郷隆盛に味方し、熊本協同隊を組織して政府軍と戦い、戦死した。次兄の民蔵は土地所有の均分をとなえ、土地復権同志会をつくって活躍した。

弟の滔天は中国革命に熱中した。日本に亡命した孫文（孫逸仙）と知り合い、共鳴し、明治三十三年（一九〇〇）に孫文が恵州で計画した挙兵に武器と資金を提供しようとしたが、仲間の裏切りがあって、失敗した。その後は桃中軒雲右衛門の弟子の浪曲師となり、牛右衛門の芸名で高座にあがり、中国革命への共感と失敗談を語った。革命失敗の一代記として明治三十五年（一九〇二）に「二六新報」に掲載したのが『三十三年の夢』だ。

潤は『三十三年の夢』に没頭した。

「余性、声曲を喜ぶ。東西に論なく、文野《ぶんや》を選ばざるなり。即ち義太夫と言わず、ホーカイと言わず、新内と言わず、一切声曲の類、人の称して以て野鄙淫猥となすものと雖も、一として余が神を怡《よろこば》しめざるものあらず。但、未だ曾て自ら能くせざるのみ」

「おれは生まれつき声曲が大好き！」とぶっつける冒頭が潤をよろこばせた。

おさないころの滔天のひとつおぼえ、それは幡随院長兵衛の奮闘を語った歌祭文である。

「親分頼む頼むの声さえ掛けりゃ人の難儀を他処に見ぬてう男伊達、人にゃほめられ女にゃ好かれ、江戸で名を売る長兵衛で御座る」

幡随院長兵衛と自分の見境がつかない幼児が、長じて、孫文に「親分頼む」と頼まれた気分で中国革命に心身をうちこむようになった。このいきさつを綿密に分析する必要はない。

昭和二年（一九二七）――『三十三年の夢』に感激してから二十六年――潤は東京のどこかの街の露店で二十五銭を投じて『三十三年の夢』の旧版を買った。はじめて読んだときの深い感銘の記憶に刺激され、もういちど読みたくなったのだ。そして、たった二日で読了した。

「実に名文だと思う。一言にしていえば流暢達意だ。しかし、ただ単に文章上の技巧などでとやかくいう書物ではない。氏の熱情と誠意とが全巻を通じて漲っている。読了して私は思わず涙を催した程である。こんなことは近頃の私としては全く異例である」（「宮崎滔天を憶う」）

目は涙に濡れたが、曇りはしなかった。若い滔天の心境に一大変化を起こさせた重要な人物に想いを馳せるのを邪魔しなかった。

その人物はイサク・アブラハムといい、熊本に住んでいたスウェーデン出身のコスモポリタンである。熊本のひとは「狂乞食」とよんでいた。滔天はかれを「世界の無籍者」と規定し、かれの畢生《ひっせい》の希望は「現社会を破壊しつくして無政府の世界とし、人民個々の私有権を奪うて共有とすること」だと説明する。

イサク・アブラハムはいわゆる論客ではない。論は立てるが、それ以上に、論を実行するのが滔天の尊敬するところとなった。非肉食論者だから肉を食わず、自然論者だから畳には寝ずに土間に寝起きする。滔天はイサク・アブラハムの言行を一巻の書にまとめ、『狂人譚』と題して「二六新報」に掲載した。『狂人譚』の掲載が先、『三十三年の夢』はそのあとだ。

滔天はアブラハムを「無形の恩人」として尊敬した。滔天や兄たちはキリスト教の信者であったが、滔天はキリスト教の言説に不審なものを感じていた。悶々としているときにアブラハムと出会い、覚醒させられた。滔天は『三十三年の夢』において、アブラハムによる覚醒のいきさつをのべる。

「かれによって受けた利益は少なくない。キリスト教的な迷想から遠ざかるのを助けてくれた。欧米の貧民の状態を説明し、文明に伴う貧富隔絶の弊毒を知らせてくれた。我が家風のキリスト教信仰によって培養された自由民権の思想を、いっそう広潤切実にしてくれた。そして、主義信念を断行する徳善の勇を羨望するように仕向けてくれた」(意訳)

アブラハムによる滔天の〈回心〉、それが二十六年の年月をへだてても忘れられない『三十三年の夢』の感激であった。初期の滔天は悲憤慷慨する革命論者であった。それを革命実行者に変えたのがアブラハムなのだ。

「自分は徒に奇を好む者でもないが、このイサク・アブラハム先生の如き存在を愛する者である。彼は立派に室伏君らのいわゆる『文明の没落』、『土にかえれ』の思想の実行者なのである。彼は単に『思想』を印刷して振りまく代りに、彼の肉体をもって身自ら実践したのである」

イサク・アブラハムにたいする潤の共感、感激は、まもなくマックス・スティルナーへの共感のなかに再生する。宮崎滔天はアブラハムにたいする共感を下地にして『狂人譚』を書き、アブラハムのように生きようとした。辻潤は、アブラハムと滔天の関係を下地にしてマックス・スティルナーの『唯一者とその所有』を翻訳し、その後の生涯を「唯一者」そのものとして送る。

## 平民社・「平民新聞」

『三十三年の夢』は新聞「二六新報」に掲載され、それから単行本として刊行された。

そのころ、黒岩涙香(一八六二―一九二〇)の新聞「萬朝報」が発刊され、日露戦争に反対する堺利彦・幸徳秋水・内村鑑三の激烈な論文が潤を魅了する。

ロシアと闘えと叫ぶ対露強硬論が威勢よくなった。これに抗して、堺利彦・幸徳秋水・内村鑑三という「萬朝報」の三大論客は「戦争断固反対!」の論陣を張った。

非戦論が優勢にみえた。黒岩涙香が非戦論に同調し、三大論客に紙面を提供したのもつまりは非戦論が優勢だったからだ。

だが、主戦論がじわじわと優勢に転じると、強気の黒岩涙香も非戦論の旗を降ろさざるをえなくなった。非戦論の三人は退社するほかはない。秋水と利彦は連名で、鑑三は単独で、それぞれ悲痛な「退社の辞」を発表した。

主戦論に転じた「萬朝報」では非戦論を説けない。別の場を得て非戦論を主張しつづけたのが秋水と利彦であり、おもてむきには沈黙、内面では対ロシアにかぎらず、人間の世における戦争と平和という深刻な問題の考察にはいるのが内村の立場であった。

幸徳秋水と堺利彦は平民社をおこし、機関紙として週刊「平民新聞」を発行した。東京の有楽町、いまはマリオンのあるあたりに借家して平民社の事務所とした。一階が「平民新聞」の編集部、二階が秋水と妻の住まいとなる。

しかし、政府の弾圧ははげしい。「平民新聞」は六十四号で廃刊を余儀なくされた。消費組合運動の機関紙「直言」を後継紙としたが、主体の平民社が解散させられると、「直言」も廃刊となる。平民社同人のうちのキリスト教関係者は「新紀元」を発行し、本格社会主義を標榜するグループは「光」を発行した。

明治三十九年(一九〇六)に西園寺公望(一八四九―一九四〇)が内閣を組織した。西園寺の穏和な姿勢をみてとった社会主義者は日本社会党を組織した。平民社は社会主義共感者の集まりだが、社会党は本格的な政党である。社会党の機関紙の日刊「平民新聞」が発刊され、社会主義運動は最高潮をむかえたようにみえる。

辻潤は、どうしていたか? かれは社会主義新聞の定期購読者であった。週刊「平民新聞」の初号から日刊の最終号まで、そろえて保存していた。

## 「革命なる哉」

明治三十九年(一九〇六)には宮崎滔天が「革命評論」を創刊した。そうときいた潤は神田の青年会館のそばに住んでいた滔天をたずねた。

滔天はおだやかな雰囲気で潤を遇してくれた。このころ、中国の問題に興味をもち、よくいえば中国近代化に協力する、わるくいえば利権を漁る、そういう連中を〈支那浪人〉と呼んで警戒もし、軽侮もする空気があった。もしも滔天が〈支那浪人〉であったら失望するにちがいないと潤は気に病んでいたが、杞憂だった。

じつに鄭重な様子で応対してくれた。「支那浪人型？　とでもいうか東洋豪傑を気取ったようなイヤミが少しもなく、如何にも春風駘蕩といった温顔に微笑を湛えて落着いた調子」だったと、初対面の滔天の印象を潤はのべる（「宮崎滔天を憶う」）。

かれは視覚を重んじない。自然の光景に感心して印象をのべることが皆無ではないが、対象が人間となると、風貌よりは言葉である。言葉にこめられた真・善・美をのべることでその人間の印象を語るのが得意であった。

宮崎滔天を、なによりも視覚印象で語った潤の文章は珍しい。圧倒されたのだ、〈本物の豪傑の実物見本〉のような滔天の偉容に。

英雄豪傑といえば武器を手にした威圧の姿が連想されるけれども、明治の日本の豪傑の滔天は武器などはもたない。長髪を肩から背にたらし、白い着流しで、すっくと立てば、それがそのまま〈豪傑ここにあり〉の光景となる。

評論社を出たとき、潤は興奮していた。題字を赤く刷った「革命評論」初号を二十部ばかり懐におさめている。道で会う、字を読めそうなひとに「革命評論」を手渡しした。

「革命なる哉、雷霆霹靂《らいえんへきれき》天地に震い、暴風猛雨一時に臻《いた》りて、溷濁《こんだく》の気を掃蕩《そうとう》して、乾坤《けんこん》すなわち一新す。是れ自然界の革命也！」（「革命評論・発刊の辞」）

勇ましい滔天の獅子吼、感激興奮する潤は尺八は吹かない。尺八は合わない。

といって、かれがマーチを口ずさみ、太鼓のリズムにあわせて威勢よくあるいていたとはおもわれない。マーチも太鼓のリズムもかれの背後にきこえ、かれを前に前にと追いたてていたとおもわれる。

「純情な青年の血はたしかにその時炎《も》え立っていたに相違ない。今考えてもはなはだいじらしい気がしてならないのである」(『宮崎滔天を憶う』)

## 教師の暮し

はなしをもどして——

堺利彦(一八七〇—一九三三)、幸徳秋水(一八七一—一九一一)、内村鑑三が「萬朝報」を去るのは明治三十六年(一九〇三)だが、前の年、潤は日本橋の会文学校という私塾の教師になり、九円の月給をうける。スズメの涙ではあるが、「月給」という名のカネを得たのはこれが最初だろう。

私塾の授業は夜間であったらしい。昼間は、神田一ツ橋の自由英学舎に通学した。「女学雑誌」を発行していた岩本善治が経営する学校である。キリスト教にもとづく女性の教育と地位向上を主張する岩本に、青柳有美が協力していた。課外講師として新渡戸稲造(一八六二—一九三三)やドクトル小此木、桜井鴎村(一八七二—一九二九)などの名があった。

自由英学舎は英語の学校だが、潤はむしろ、課外講師のそれぞれ得意な分野の自由闊達な講義をきくのが楽しみであった。

自由英学舎は男女が机をならべる学校であった。

「男女共学はその時分としては珍しくもあり、また青春の自分達にとってなかなかの慰めでもあった。女生徒の中には例の中村屋の黒光女史や、野上弥生女史などがいた。黒光女史はいつも一番前の方の席にいて腕まくりなどして、奇抜な質問を先生に向かって発していたものだ。私は後の方からジットおとなしく小さくなって、はなはだ興味を持ちながら彼女を眺めていたものだ」（「連環」）

「例の中村屋の黒光女史」は夫の相馬愛蔵とともに東京新宿でパン屋「中村屋」をひらいて成功、若い芸術家や亡命革命家を援護した。「野上弥生女史」は『真知子』や『迷路』で有名な作家の野上弥生子のこと。

「『自由英学』の運命はまことに短いものであったが、それは私が席をおいた最後の学校であり、また私の上に及ぼした影響の著しかった点で永久に記憶せらるべき存在であった」

『若きヴェルテルの悲しみ』や『ロミオとジュリエット』を講義する青柳有美、カアライルの『サルタス・リサルタス』を講義する新渡戸稲造——潤は「有頂天になって喜んでいた」と回想する。貧しく、稼ぎにおわれて多忙ではあっても、読書をし、学問をする機会があれば逃さない——こういうストイックな姿勢が潤は大好きなのだ。

年の暮れ、正則国民英学会の英文科卒業の免状を得た。つぎの年（明治三十六）からは日本橋の千代田尋常高等小学校の助教員になって、十五円の月給をうける。検定試験をうけて正教員の資格をとり、東京市立第三実業補修夜学校の訓導になり、浅草の精華高等小学校に転じて明治四十四年(一九一一)にやめるまでのあしかけ九年間、潤は東京市の学校の教師だった。

――このまま、教師として生きてゆくか?

多数のひとが教師として生涯をおわる。辻潤に、できないわけはない。

だが、辻家の当主として、やしなうべき家族が多かった。そこで、こうなる。

「二十四、五円の月給でどうして暮らしが立つものですか。私は夜学の手伝いや家庭教師をして馬鹿馬鹿しいほど働きましたが、それでもやっと食べられるか食べられないかでした」(「古風な涙」)

夜学や家庭教師のために時間を割くのが辛かったはずだ。小学校の教師の勤務時間は、ほかの職業にくらべれば、短い。安月給ながらも、それが取柄、という考え方もある。だが、かれのように好きな文学に没頭したい欲があると、夜学の手伝いや家庭教師をする時間の余裕のあるのがかえって残酷になる。

もうひとつ、教師仲間の意気地のなさがイヤだった。教員室で潤が書斎のはなしをもちだした、落ちついて考えられる書斎があれば嬉しいねーと。すると、嘲笑の嵐が襲ってきた。十五円の月給の代用教員が書斎を持ちたいなどという、それがそもそも可笑《おか》しい。書斎なんか持って、なにをするのか。書斎というからには書物の百冊や二百冊ぐらいは備えていなければなるまいが、あんたなんかには無理なはなし。雑誌の二冊か三冊を読むのがせいぜいなのに、書斎とは笑わせやがる——といった調子だ。

もしも、佐藤在寛《ざいかん》との出合いがなければ、もっとはやく教師をやめていたはずだ。佐藤在寛は潤の前半生を方向づけた。

## 佐藤在寛・「実験教育指針」

辻潤の文章がはじめて世に出たのは「実験教育指針」という雑誌の第五巻第十五号だと推定される。明治三十九年（一九〇六）のことだ。「静美」のペンネームで、アンデルセンの「暮鐘」を訳載した。つづいて、おなじアンデルセンの「影」を上下の二回にわけて訳載した。

「実験教育指針」は潤が著述家として世に出る窓口になった。この雑誌を主宰していたのが「在寛」と号した佐藤政次郎だ。清野茂『佐藤在寛』によって、辻潤と出会うまでの在寛の半生をみることにする。

在寛は明治九年（一八七六）、徳島県うまれ。生家は焼酎づくりで栄えていた。いずれは東京へ出て大学にまなび、学士として世に出て高い地位につく、という人生が展望されていたが、祖父の死と父の行方不明で家運はかたむき、上級学校どころではない。徳島県の尋常師範学校を出て、教師となった。

だが、師範学校は牢獄だった。「小さな鋳型に入れ、青年の伸びんとする性状を伸ばさず、小賢しい偽物を養成しようとするところ」というのが在寛の苦々しい回想である。

ともかくも卒業し、教師となったが、町村長や視学官の干渉と圧迫に耐えられない。一年半で退職して東京に出て、私立の哲学館の学生となった。井上円了が創立した哲学館は東洋大学の前身だ。

暮しのあてがあっての上京ではない。筆耕をしたり玄関番をしたり、ありとあらゆる稼ぎをした。育成会という出版社に臨時にやとわれ、倫理学や哲学書の編纂をてつだったのが人生の転機となる。哲学館を卒業した翌年の明治三十五年(一九〇二)、多数の賛同者をえて、教育をテーマとする雑誌を発行することになった。それが「実験教育指針」である。

それぞれの教科、テーマにおける第一人者に新鮮な内容の教授案を考案、提供してもらって掲載し、これを手本に実際に授業をした教師たちが、結果と評価を掲載して次号の材料とする——このような編集方針であった。

小学校の教師が、学校という小世界の外へ——ここに「実験教育指針」の存在がある——目をむけ、そこで得た教育指針を自分の職場の小学校で実践してみる。教師のあいだの提携、教師と学者の提携も可能になる。

「実験教育指針」に一年おくれて発刊されるのが週刊「平民新聞」だが、在寛は平民社との提携を充分に意識していた。在寛自身、このころは社会主義に共感していて、その主旨の論文が「教育指針」に載ることもあり、週刊「平民新聞」の主張や、堺や幸徳の著書の紹介にページを割くこともあった。

その間の事情に注目した石戸谷哲夫の研究がある。『実験教育指針』の佐藤在寛と『教育実験界』主筆の隈川渡辺英一が平民社の姿勢に共感し、呼応して、教員の社会的開眼めざして行動したというのである。官学関係の教育学者たちは教員を社会的に開眼させることには興味も関心もなかったらしい。(石戸谷哲夫『日本教員史研究』)。おそらく潤は週刊「平民新聞」の紙上で佐藤在寛の名と活動の概要を知ったはずだ。「平民新聞」との提携の道をすすむ在野の教育学者、教育雑誌の編集者——辻潤の目に映った佐藤在寛はこのような姿であった。在寛は潤より八年の年長、そして、すでに教師を「やめた」点でも先輩にあたる。

——佐藤在寛というひとに、会いたい!

宮崎滔天をたずねたときとおなじ緊張と興奮があった。

意気投合した。

——わたくしの雑誌は、あなたのようなひとの原稿が欲しいのです!

アンデルセンの「影」の翻訳をはじめとして、潤の文章がつぎつぎに「実験教育指針」に掲載された。潤は「実験教育指針」の常連寄稿者になった。自伝的な小説「三ちゃん」もここに掲載された。

## 上野高等女学校

佐藤在寛は数人の同志を得て、明治三十五年(一九〇二)、二十五歳の年に東京の上野に「鶯渓女学校」を創立した。まもなく「上野高等女学校」と名称がかわり、経営は順調であった。

創立のときに定められた教育綱領はつぎの四カ条である。

一、相愛共謙師弟友朋一家和楽の風を成すこと

二、教育は自治を方針とし、各自責任を以て行動せしむること

三、実地労作風を喚起し、応用躬行せしむること

四、華を去って実に就き、虚栄空名を離れて実学を積ましむること

ユニークな校風のさまざまを紹介しよう。

校舎の前身は印刷工場であった。女学校になっても、印刷工場の汚れはのこっている。それを在寛みずから先頭にたって掃除していた。

「謙愛タイムズ」と名づけた日刊の校内新聞が発行されていた。ワラ半紙一枚の謄写版印刷の新聞はむしろ日報というべきだろう。放課後、在寛は生徒の編集作業に参加し、遅くなるのを厭わなかった。

週一回の「観察科」という科目があった。上野公園の帝室博物館にゆけば動植鉱物のあらゆる見本を手にとって観察できる。動物園には生きている禽獣のさまざま、図書館には古今東西の名著がずらり、谷中の墓地には各界知名の士の墓、入口には彰義隊の墓――

船にのって隅田川の研究もした。河口から埼玉県の川口までゆき、水路や水深、流れの緩急まで計測した。帝国議会もみた、裁判所もみた、中央気象台もみた。

上野高等女学校に危機がおとずれる。政府は高等女学校令を施行し、私立の女学校を支配下におこうとした。つぶされたくなければ、服従せざるをえない。佐藤在寛たちは学校の編成を変えて新時代に適応しようとし、銀行から資金を借りた。だが、資金とともに、銀行による学校運営への介入がはじまった。

反抗をこころみたが、勝ち目はない。大正四年(一九一五)、佐藤在寛は多数の教師とともに退職した。上野高等女学校は、いまでは上野学園大学と名を変え、音楽教授を中心とする大学として知られる。所在地は台東区東上野四丁目だ。

佐藤在寛は北海道の函館にわたる。函館は在寛の思想の師、新井奥邃《おうすい》ゆかりの地であった。「在寛」の号も、このときに新井奥邃からあたえられたものだ。

函館商船学校の教師になったが、校内の蛮風と対立し、すぐにやめた。商業学校の嘱託教師のかたわら、函館毎日新聞との関係がうまれ、やがて記者としてむかえられる。

佐藤在寛は函館の名士となった。その在寛に、私立の函館盲唖院の院長になってほしいとの要請があったのは大正十一年(一九二二)である。在寛は受けて立ち、昭和になってから盲唖院を北海道立の函館盲学校と函館聾学校へ拡大発展させた。

## 英語の教師と生徒

辻潤は明治四十四年（一九一一）の春に上野高等女学校の英語の教師になる。

伊藤野枝は前の年に四年生の編入生として入学していた。

つぎの年に、潤と野枝は上野女学校をやめ、東京の駒込で同棲をはじめる。

ふたりがやめたとき、佐藤在寛はまだ上野女学校の教師（教頭）であり、経営に授業に奮闘の真っ最中であった。

伊藤野枝のこころが潤から大杉栄に傾くのが大正四年（一九一五）、おなじ年に佐藤在寛は女学校をやめて北海道にわたる。「実験教育指針」のバックナンバーは在寛とともに函館にはこばれた。「実験教育指針」に掲載された初期の辻潤の文章のほとんどが函館市立図書館で読めるのは、こういう事情による。

## 社会主義の講習会

はなしを、もどす。

潤の文章が「実験教育指針」に続々と発表される。

この姿勢で生きればいいと、腰をすえたようにみえる。

諦観の姿勢というのは当たらない。前屈みで、威勢がいい。このひとがむかし、プロフェッショナルな尺八吹きとして生涯をおくれないかと真剣にかんがえたことがある、なんていう事実をきかされても信じられない。尺八なんかは忘れ、マーチやラッパの音と曲に背を押され、威風堂々と前進している、そういう感じだ。

社会主義運動は苦戦している。

勇ましく発刊された滔天の「革命評論」は明治四十年(一九〇七)、十号をもって廃刊となった。日刊「平民新聞」も廃刊となる。日本社会党は結党禁止の処分をうけた。平民社につながる社会主義者たちは改良派と革命派にわかれて論争にあけくれ、提携の可能性は希薄になるばかりだ。

両派提携の最後のチャンスをもとめる企画といえばいいか、社会主義思想の公開講習会がひらかれた。期日は明治四十年八月一日から十日間、会場は東京の九段下のユニヴァサリスト教会の講堂、名称は「社会主義夏期講習会」である。「社会主義」の名はついても、「講習会」と名のることで弾圧の嵐を避けられる。

盛況であった。東京在住者はもちろん、地方からの参加者がすくなくなかった。最終日であろうか、新宿角筈の行楽地の十二社でひらかれた園遊会には辻潤も参加し、記念写真におさまっている。園遊会にだけ参加したはずはない、おそらく、十日間の会期いっぱいに講習をうけたのだろう。

潤とならんで記念写真におさまったのは田添鉄二(一八七五―一九〇八)、堺利彦、幸徳秋水、片山潜(一八五九

―一九三三)、山川均(一八八〇―一九五八)、新村忠雄、森近運平(一八八〇―一九一一)など、社会主義運動の第一線で奮戦してきた面々だ。自由民権運動さかんなりしころからの女性闘士、福田英子(一八六五―一九二七)の顔もあった。

写真には写ってはいないが、大杉栄は講習会の準備を担当していたかもしれない。抒情画家として高名になりつつある竹久夢二(一八八四―一九三四)も何日かは聴衆の席にすわっていたかもしれない。夢二は大杉と同世代の闘士の荒畑寒村(一八八七―一九八一)と親友であった。その寒村の推薦で夢二は「直言」や日刊「平民新聞」に専制政治を批判し、憤るコマ絵や短詩を連載していた。最初の妻の環との結婚は「平民新聞」の記事となった。夢二は平民社の準・社員だったといえる。

大杉栄や竹久夢二ほど積極的ではないが、社会主義運動の機関紙の単なる講読者といってしまっては不足の感じが否めない、それが明治四十年の辻潤であった。

## 生きるてふ事

「この姿勢で生きてゆこう」と腰をすえたのか?

『辻潤全集』の「年譜」によると、明治三十六年(一九〇三)に千代田尋常高等小学校の助教員となったときの月給は十五円だった。つぎの年に正教員の資格を得て五級上俸の給与をうける。金額はわからないが、二十円になったと仮定しよう。

明治四十年五月、東京市立第三実業補修夜学校の訓導となり、七円二十銭の給料をうけたという。夜学校だから、これは千代田小学校正教員との兼務であったかとおもわれる。推定月収は二十七円二十銭だ。

これがどれくらいの価値があったか——なかったか——を判断するに便利なのは山川均の経験だ。

山川は明治四十年、二十八歳で日刊「平民新聞」の編集部にはいった。月給は「たぶん二十五円」だが、「下宿料を払うといくらも残らなかった。朝と晩は下宿で食事をし、昼は社でベントウを取ると、ベントウ代が足りなかった」(『山川均自伝』)。

もともと裕福ではない社会主義者が醵金《きょきん》してつくったのが平民新聞社である。無給でも不思議はないのに、編集業務に未経験の山川は二十五円の月給をもらった。二十五円という低額だから払えたのだ、ともいえる。

だがさて、東京市という巨大な権力が経営する小学校の教師の月給が山川均より二円二十銭しか高くない。飢え死にはしないが、潤のかんがえる〈生活〉はもっと高額の給料でなければ維持できない。

——やめてしまおうか？

——やめて、どうやって食ってゆく？

ゆきつもどりつの煩悶の結果は、やめないときまった。

あきらめたのではない、自棄になったのでもない。

奮闘するに足る、おおきな目標をみつけたからだ。こうなると、収入が〈飢え死にしないだけの額〉でしかないのが、かえって幸運な条件に転じる。

おおきな目標、それはチェザーレ・ロンブローゾの『天才論』、そしてスタンレイ・マコーウェルの『響影狂楽人日記』を発見したことだ。この二大書を翻訳しようと決意した。

# 第3章

# 響影——虐殺と情炎のなかで

## 「おもうまま」を書くまで

大正三年（一九一四）、三十一歳の辻潤は「おもうまま」という短文を書いた。潤の人生の後半の開始が、ここで告げられた。

「おもうまま」はロンブローゾの『天才論』の翻訳の序文として書かれたものである。ロンブローゾの『天才論』と出会ったのは明治三十七年（一九〇四）ごろだ。潤は「ロンブロオゾオ」と書く。

畔柳都太郎《くにたろう》による部分訳が、どこかの露店に「よりどり三銭か五銭」でならんでいた。買って読んだら、面白い。原書（英訳版）を通読しなければ気がすまなくなり、探したが、みつからない。丸善のカタログで書名をみつけ、とびあがるほど嬉しかったが、値段が三円というのであきらめた。

四、五年すぎ、本郷の古本屋でみつけ、値段をきいたら割合に安かった。おもいきって買って、むさぼるように読んだ。

明治四十二年(一九〇九)に翻訳をはじめた。出版のあてがあっての翻訳ではない。大正三年に念願かなって翻訳が刊行されるが、そのときの序文「おもうまま」で「自分一個の興味から少しばかり訳しておいた」のだと回想している。

著者ロンブローゾはイタリアの商人の子。医学をまなび、一八六四年にパヴィア大学の教授、精神病院長となって「天才と精神病」を研究テーマとした。古今東西の天才をとりあげ、精神病理の理論に照らして考究したのが『天才論』だ。格別に傑出した性格の病理的な側面の研究はパトグラフィーとよばれ、ロンブローゾはパトグラフィーの始祖ともされている。

『天才論』は潤の最初の著書――翻訳書――として刊行された。短文「おもうまま」は『天才論』の訳者序文である。ふつうなら、本文あっての訳者序文だ。訳者の序文がなく、本文だけの翻訳書はいくらでもありうるが、訳者序文だけの翻訳書などはそもそもありえない。

だがしかし、潤の「おもうまま」はふつうの訳者序文としては書かれなかった。

翻訳本文の概要をのべたり、原作者の履歴や著作の傾向といったことを紹介し、訳者が原作に惹かれた事情や翻訳をおもいたった動機などを簡単にのべる、これがふつうの訳者序文だ。

「おもうまま」は、そうではない。『天才論』の翻訳ではなく、訳者序文の「おもうまま」によって辻潤の後半生がはじまったというのは、「おもうまま」がふつうの訳者序文ではないからだ。

そこで、いますぐ、「おもうまま」の内容を紹介し、論じるのが順序だが、そのまえに、もうひとつの翻訳書の『響影　狂楽人日記』について述べるのがよいとおもう(以下、『響影　狂楽人日記』を『響影』と略記する)。翻訳に手をつけたのは『天才論』が先だが、ながいあいだ刊行されず、『響影』が先に雑誌に掲載された。『天才論』の刊行が確実になってから訳者序文「おもうまま」が書かれたはずである。つまり、『響影』の翻訳と公表が「おもうまま」の内容に影響をあたえているにちがいないとかんがえるのである。

## 『響影　狂楽人日記』

スタンレイ・マコーウエルの『響影』は音楽の創作と作曲家の人生を二本の筋とするフィクショナルな作品である。一八九五年(明治二十八)にロンドンで刊行された。原題は「The Mirror of Music」という。

ロンドンの社交界でサラ・カフタルという女性作曲家が話題になった。ロシアの素封家の息子のセベライン・メダーノフが「サラの日記を所有している」と宣言し、日記を社交界に提供する場面から『響影』ははじまる。女性が音楽家になるのを喜ばず、嫌悪さえする圧迫のなかで交響曲を完成させようとするサラの苦闘と愛の物語である。

ベートーヴェン、ショパン、シューマン、ワグナーといった実在の大作曲家の名が頻繁に登場し、かれらの作品の楽譜の一部が引用される。サラ自身の交響曲の楽譜も引用され、実在作曲家の作品とからみあう、じつにユニークなスタイルの文学作品である。サラを主人公とする人間のドラマだが、ドラマのかたちをとった音楽論でもある。

明治四十年ごろ、東京の神田の古本屋で買った一冊の古本、それが『響影』だ。夜間の音楽学校に通い、音楽家になりたいと空想していた潤は読み耽った。かれは「偶然に買った」と書いているが、そのままうけとるとまちがいになる。潤の頭は音楽家になりたい希望にあふれていたから、「Music」の文字がとびこんできたのだ。

自分で読むだけでは満足できなくなり、訳した。音楽学校のAという校長を通じて、雑誌「音楽界」の編集主任の小松玉巖（耕輔）に原稿をおくった。小松玉巖は称賛した。「楽のかがみ」の題がつけられ、明治四十二年（一九〇九）の「音楽界」に十回にわたって連載された。潤が音楽をまなんでいた夜間の音楽学校は東京音楽院、Aというのは院長の天谷秀だろう。「楽のかがみ」の訳者の名は「静秋」または「都路《つじ》静秋」、「辻静秋」と表記された。

## 大逆事件の周辺

「楽のかがみ」の連載は潤をよろこばせた。興味をひかれるテーマの外国語の書物をつぎつぎに翻訳して発表し、知識人のひとりとして世の中に出てゆかれるようにおもえたからだ。ならば、小学校教師の安い給料も嬉しい気持ちでうけとれる。

そういう潤を恐怖の底につきおとす事件がおこった。大逆事件である。

明治四十三年（一九一〇）五月、宮下太吉・新村忠雄・新村善兵衛の逮捕ではじまり、四十四年（一九一一）一月、幸徳秋水など十二名の死刑執行で終わった天皇暗殺の計画、それが大逆事件である。

「皇室に危害を加え」、または「加えようとした」者は死刑に処す、それが旧刑法の七十三条であった。大逆罪は頭のなかだけでも成立するのである。

天皇暗殺——大逆罪の容疑者として検挙されたひとの数は数百人にのぼったという。二十六人が起訴され、二十四人に死刑判決がくだり、十二名が刑一等を減じられて無期懲役となり、のこる十二名に死刑が執行された。

起訴されたのは平民社にゆかりのある社会主義者の面々や、同調者だ。堺利彦や大杉栄、荒畑寒村なども検挙、起訴されて不思議はなく、裁判となれば死刑はまぬがれなかったはずだが、事件の直前、別の罪状で有罪判決をうけ、獄中にあったので命をうばわれずにすんだ。

辻潤が平民社の同調者であるのは、警察に察知されていたはずだ。週刊と日刊の「平民新聞」の定期購読者であり、社会主義講習会に出席し、園遊会にも参加して記念写真に姿をのこしていることなど、捜査するまでもなく警察に察知されていたはずだ。

「平民新聞」の購読者がすべて検挙されたわけではない、講習会出席者のすべてが訊問されたわけでもない。だが、警察の恣意という恐怖がある。捜査や検挙の基準をわざと曖昧にすることで、

――ことによると、おれも――！

正体不明の恐怖感をうえつけられる。

辻潤が味わった恐怖は、他人が知ることはできない。訊問もされず、身柄を拘束されたこともなかったようだが、だからといって恐怖を体験しなかったはずだなどと、他人がいえるものではない。

作家の永井荷風(一八七九―一九五九)は死刑執行に衝撃をうけた。日本国家とともに近代化の道をすすもうとした姿勢を百八十度転じて、寂寥の心境を江戸の戯作の世界にもどしていったのは近代文学史の定説である。

## 正月二十四日の竹久夢二

竹久夢二は「平民新聞」にコマ絵を寄稿するプロの画家であり、かれの結婚が記事になるほどだから、平民社との関係は潤よりは濃厚であった。夢二にたいし、警察がなんらかの手をのばしたのか、どうかはわからない。検挙されなかったのはまちがいない。

夢二は東京の平河町に住んでいた。編集者や画家志望の若者がつめかけ、いつも賑やかであった。

明治四十四年(一九一一)正月二十四日、平河町にやかましい鈴の音がひびいた。新聞の号外売りの音である。手伝いをしていた神近市子(一八八八―一九八一)が二階からおりて、一枚を手にした。「大逆事件――十二名――死刑」の文字がおどっている。二階にかけあがり、夢二に渡した。夢二は「フーン！」と溜息をつき、沈黙した。

やがて階下に降りてきて、「今夜はみんなでお通夜をしよう!」といい、蠟燭と線香を買ってくるように若者に命じた。十二名の死刑囚のうち、幸徳秋水をはじめ数人が夢二の旧知であるのを、市子は夢二の説明で知った。

市子は公務員の家に下宿していた。通夜の翌日に下宿にもどった。外泊の理由をいわなければならない。「大逆事件の通夜をしていた」というと、同宿の男の学生が大声で叫んで、市子を殴った。主人が仲裁したので一発ですみ、あとは口論になった。

「私ははじめて、保守的な考えが、どんなに固定的で暴力をふくみ、周囲のうごきに無関心なものであるかを知った」(神近市子「私が知っている夢二」)

神近市子はやがて「東京日日新聞」の記者となり、大杉栄の恋人になる。大杉の妻の保子、恋人の伊藤野枝と市子の三人の恋がからまり、もつれる。市子は大杉を刺して負傷させ、二年間の服役を科せられる。葉山の日蔭茶屋事件というのがこれだ。

## 「へろへろな文学青年たち」

大逆事件の死刑執行が四十四年の正月、四月に辻潤は精華高等小学校の教師をやめ、上野女学校の教師になった。佐藤在寛の誘いに応じての就職であったにちがいない。

小学校辞職のあとに上野女学校へ転職のはなしがおこったのか、そのまえから勧誘があったのか、そのあたりは不明である。佐藤在寛と潤のつきあい、「実験教育指針」の常連寄稿家としての潤の立場をかんがえると、後者が真相にちかいのではないか。

精華小学校辞職の理由はなんであったのか。大月健の研究「辻潤の『精華高等小学校退職願』」によれば、明治四十四年(一九一一)三月十八日づけで東京府知事あてに退職届けが出され、理由は「病気ノ為」となっている。「医師診断書相添へ」とも書いてあり、精華小学校の校医の乾兵馬名義の診断書には「頭書ノ疾病ニ罹リ候間休職療養可致モノ」と書かれ、大月によれば、「頭書ノ疾病」とは神経衰弱なのだという(「虚無思想研究」第2号)。

詩人の金子光晴は明治二十八年(一八九五)うまれ、潤よりは十一年の年少だ。大逆事件のときは十七歳だった。昭和の初期にふたりは交際があり、潤は「金子光晴という詩人はときどき小遣いをくれるから偉い」といっていた。

昭和四十年(一九六五)に書きおろしたエッセイ『絶望の精神史——体験した「明治百年」の悲惨と残酷』で、大逆事件について、金子はこういう評価をくだしている。

「明治四十四年の大逆事件は、外国文学に心酔して、社会主義に理解を示していたへろへろな文学青年たちをふるえあがらせた」

金子光晴が「へろへろな文学青年たち」のひとりに記憶の辻潤をかぞえたのかどうか、わからないが、潤が恐怖にふるえたのはまちがいない。

　もしも警察の捜査が身辺におよんだとき、公立小学校の教師という境遇が潤の立場をいっそう危険にするのは予想された。

　私立の女学校に移っても、それで安全が確保できるわけではない。だが、みずからお願いして官の教育機関から身をひかせていただき、私立女学校の教師となりました――と神妙に振舞うことで多少なりとも危険を回避できると計算したのではないか。佐藤在寛がこの意味合いの助言をしたかもしれないと推測はできる。

## 伊藤野枝

　潤が伊藤野枝と出会ったのは明治四十四年（一九一一）の、おそらくは四月、上野高等女学校の新学期がはじまったときだ。

　野枝は四十二年（一九〇九）に故郷の高等小学校を卒業した。福岡県糸島郡が野枝のふるさとだ。

　叔父の代準介の一家が東京へ移住していた。野枝は叔父を頼って東京に出て、四十三年に上野女学校の四年編入の試験をうけ、合格して入学した。小学校を卒業して一年後に女学校の四年生になったのである。おなじ四年生に、準介の娘、野枝には従姉にあたる千代子が先に在籍していた。

　この年の六月に大逆事件の検挙がはじまり、裁判となり、つぎの年（明治四十四）の正月に十二名が死刑に処された。辻潤は精華高等小学校の教師を三月にやめて、四月に上野女学校の英語の教師となった。五年生の野枝が新任教師の潤をむかえた。

小学生のころから、野枝は作文や和歌が得意だった。少女むけの雑誌、おとなの文芸雑誌に文章や歌を投稿し、受賞したこともある。

新しい教師の辻潤は、女学生の人気の的になった。最初の授業で、はやくも潤は女生徒を魅了した。野枝は、潤先生の評判がどんなに素晴らしかったか、小説仕立ての「惑い」で熱をこめて描写する。

「重味をもった気持ちのいいアルトで、歌うように、その唇からすべり出す外国語は、その発音に於ても、すべての点で、校長先生のそれよりもずっと洗練されていて、そして豊富なことを認め得た。それにまた、その軽いとりつくろわぬ態度とユーモアを帯びた調子が、すっかり皆んなを引きつけてしまった。新任の先生の評判はいたる処でよかった」

学校が発行する謄写印刷新聞「謙愛タイムズ」を、ほとんど自分ひとりで編集していたと野枝は「惑い」でのべている。はじめは学園創立者のひとり、佐藤在寛みずから編集していたのが、生徒による自主編集にうつり、やがて野枝が専任であるかのようになった。

潤は野枝の新聞編集にちからを貸した。新しい詩や歌の感想を書いてもってきて、よろしければ掲載していいんですよと、野枝に読ませた。

潤先生は暇さえあれば音楽室でピアノを弾いていた。ピアノの楽譜ではなく、尺八の譜をかかえて音楽室にはいってゆくのが野枝の気を惹いた。

## 夏期帰省――出奔――同棲

夏期休暇で帰省した野枝を、途方もないはなしが襲った。叔父の代準介が野枝の結婚ばなしをきめていた。相手は父の友人の息子である。野枝はその男の顔もみたことがない。

卒業まではイヤだと抵抗して、帰京した。

潤と野枝を、教師と生徒の関係を超えた意識が包んだ。野枝は強制的に結婚させられることへの激しい怒りを訴え、潤は同情の言葉を返して、激励した。たがいに惹きつけられる感情がうまれた。

ふつうの恋愛が――こういう表現が適切かどうかは別にして――はじまるはずだった。ふつうの恋愛にならなかった事情はいくつもあったにちがいないが、はっきりしている事情のひとつは九月に雑誌「青鞜」が発刊されたことである。

潤は野枝に「青鞜」が発刊されたこと、青鞜社の主宰者であって雑誌「青鞜」の責任者の平塚らいてうについての知識などを教えた。

「元始、女性は太陽であった。真正な人であった。

今、女性は月である。他によって生き、他の光によって輝く、病人のような蒼白い顔の月である」(「青鞜発刊の辞」)

食い入るように「青鞜」の論文を読む野枝、理解のおよばぬ文章についてつぎつぎと質問を発してくる野枝、そういう野枝に刺激をうけているのを隠さず、しかし、おおいなる満足を意識する潤――ふつうの恋愛としてはじまらなかった事情がここにある。

潤には恋人がいた。「Y――のある酒屋の娘さん」だと潤は「ふもれすく」に書いている。典型的な江戸前の娘、緋鹿子の手絡《てがら》に、結綿《ゆいわた》、黒襟をかけた下町のチャキチャキ、泉鏡花の小説の愛読者――のちになって潤は、この娘と野枝を比較する、「その人との恋の方が遙かにロマンチックなもの」だったと。野枝が登場しなければ、潤と酒屋の娘とのあいだにふつうの恋愛が熟したはずだ。

野枝の登場がふつうの恋愛に終止符をうった。「その人を幸福にしてやる自信を持たなかったのだ」と潤は説明する。酒屋の娘さんと夫婦になって暮らすにはカネがかかる、野枝ならばカネはなくても苦情はいわない――潤がこう判断したとしても、野枝にたいする失礼にはならない。このときふたりは、ふつうの恋愛よりは一段と高いところへ昇ろうとしていた。

年がかわって明治四十五年(一九一二)、三月になれば野枝は卒業、故郷にもどって結婚しなければならない。帰郷したくない、結婚など論外だ。あれこれと策が練られたが、名案はない。

帰郷の夜行列車にのらねばならなくなった。これが東京の見納めとおもったのか、野枝は上野公園の青木繁の遺作展覧会を観にいった。辻潤が同行した。潤が誘って野枝が応じた——かもしれない。展覧会は、おちついて観られなかった。

「そしてその帰りに、はじめて何の前置きもなしに激しい男の抱擁に会って、私は自身が何をかも忘れてしまいました。惑乱に惑乱を重ねた私は、おちつくことも出来ずにそのまま新橋にかけつけました」（伊藤野枝「動揺」）

予定した汽車は出たあとだった。下宿にもどり、もういちど新橋に行った。遅い時間にもかかわらず、三人の先生が新橋まで送ってくれた。辻潤と西原和治はわかるが、もうひとりはだれだろう。野枝の小説に「教頭先生」として登場する佐藤在寛かもしれない。

故郷で仮の祝言をあげたが、すぐに東京に舞いもどった。東京にもどるについては「在校中に可なり私のために心を遣ってくださった先生」に頼ったという。これは西原だろう。

叔父の代準介の一家は東京をひきはらった。住むべき場の無い野枝は潤の家に同居することになった。潤の母の美津が「困ってるときはお互いさま」と、あっさりひきうけた。

野枝の親戚から上野女学校に抗議がきた。野枝は卒業生である、学校が責任をとらねばならない義務はないが、人妻の卒業生の野枝が夫を棄てて出奔し、ついさきごろまでの教師と同居している事実は否定しようがない。学校の評判にもかかわる。

潤は上野女学校をやめた。東京の駒込で同棲生活をはじめた。潤の母の美津も、妹の恒も同居する。

## 『天才論』の苦労

上野女学校をやめたから、些少な月給さえ取れない。潤は「カケダシ翻訳労働者」と謙遜ぎみに自称するが、翻訳の仕事がすぐにやってくるわけもない。

ともかくカネになりそうな原稿は、すこしだけ訳してあった『天才論』である。友人のそのまた友人の出版業者がなにか出版したいといっているのを耳にし、『天才論』はどうだろうかとかけあってもらうと、出しましょうとの返辞。はなしがばたばたと進んで、秋には出版するとの契約ができた。六月から全訳にとりかかり、三カ月とすこしで完了した。

ところが、秋になって出版社が倒産し、それからは難行苦行だ。「どなたか大家の序文でもあれば――」と、潤の自尊心を傷つけるようなことをいう出版社があらわれる。じーっと我慢し、大家のところへ序文を頼みにゆくと、出版が決まったら書きましょうなどと、なんの役にもたたない挨拶だ。癇癪をたて、原稿を質屋にぶちこんだこともあった。

この時期に、刊行を見込んで訳者序文が書かれたかもしれない。そうだとしても、それが「おもうまま」でなかったのはまちがいない。

## 長い夜が明けて

はじめて『天才論』を訳したころの暮しを回想して潤は「夜間は音楽学校、昼間は労働」をしていたと書く。高等小学校の教師である。教師の仕事をあえて「労働」と称したのは、音楽の教育をうける晴れがましく、嬉しい夜間の姿との対比にちがいない。教師などはやめて音楽に専念できたら、どんなに素晴らしいか——羨望の気持がある。

だが、夜になれば音楽の世界に触れられ、昂揚した気分になる、古本屋の店先の『響影』にひきつけられたのは昂揚した気分のためだ。

このころの音楽教育機関の最高峰は官立の東京音楽学校である。音楽学校を受験する予備校として私立の音楽学校にかようひともいたが、潤にはその気はない。プロの演奏家の検定をうけるつもりもなかったが、「漠然と音楽家になりたいという空想」は抱いていた。『響影』のページの余白に「A youth who is going to be a musician」と記したこともある（『響影』訳者跋文「De trop」）。

潤が訳した『響影』が「楽のかがみ」のタイトルで小松玉巖の雑誌「音楽界」に連載されたのは明治四十二年（一九〇九）のことだ。

この時期にクラシック音楽をやるひとは高度の知識人であり、西洋通でもあったが、『響影』の存在を知るひとは少数だった。知ってはいても、翻訳してクラシック音楽界に寄与しようなどというのは冒険に類する。専門家でさえ手を出せない難事を、個人の興味だけからやってのけた潤を、小松玉巖は驚異の目でみあげた。日本の近代音楽史の画期と評されて当然の事業だが、本人の潤はそのことを知りもしない様子なのが、玉巖の驚異と尊敬を強くする。

連載をきっかけとしてはじまった玉巖と潤の交際は、深く、濃くなる。玉巖の周囲の音楽家との交際もひろがった。

「出来るだけの機会を捉えて音楽に親しんだ。そして、僕はいつでも一個のアマチュアであり、ディレッタントである。僕の音楽にたいする理解は年を追うて不可解になり、懐疑的にさえなって行く。僕は時として、音楽を理解する素質すら自分に欠けているのではないかと思われて絶望に近い感じを抱くことさえある。それにも拘わらず音楽会がありさえすれば、不可思議な力に引ずられては聴きにゆくのである」(「De trop」)。

「音楽界」連載の翌年に大逆事件がおこった。潤は恐怖に襲われたが、その恐怖を楯として危機をくぐりぬけた。教師をやめるという人生の方向転換に成功したのは、音楽を識り、音楽を愛することの恵みにほかならない。音楽それ自体と、小松玉巖を軸とする音楽界のひとびととの交遊だった。

『響影』の訳業を高く評価し、雑誌「音楽界」に連載してくれた玉巖の興奮の気持は、のちに、単行本として刊行された『響影』に寄せた序文にあらわれている。

「君があの原稿を見せてくれたのは最早や十年の昔だ。あの当時、ああいう種類の本が君の目についたというのも一つの不思議だ。そして、それを最も愛して読んだ人々も恐らくは僕等二、三の少数者に止まっておったかと思はれる。（中略）

辻君！　楽界も進歩した。アパショナタやクロイツェルソナタも技巧ある演奏者に依って公衆の面前に現れるやうになった。君の此書が市に出る時期がもう来たのだ。

ハインリッヒの科白ではないが、

長い夜があけて

曙の紅い光がさしそめたのだ」

## 〝われは歌わんかな〟

クラシック音楽の関係者だけではない、『響影』の主人公サラ・カフタルも潤の同伴者であった。危機をくぐりぬけるに際しての頼もしい同伴者、萎《な》えがちの勇気をふるいおこさせてくれる同伴者、そのひとりがサラ・カフタルであった。小説の主人公は生身の人間ではないが、だからといって人生の同伴者になれないわけはない。

サラの両親は音楽を理解しようとしない。専門の音楽家になる途にすすみたいと、おもいきって志望をうちあけたとき、父はいぶかしげにサラをみて、「そのような志望は早く棄てなさい」というだけであった。せめて一歩ふみこみ、音楽家志望の動機なりともたずねてくれればいいのに、その気配さえない。

母も、サラがふつうの家の娘のようになってほしいと、それだけをかんがえている。母をたすけて家事を処理し、社交界で優雅にふるまう娘になってほしいのだ。もちろん、結婚して安心させてほしい。

結婚――結婚――それは、なんだ？

「われは世に出て、人とは真に奈何《いか》なるものにして、かれ等は常に何事を思ひ煩らへるや、知りたきはわが願いなるを。家庭とは体よき鳥籠なり。其処に何等の生命なし。ある程のもの、全て平凡無味の色彩をほどこさる」

自分が欲しているのは結婚などという鳥籠ではない。音楽の世界の奥底を見きわめ、真善美を尽くした自分の音楽を世のひとにあたえてやりたい。

「大なる聴衆の面前に出でて、われは歌わんかな。人々、わが声に耳傾けなば、必ずや絶えいらん」

サラは苦境に陥っている。苦境から脱出して、専門の音楽家となり、「大なる聴衆」を前にして唄って喝采をあびる日はやってこないと暗示されている。サラの境遇は苦境どころではない、残酷である。

だが、残酷感覚と比例して、音楽にたいするサラの感性は研ぎ澄まされてゆく。〈音楽、それは何か〉と、みずから発した問いにみずから答え、すでに神の領域に踏み入れているのではないかと、サラ自身でさえ恐ろしくなるほどの鋭敏である。

「午後、またも楽の起源に思ひをひそめぬ。かかる事を置きて他になすべき事、われに　ありや？　ああ、いとものうし――耐へがたき程にものうし」

「もろもろの詩人《うたびと》の中にて、真に克く楽の堂奥に入りてその機微を捉へしものありやと様々に求めたれど、多くは漠然と、人間の霊性と深きかかはりあるものなりなどと歌ひしに過ぎず。楽の内部に秘《ひそ》めたる真理を見出せし人は真に少なし。されどシエレイの如きは、ややそれに庶幾《ちか》きものか」

音楽は人間の霊性と重要なかかわりがある――そこまで識って唄った詩人はいるが、音楽の独自の意味に想いを馳せた詩人はすくない。ロマン派詩人のひとり、P・B・シェリーならば、音楽には独自の意味があるはずだと気づいた少数者といえるかもしれないが――

――音楽のほか、この世に、なにがある！

あの偉大な詩人シェリーを〈真理発見の一歩手前にちかづいた詩人〉と、まるで友達づきあいの調子で評し、「音楽のほか、この世になにがあるか」と断言するサラ・カフタルにたいして、潤は強い親近感をいだいている。なんといっても、彼女に「サラ・カフタル」という日本語の表記をあたえ、いうならば、日本における彼女の産みの親は自分にほかならない。

――サラよ。ぼくといっしょに歩いてくれないか!
サラが承知してくれるのは、わかっている。
だが、いずれ、別れの時がくるのも知っておかねばならない。
そのとき、潤は尺八を唇にあてるのか?
それとも、勇ましいマーチを――?

## 伊藤野枝はサラ・カフタル

野枝と同棲し、上野女学校をやめるまでのいきさつは「一切が意識的であった」と潤は回想する。野枝と大杉栄が憲兵隊に殺された事件に触れての回想であり、かなりの時間の経過のあとだから整理されすぎているおそれは否めないが、虐殺という血の匂いが記憶の新鮮を維持しているともいえるはずだ。

「一切が意識的であった」と簡潔に回想したあと、丁寧な文章で説明する。

「愚劣で単調なケチケチした環境に永らく圧迫されて圧結していた感情が、時を得て一時に爆発したに過ぎなかったのだ。自分はその時、思う存分に自分の感情の満足を貪り味わおうとしたのであった。それには洗練された都会育ちの下町娘よりも熊襲の血脈をひいている九州の野性的な女の方が遥かに好適であった」(「ふもれすく」)

「自分の感情の満足」という表現で、とりあえず潤がいいたいのは性欲である。「昼夜の別なく情炎の中に浸った」と興奮して書いているとおりだ。

だが、性欲だけではない。「ふれすく」の、右の引用のすこしあとで、かれは「僕の最初の動機」という表現をもちだす。野枝とのあいだの精神的、肉体的な関係の最初の時点における潤自身の主体的な意識という意味だ。「いまからおもえば、あのとき僕は、こういうふうにしたかったのだ」という、その「こういうふう」である。「僕の最初の動機は野枝さんと恋愛をやるためではなく、彼女の持っている才能を充分にエジュケートするためなのであった。それはかりにも教師と名がついた職業に従事していた僕にその位な心掛けはあるのが当然なはずである」

野枝の才能をエジュケート(教育)したい、そのためにちかづいた。はじめに恋愛あり、ではなかった——というふうにうけとると、弁解にきこえるおそれがある。そうではない。

野枝の存在を強く感じ、離れがたい気になっている自分に気がついたとき、

——この女をサラ・カフタルにする！

野枝がサラ・カフタル、そして潤はセベライン・メダーノフだ。

畢生の名曲をつくって世に出し、専門の音楽家として自立する望みに燃えているサラ・カフタル。

サラは世間から妨害され、圧迫され、悪意の的になる。

妨害や圧迫、悪意からサラをまもり、協力し、名曲完成への途を共にあゆもうとするセベライン・メダーノフ。

容易なことではないのは、わかっていた。セベラインは裕福、潤は貧窮、その相違だけではない。

「それが出来れば僕が生活を棒にふったことはあまり無意義にはならないことだなどと、はなはだおめでたい考えを漠然と抱いていたのだ」

「おめでたい」とは自嘲、卑下ではない。自愛、自重の言葉である。

## 恐怖を基点とする人生

『辻潤全集』の「年譜」によると、明治四十三年（一九一〇）十二月には『天才論』の翻訳がおわっていた。逆算すると、大逆罪容疑者がつぎつぎに検挙されるのと並行して翻訳を急ぎ、翻訳が終わり、年が変わって四十四年の正月に十二名の死刑が執行された。

上野女学校への転職は四月だが、二月か三月には転職のはなしはきまっていたはずだ。そして、この時点で『天才論』の刊行の意味が激変した。大逆事件の前と後では潤の人生観が一変した。一変したあとの潤が訳して刊行するのだから、刊行の意味が激変するのは当然だ。

潤の、なにが、どのように変わったのか？

潤は、この世に「個」として存在することの恐怖を意識しなかったが、大逆事件をきっかけに鮮烈に意識する。いや、意識せざるをえなくなった。そしてもちろん、恐怖を意識する自分という「個」も発見した。『天才論』は、そのように激変した辻潤を「カケダシ翻訳労働者」として世におくりだす役目を負うことになった。

『天才論』はロンブローゾの著作であり、辻潤は翻訳者にすぎない。翻訳の本文に潤の個人的な見解や感想を折りこむわけにはいかない。そこで、翻訳版の序文に潤の見解をたっぷりと盛りこむことになった。

『天才論』刊行には印税を稼ぐという生臭く、しかも切実な側面があった。だが、それはそれ、という言い方をすれば、潤の序文「おもうまま」を世に出す舞台として『天才論』の本文が訳され、刊行される一面もあった。

自覚され、選択された〈恐怖を基点とする人生のかたち〉は、序文「おもうまま」ではどのように構成されているか。

それはまず、序文「おもうまま」の、そのまた序文を書くことにしめされている。

「僕は今序文を書こうとしている。序文というものを書くのはこれが初めてだ。とにかく序文というものはこう書くべきものだというむずかしい規則がない限り、僕の勝手なことを書けばそれでいいことと信ずる。僕はこの本とまるで関係のないようなことをいうかも知れない。けれど自分のいいたくないことは決していわないつもりだ」

序文の、そのまた序文が終わって、序文の本文になる。ここにもまた、本文の、そのまた前書きのような一節がある。じつに奇妙、奇態な文章だ。

「僕は自分のやるどんなつまらない仕事でも自分の生活というものと離して考えることは出来ない」

だが、「自分の生活というものと離して考えられない仕事だけ」をしようとすれば、たちまち、厚く重い壁に衝突する恐怖を知らねばならない。その恐怖は「近頃一番痛切に感じていること」として表現される。

「一番痛切に感じていることは人間が自分に対して正直に生きて行こうとする程、だんだん世の中に生存の道を与えられなくなってゆくということだ。簡単にいうと食えなくなって行くという妙な現象だ」

これが潤の感じている〈恐怖の基点〉である。

恐怖を感じたら、すぐに回避の策を講じるべきだというのが多くのひとに共通の常識であろう。ここにはもちろん、恐怖は回避できるという見方がある。避けられるものを避けないで苦しむのは愚かであるということにもなる。

だが、潤は、恐怖を避ければ自分にたいして正直でいられなくなる、そのほうが宜しくないとかんがえる。

「僕は馬鹿でも間抜けでもなんでも、出来るだけ自分に対して忠実に生活して行きたいものだと望んでいる」

「僕はどんな場合でも自分の嫌な、強迫的労働には従事したくないと思っている。またやらないつもりだし、やれもしまい。同じ翻訳をやるにしても出来るだけ自分の性分に適したものを択《えら》んでやっている。それでないと自分にはとても出来ない」

末尾の「自分にはとても出来ない」は「自分に対して正直、誠実になれない」と読み換えればいい。

悲壮な覚悟である。

だが、覚悟はいかに悲壮であっても、生身の人間であるかぎりは、自分にたいして誠実になれない状況に陥ることはある。その状況を認識できなければもっと残酷で、悲劇だ。

そうならないために最も有効な鍵、それが恐怖だ。

恐怖を感じない、それは自分にたいして誠実でないしるしだ。

## 「一寸まいったのである」

自分にたいして正直、誠実であれ――潤は生涯を通じてこの姿勢をつらぬいた。

「おもうまま」を書いてから十八年、四十九歳の潤は「天狗になったぞ！」と叫んで二階からとびおりた。それからは間歇の狂気の発作とともに生きることになる。四度目の発作をおこした父を入院させようとして車にのせたのは息子のまことだが、行く先はいわなかった。精神病院に入院させられると察したのか、どうかはわからないが、そのとき、父は息子に告げたのである。

「お互いに誠実に生きよう」（「父親と息子」）

異常に興奮する父の精神につきあったために不眠がつづき、まことは「すこしオカシク」なりかけていた。だが――

「この言葉とそのときの冷静な辻潤の面持ちのなかには一片の狂気のカケラもなかった。そしてこの言葉は私の心に深く刺さりこんだ。

直観的にこの言葉が、お互いの関係の誠実という意味ではないことを悟った。彼は私に『自分の人生を誠実に生きる勇気をもて』といっていたのだ。そして自分は『誠実に生きようとしているのだ』といっていたのだ。

一寸まいったのである」

第4章

# 動揺――エロスと正義と唯一者

## エジュケート

潤と野枝が同棲をはじめた時点にもどる。

潤は生活費を稼ぐために、やりかけていた『天才論』の全訳に集中する。しかし、野枝を教育することもわすれない。野枝の持っている才能を充分にエジュケートする、それが自分の最初の動機だったと、潤はいう。野枝と恋愛するためではなかった、ともいう。

妻としてむかえた野枝を、潤はエジュケートした。野枝と約束したわけではない。自分で自分に誓ったといったようなものだが、潤は誓いをやぶりはしなかった。ストイックな態度は生来のものである。

潤は野枝に英語を教え、ヨーロッパの古典文学の基礎を教え、新進の文学者や思想家の状況を教授し、平塚らいてうの雑誌「青鞜」の読者となるように勧めた。

## 「青鞜」

「青鞜」を発刊した平塚らいてうは会計検査院の次長、平塚定二郎の娘として東京にうまれた。本名は明《はる》という。東京女子高等師範学校――いわゆる「お茶の水」――附属高等女学校を卒業して私立の日本女子大学の英文科でまなぼうとしたが、父に反対され、母のとりなしで家政科に籍をおいた。

日本女子大学は成瀬仁蔵が創設した。創設にあたって政財界有力者の援助をうけたのが、その後の大学の教育方針に影響をあたえた。女性を人間として教育する基本理念が後退し、国民としてそだてること、つまり〈良妻賢母〉の養成が前面に出てきた。

らいてうは反撥し、文学と禅にちかづく。成美女子英学校でまなび、生田長江の閨秀文学会に参加し、小説を書きはじめた。文学会で知り合った森田草平との交際が深まり、心中するつもりで塩原温泉の奥の尾頭峠を彷徨《ほうこう》したが、死ななかった。塩原彷徨のいきさつを材料として森田草平が小説『煤煙』を書き、新聞に連載した。

禅に集中することで危機をくぐりぬけ、生田長江などの助言をちからに雑誌「青鞜」を発刊したのは明治四十四年（一九一一）、らいてうは二十五歳であった。創刊号に「元始、女性は太陽であった――青鞜発刊に際して」を書いた。このときから「らいてう――雷鳥」をペンネームとした。

らいてうの母が娘のために婚資をたくわえていた、それが「青鞜」発刊の資金となったという指摘があるが、「青鞜」がらいてう個人の雑誌だったといえばまちがいになる。たくさんの女性が社員、賛助員の立場で協力する組合の性格をもった青鞜社という組織があり、その機関雑誌が「青鞜」だとかんがえるのが正しい。

若い女性が、女性であることの悩み、怒り、苦境を文学のかたちで訴え、読み、話し合う場が「青鞜」であった。潤が観るところ、野枝は「青鞜」の読者、協力者になるのがふさわしい女性である。だから、「青鞜」の読者になること、主宰者のらいてうに会うことを勧めた。

青鞜社同人の女性たちは吉原に出入りして、「五色の酒」をあおり、男をうばいあい、恋の鞘当てをくりひろげている――新聞の三面記事ではまるで不良少女のあつまりかなにかのようだが、潤はそうではないと観ていた。野枝が青鞜グループから得るものは少なくないはずだと期待していた。

日本の小説家では泉鏡花と岩野泡鳴が好きだと野枝に告げたが、野枝に鏡花や泡鳴の読者になれと強制はしたことはないだろう。

潤は優れた教師だった。文部省主導の正規の訓練でできあがった教師ではなく、自分の興味のあるテーマにだけ集中するやりかたが辻潤を現実的な教師に育てあげた。野枝は生来の聡明を発揮して、潤の教えを吸収した。

野枝がらいてうに刺激され、女性の問題に関心を集中してゆくのが、潤には手にとるようにわかる。それでいいんだよと、潤は励ましたはずだ。

三味線の弾き方を美津に教えてもらうこともあった。はじめてにしては上手に弾くと、野枝の腕をほめては嬉しがっていたという美津。その喜悦の裏の、旧家の没落をなげく悲哀に野枝は気づいていたか、どうか。美津に三味線をならったのは、美津と調子を合わせるのもわるくはない、ぐらいの気持ちだろう。もともとが強気の女である、〈辻家の嫁〉として動くのは避けていた。美津は満足できないが、潤はそれでいいとしていた。野枝を〈辻家の嫁〉としてむかえたつもりはない。

潤は岩野泡鳴に委託されて翻訳の仕事をしたり、陸軍の英語の書類を訳したりして稼いでいたが、『天才論』はなかなか日の目をみない。それでも、野枝を教育するのが本来の自分の動機だという想いに変わりはなく、らいてうをたずねてみてはどうかと勧めた。野枝があこがれているのはらいてうのような女性だとわかっている。ならば、野枝がらいてうを直接にたずねるのが手っとり早い。

野枝はらいてうをたずねて、歓迎された。青鞜社の社友のような立場で雑用を手つだうことからはじまって、正式な編集者となり、らいてうから「青鞜」の編集と経営をひきつぐまで長い時間はかからない。

潤も青鞜社をたずね、らいてうや、女性の同人たちと友達になった。この交遊のなかから『天才論』刊行の芽が出そうな気配もあった。

年があけて大正二年(一九一三)、雑誌「青鞜」に「響の影」が連載された。第三巻第五号から第十号まで。かつて潤が訳し、原稿を小松玉巌におくって激賞され、玉巌が主宰する雑誌「音楽界」に明治四十二年(一九〇九)に連載された、あの「楽のかがみ」とおなじものだ。ただし、「青鞜」連載の訳者の名は「伊藤野枝」、タイトルは「響の影」と変えられていた。らいてうも潤も「伊藤野枝」名義の連載に同意した――そうとしかかんがえられない――のだから問題はない、というか、トラブルにはならなかったが、著述発表の権利と義務、編集出版の倫理などをかんがえると、ありえないはずの事態ではあった。

「響の影」が「青鞜」に連載されるにいたったいきさつは、つぎのようではなかったろうか。あくまでも推察である、このほかにも、いくつものかたちの推察は可能だ。

「青鞜」編集部の話題はいつでも〈女性〉である。元始は太陽であった女性が、いまは男に照らされて光るだけの月になってしまった。ふたたび太陽となり、自分の光をとりもどすには、われら女性は、なにを、どのようにしなければならないか?

議論の輪のなかに席をしめるようになった野枝が、

――サラ・カフタルという女性も、周囲の妨害に反抗しつつ、我が道をゆこうと奮闘したのです!

サラとはだれ？　なにをしている？　どこの国のひと？——矢のように飛んでくる質問に、野枝はこたえたはずだ。

——サラはイギリスの女性です。音楽家になろうとして、作曲を勉強しています。

——実在の女性ではない、かもしれません。スタンレー・マコーウェルというひとが小説のかたちでサラ・カフタルの生涯を描きました。

——わたしくの夫が——あの、みなさまもご存じの辻潤ですが——翻訳して、「音楽界」という雑誌に連載されたことがあります。「静秋」か「都路静秋」、または「辻静秋」の名で出しましたので、お気づきではないかもしれませんが——

——楽譜の一部が出てきたりして、読みにくいところもありますが、音楽家になりたいという意思を曲げずに突きすすむ彼女こそ、わたしたちが模範とすべきだと存じます。

——もとのタイトルは「The Mirror of Music」です。「音楽界」に連載されたときの題名は「楽のかがみ」でした。

野枝はサラになりきっていた。潤の教育の影響が、まずはこういうかたちで野枝にあらわれていた。

——サラは、ね——

この場にいない潤の言葉の一句一句が、野枝の頭のなかで反響する。ああ、あれはそういうことだったのだと、野枝は新しい解釈に恵まれる。

——作者のマコーウエルが主人公サラに与えた命題というか、基点というか、それをもっともよくしめしているのが「われ奈何《いか》なれば、かく音楽を好めるにや」なんだ。周囲の妨害にもめげずに一大交響曲を作曲する、それはサラの宿命だが、それだけではない。これほどまでに音楽が好きな自分は、いったい、存在として、どういう意味があるのだろうかと、いつも問題を自分自身のなかにひきもどす、それでなければサラの人生に意味はない。

——野枝さん、野枝さん、「われ奈何なれば、かく女性の自立を叫ぶにや」——これなんだよ。あなたはこれを忘れてはだめなんだよ。

野枝の周辺で、野枝の思惑をこえる事態が進行する。「楽のかがみ」を「青鞜」に連載してはどうか、というはなしだ。仲間のうちで、サラ・カフタルというひとにいちばん近いのは野枝さんだから、野枝さんから辻さんにはなしをつけて了承してもらえば、「青鞜」の性格にふさわしい連載になる、やるべし!

辻さんは了解してくださるにちがいない。「音楽界」に載った「楽のかがみ」のタイトルを「響の影」と変え、訳者は野枝さんということにして、つぎの「青鞜」から連載しましょう——となったのではなかろうか。

野枝は反対できなかったのだろう。いや、反対する理由はないと、自分で自分にいいきかせたのだろう。サラ・カフタルの奮闘の生涯を世に知らせられるのは、「青鞜」の仲間のうちでは自分のほかにはいないのだから

――主宰者のらいてうをヒーローとよぶには躊躇するが、らいてうを第一のヒーローとするなら、青鞜社が送りだした第二のヒーロー、それは「響の影」と小説「動揺」をひっさげて登場した伊藤野枝だ。

## 木村荘太の登場

『天才論』刊行は、いちどまとまりかけたはなしが駄目になり、そのあとは遅々としてすすまない。上野高等女学校の佐藤在寛と西原和治、青鞜社の平塚らいてう、そのほかに生田長江や岩野泡鳴、小倉清三郎が斡旋してくれたが、うまくいかない。焦燥を感じないわけではないが、潤は自棄にはならなかった。潤の関心がすこしずつ、だが着実に、自分の内面に向かっていたからである。いいかえれば、『天才論』の序文「おもうまま」で、「どんなつまらない仕事でも、自分の生活というものと離して考えない」と書く日がちかづいていた。

もちろん、野枝を教育することもわすれない。

野枝は大正元年(明治四十五)の暮れに、妊娠した。青鞜社の社友のような立場で、あれこれと手伝いをはじめたころだ。「東の渚」という詩が「青鞜」に掲載されたのを口火として、「新しき女の道」「この頃の感想」「染井より」と評論の掲載がつづき、伊藤野枝の名が世間に知られてゆく。

そういう野枝のまえに、木村荘太という若い男があらわれ、野枝に恋心をうちあけ、野枝は惹かれる。

岸田劉生や高村光太郎などの画家がフューザン協会をつくり、雑誌「フューザン」を発行していた。ここに小説を発表していたのが木村荘太だ。画家の荘八、小説家の荘十、映画監督の荘十二《そとじ》は荘太の弟である。激しい恋情をこめた手紙がかわされ、野枝のこころははげしく揺れ、潤とのあいだに険悪な空気が満ちた。潤という夫があり、潤の子を妊娠しているのを告げなかったのは野枝の落ち度にちがいないが、あとから事実を知った荘太は、かえって恋情を燃やした。

野枝の恋情のはげしいのを知った潤は「別れてもいいよ」と告げたが、野枝は「イヤだ」といったので、別れなかった。これは潤が「ふもれすく」で書いている。

野枝が荘太を拒否することで九日間の恋はおわり、野枝は一部始終を小説スタイルの「動揺」として、「青鞜」三巻八号に発表した。ところどころに往復の手紙をはさみ、揺れうごいた野枝自身の心情の軌跡をらいてうに告白するかたちの小説だ。小説のスタイルだが、末尾で野枝自身が、らいてうにあてて「これは小説では御座いません。単なる事実の報告として見て頂ければよろしいのです」とことわっているのは書いておかねばならない。

荘太は「牽引」という小説を雑誌「生活」に発表し、野枝の「動揺」とあわせて世間の評判の種になった。

青鞜社にはこれまで「二大スキャンダル」があった。尾竹紅吉、らいてう、中野初の三人が紅吉の叔父の尾竹竹坡の紹介で吉原遊廓に登楼し、花魁《おいらん》を呼んで一夜をあかした。紅吉が新聞記者にしゃべったのが尾鰭《おびれ》をつけてスキャンダルになった。もうひとつ、これまた尾竹紅吉が「青鞜」に広告を出してもらうために酒場「メゾン鴻巣」をたずねた。五色五層に注ぎわけられたカクテルがふるまいに出され、美しさに感動した紅吉が文章にして発表した。これが「青鞜社の女の酒狂い」のスキャンダルになった。

野枝と木村荘太の恋愛もスキャンダルになりかかった、いや、なったのだ。だが、青鞜社のリーダーのらいてうが「青鞜」三巻十一号に『動揺』に現われた野枝さん」を書いて冷静に批評したことで、愚かしいだけのスキャンダルにはならずにすんだ。らいてうは二十八歳、野枝は十九歳であった。

「あの事件は野枝さんには少し荷が重すぎた。あれだけの激動をもち堪《こた》えるだけの力はまだ野枝さんにはなかった。だから時として激動に食《は》まれて、いたずらに精力を浪費するのみで、あれほどの苦悶も比較的価値なき苦悶として終わったところのあるのは惜しいことだった」

騒ぎのあと、野枝は故郷にもどり、長男まこと(一《まこと》)を産み、まことを抱いて東京にもどり、青鞜社の仕事をつづける。野枝の態度をみるかぎり、木村荘太のあいだにはなにごともなかったかのようである。まことを産んだ興奮もあったろう、野枝は勇気と自信にあふれてみえた。

彼女の自信の根拠ははっきりしている。彼女の作品――「動揺」――が世間を刺激し、動かした事実からくる自信である。荘太と恋愛したことではなく、あの恋愛を文章にして発表したことによって世間は騒ぎ、動いた、そこからくる自信である。

## 平塚らいてう・津田梅子・神近市子

青鞜社はトラブルが好きだ、いつもゴタゴタをおこしている——こういうふうな見方が強かったはずだ。貶めてやろうという、いくぶんの悪意をふくんでの見方だが、青鞜社はこれを、かたちを変えての関心の強さだとうけとめてかかった。青鞜社の面々がぐーんと頭をあげて突進していたしるし、それが「青鞜社＝トラブル」の反応となった。

木村荘太の恋情告白で野枝が動揺した大正二年（一九一三）、ひとりの女性が青鞜社社員の立場を棄てて姿を消した。みずからの意思で棄てたのではなく、強制的に棄てさせられたのだ。

彼女の名は神近市子。数年さき、彼女の人生は伊藤野枝や大杉栄の人生とからみあい、血をながす。

神近市子は長崎の医者の娘である。長崎の活水女学校の中等科を中退して上京、津田梅子が主宰する女子英学塾にはいった。萬朝報の懸賞に入選した小説「平戸島」をひっさげて青鞜社の賛助員となり、「青鞜」に小説や翻訳が掲載され、有力な社員のひとりになっていた。

地方の裕福な階級の女性にとって、青鞜社は東京で培養される新しい文化の展示場の意味があった。新しい文化の、たんなる観衆ではなく、おなじ憧れをもった同世代の女性と出会い、語り、変わってゆく新世界のなかに自分の生活をきずこうとする女性の舞台でもあった。青鞜社は出発のときから華々しく、高踏的でさえあったが、権威的ではなかった。門を敲《たた》く意思さえあれば、だれでも歓迎された。

青鞜社は教育機関ではない。たがいに影響しあい、上昇することを共通の認識としていたから教育の効果はあったが、といって、若い女性がそれをめざして参加したわけではない。たとえば神近市子は津田梅子の女子英学塾で実学の教養を身につけ、女子英学塾卒業生の学歴で世に出ようとしていた。青鞜社はちがう。彼女が青鞜社に期待するのは実学ではなく、新しい世界に出ようとしている同世代の女性の連帯なのだ。

ならば、市子が英語をまなんでいた津田梅子の女子英学塾は、どうであったか?

津田梅子の父は津田仙といい、佐倉藩堀田家の藩士の四男としてうまれ、幕臣津田家の養子となった。梅子は北海道開拓使が派遣する女子留学生の五人のひとりに選抜され、アメリカで修学、明治十一年(一八七八)に帰国し、華族女学校の教師となり、五百円の年俸をうけた。

明治三十三年(一九〇〇)、三十七歳の梅子は私立学校令による女子英学塾を東京の麹町に創設し、塾長となった。はじめの塾生は十名であったが、専門学校の認可をうけ、英語科教員無試験認定取扱の許可をうけてから成長、拡大の途をすすむ。ここを卒業すれば、試験をうけずに英語教師の資格を取れる。神近市子が女子英学塾の生徒になったのも、おそらくは無試験で資格が取れるからだ。

だがさて、無試験許可認定取扱は文部省の権限の代行にほかならない。ここで、文部省にたいする英学塾の、英学塾にたいする生徒の義務が発生する。神近市子が青鞜社の同人として活躍するのは義務違反の行為とみられたのである。

青鞜社同人をやめるか、津田梅子の英学塾を退塾するか、二者択一をせまられた市子は青鞜社からしりぞく途をえらんで卒業にこぎつけ、弘前の青森県立女学校の教師となった。卒業後の一定期間は教師として教壇に立たねばならない義務があったはずだ。

一年で弘前の女学校をやめた神近は東京にもどり、東京日日新聞の社会部記者となり、大杉栄にちかづき、恋人になり、伊藤野枝と対立する。

## 『天才論』「おもうまま」

自信に自信がかさなる。

小倉清三郎という学者がいた。潤は十六歳のころ、国民英学会でまなんだ。英学会で潤と同級生の小倉は、それから哲学をまなび、性科学を研究して、研究団体「相対会」を組織する。伊藤野枝の「動揺」に登場する「T」がかつての同級生の辻潤であるのを知り、小倉は性科学者として、野枝の恋愛と精神の動揺に興味をもった。野枝は潤におしえられて、小倉のことは知っていたはずだ。

小倉が「動揺」を材料にして講演をした。場所は小石川のキリスト教会、講演のタイトルは「野枝子の『動揺』に現われた女性的特徴」という。らいてうが講演の中身を知り、小倉に依頼したのだろう、小倉は講演の内容を文章化して、「青鞜」に寄せた。

野枝はスキャンダルに潰されなかった。潰されるほどのものがなかった、そういえるかもしれない。スキャンダルを踏台にして、ずんずんと世の中に出ていった。

おそらくは野枝から小倉にきりだしたのだろう、わたくしの夫の辻潤がロンブローゾの『天才論』を全訳しましたが、出版してくれるところがみつからず、困惑しております、と。小倉と岩野泡鳴が組んで植竹書院に紹介されると、とんとん拍子にはなしはすすみ、大正三年(一九一四)の十二月に出版された。反響は大きく、たちまち版をかさねる。

野枝は「動揺事件」のスキャンダルの主人公になり、小説「動揺」の作者として脚光をあびる。潤ははりきり、『天才論』の序文「おもうまま」を書く。ふたりとも上昇気流をつかまえたかにみえるが、じつはそこに、破綻のはじまりがあった。

野枝は潤に、怪訝な視線をむける。

――これが、あの、わたしの、辻先生なんだろうか?

まるで無気力にみえ、歯がゆくて仕方がない。

手をつなぎ、ふたりして、ずんずんと世の中に出てゆくはずだった。そのためにこそ、わたしたちは駆け落ちみたいに上野女学校をやめたのではなかったのか。『天才論』の成功が確実になったいま、ふたりして世に出てゆく絶好のチャンスなのだ。

わたしは一歩さきに世に出た。出ただけじゃ、ない。女が虐げられない世をつくる女として注目をあびるようになった。だが、それもこれも、辻先生といっしょでなければ嬉しくも、なんともない。

## 谷中村の事件

外に出る野枝、内へ向く潤——野枝と潤はたがいの正面ではなく、背中をみることが多くなった。

野枝は外へ、世の中へ出てゆこうとする。

潤は潤で、世の中よりは自分の内に向かおうとする。

おたがい、相手の背中しかみえない。

きっかけの、そのまたきっかけといったようなものはあった。谷中村の事件だ。谷中村の事件は足尾銅山の事件からはじまる。

渡良瀬川の上流の足尾銅山は徳川幕府の直営であった。明治のはじめに古河市兵衛が払下げをうけて採鉱をはじめた。産出量は年をおって増加したが、流出する鉱毒による沿岸農村の被害は深刻だった。渡良瀬川が氾濫し、洪水が流した鉱毒によって沿岸の広大な水田が壊滅的な被害をうけた。

栃木県選出、改進党代議士の田中正造(一八四一—一九一三)が明治二十四年(一八九一)に議会で政府を追及し、銅山の操業停止のほかに策はないと訴えて、ようやく政治問題になった。

政府は田中の攻撃をかわし、沿岸農村の地主階級と古河とのあいだに示談を成立させた。

被害農民は田中に激励され、鉱毒問題を世間に訴える演説会を何度も東京でひらいた。利根川づたいに上京する農民にたいし、サーベルをぬいた警官が襲いかかって妨害する。

明治三十四年(一九〇一)十二月、議会開院式にのぞむ天皇の馬車に、田中正造が直訴をした。直訴文を書いたのは幸徳秋水であった。

天皇直訴に衝撃をうけた政府は政策の大転換をはかった、鉱毒が流出するのは洪水のためだとし、洪水をふせぐには広大な遊水池をつくって渡良瀬川の氾濫をふせぐ、そうすれば鉱毒は流出しないと結論づけた。このようにしてまで政府は足尾銅山をまもろうとした。

遊水池の候補となったのが谷中村である。政府は農地買収にとりかかった。谷中村の農民は一戸、また一戸と買収政策にきりくずされて土地を売る。田中は谷中村に住まいを移し、土地を売るのはやめろ、政府に負けるなと農民をはげました。

谷中村はわすれられ、田中正造は孤立していったが、少数のひとは政府と足尾銅山に怒りをぶっつけ、谷中村の農民の悲劇に同情し、田中正造を正義のひととして称賛した。

## 福田英子・渡辺政太郎

潤と野枝の最初の住まいは巣鴨の駒込だ。駒込から近い滝野川の中里に、福田英子という女性が住んでいた。岡山藩士の娘、明治のはじめに岡山女子懇親会をつくったが、政党とみなされ、禁止された。東京に出て自由民権運動にくわわり、大井憲太郎や小林樟雄とともに朝鮮に独立党の政権をつくろうと企てた容疑で逮捕された。明治十八年(一八八五)の大阪事件である。

英子は憲法発布の大赦で出獄し、福田友作と結婚。東京に女子工芸学校を創設し、幸徳秋水たちの平民社と提携する姿勢をしめした。明治四十年(一九〇七)には雑誌「世界婦人」を創刊し、古参の女性社会主義者として尊敬されていた。

英子はらいてうに共感し、ちかづいた。「青鞜」三巻二号に寄稿した「婦人問題の解決」が社会主義思想にもとづいていると判定され、発禁処分をうけたことがある。往年の自由民権の闘士は老いてなお意気さかんであった。

野枝の「動揺」が「青鞜」に掲載されたのは、英子の「婦人問題の解決」より半年あとの三巻八号である。英子は野枝に着目し、

――あんたが、「動揺」を書いた、あの野枝さんかね。世間にゃ、悪口をいわせておけばいいんだ。負けるん

じゃ、ないよ！

はげまし、友達になった。野枝の紹介で、潤も英子と友達になる。

英子から、会ってもらいたい中国の学者がいる、といってきた。フランスで修学し、日本の女性問題を研究するために来日したという。英子は婦人解放運動の若い闘士として野枝を紹介したわけだが、英語ができるひとが同伴してくれるとありがたいというので、潤と野枝はそろって中里の福田邸へ行った。そこではじめて渡辺政太郎というアナキストに会い、潤はかれの人格に惚れこむのである。あとからかんがえれば、ということになるが、これが大杉栄と野枝をむすびつけるきっかけになる。中国人学者のその後の活躍がどうなったか、わからない。

渡辺政太郎につれられて大杉栄が駒込をおとずれるようになり、谷中村の悲劇が話題となった。

――政府と資本家の結託の犠牲として滅亡する谷中村！

渡辺政太郎と大杉、野枝の三人は口から泡を吹かんばかりに悲憤慷慨するが、潤にはピンとこないはなしだ。渡辺は現地に行って、農民の悲劇を目の当たりにしている。人格に惚れこんでいるせいもあって、かれの悲憤慷慨には共感できるものはあるが、野枝の言い方には、なじめない、さめた気分にならざるをえない。

――あなたと渡辺さんとは、ちがうんだよ！

いってやりたい衝動はあるが、客の手前もあるから、口をつぐむ。客がかえったあと、潤は野枝を「嗤《わら》った」

と自分で書いている。
「その時の野枝さんの態度が少し可笑《おか》しかったので後で彼女を嗤ったのだが、それがいたく野枝さんの御機嫌を損じて、――」（「ふもれすく」）

このとき潤は野枝に暴力をふるわなかった。それは鮮明に記憶している。

いっしょに暮らしたあいだ、暴力をふるったのは二回だけだ。一度は野枝の額に酒の瓶《びん》をなげつけた。なにが原因か、おぼえていない。もう一度は、別れる一週間ほど前、野枝が「明白に僕を欺いた事実を知っ」たときである。潤は野枝を足蹴《あしげ》りし、擲《なぐ》ったけれども、谷中村の事件が話題になったときではないのは、鮮明におぼえている（「ふもれすく」）。

いっしょに暮らしたあいだ、潤が外泊したのは一度だけだった。潤が野枝の従妹――代千代子だろう――に惚れたことがあり、野枝がはげしく嫉妬したことはあるが、蹴る、擲るの修羅場になったことはない。

谷中村の悲劇について、憑《つ》かれたように怒り、叫び、糾弾する野枝――潤は彼女の心境は理解できたのではないか。

野枝は攻撃する性格である。責めて攻め、突っこんで抉《えぐ》り、騒ぎが大きくなればなるほど自分の正義が拡張するのを確信する。あくまでも進んで攻めなければ倒れてしまうのが野枝だ。谷中村の悲劇は悪政の犠牲、近代文明の汚点なのだ。攻める目標として、こんなに大きいのは滅多にみつかるものではない。

——政府を攻める、正義の名において！

## 野枝は「見る」、潤は「観る」

この世の中という巨大なスクリーンに映る自分の雄姿を、野枝はみあげる。野枝の、ずーっとうしろ、地につくほどの低い位置から、潤は野枝の背中をみあげる。

潤は茫然自失とはならない。

多忙である、茫然自失している暇はない。野枝を揶る暇もない。

刊行され、好評を得ている『天才論』をみている。本文ではなく、冒頭につけた序文「おもうまま」である。文章を「読んでいる」ではなく、「みている」のは現象としては奇態だが、じっさい、そのとおりなのだ。せいぜい数ページの「おもうまま」の紙面が揺れ、ふくれ、溶けて崩れるようになって潤の顔に迫ってくる。はじめは、迫ってくる意味がわからなかったが、そのうちに、わかる。揺れてふくれて、溶けて崩れて、音楽になったのだ。

音楽の主題は〈自分〉だ。

——ご主人さま、ご用でございますか！

音楽のなかに、セリフの声がきこえる。

照れくさいから、

——よせやい。アラビアンナイトじゃあるまいし——

このおれがアラジンで、〈自分〉がランプの精であるかのような構図である。このおれによって発見され、呼びだされたランプの精が、嬉しいあまりに小躍りしているのがきこえる。

えらいものに気づいてしまった、おれの手に負えるだろうか——不安はあるが、不安よりも歓喜が強いのを、潤は知っている。

野枝の背中を、潤はみている。漢字で書けば「見て」いるだけで、「観て」はいない。「観て」いるのは内側だ。〈自分〉は内側にしか存在しないから、「観なければ、見られない」のである。

## ヴァニティ

辻潤と大杉栄は平民社のころから面識はあったはずだ。大杉は平民社の手伝いをするくらいに積極的だったが、潤は「平民新聞」を定期購読し、講習会に出席するのがせいぜいの消極的な賛同者であった。しかし、平民社そのものが大きな組織ではない、たがいの顔と名ぐらいは知っていたにちがいない。

巣鴨の駒込から小石川の竹早町にうつった大正三年(一九一四)、大杉栄ははじめて潤と野枝の竹早町の借家をおとずれた。

初対面だが、冗談がとびだして、楽しかった。

大杉の小説「死灰の中から」によると、最初の訪問の結末はつぎのようである。

大杉が帰ろうとすると、野枝が「まあ、いいじゃありませんか。もうTも帰ってきますから」といい、大杉を驚かせた。「T」とは辻潤のことである。野枝が潤と同棲しているのを知っているのに、このときまで潤の不在に気がつかなかった自分の迂闊に驚いたのだ。「Tもお会いしたがっているんですから」と野枝がいうのにおされて腰をおちつけ、やがて潤がもどり、三人の鼎談《ていだん》になった。

だが、またしても大杉は驚いた。応答のうちにあらわれる、潤と野枝の相違の激しいのが大杉を驚かせた。

「彼女との受け答えには何でもない事にでも何かの響きがあるように感じたのであるが、Tとの話には少しもそんな響きを感じないで了った」

竹早町の家には、偶然、同志のRが客としてきていた。帰り道、大杉はRに、野枝と潤を比較して、いう。

「『Nさんも、あんな男と一緒にいたんじゃ、駄目だね』

『ええ、あれじゃね』

RもTの何んの手答えもない事は認めたらしかった。しかし同時に又、僕がN子に対して払う敬意には大ぶ不満らしく見えた」

大杉がはじめて竹早町を訪問する場面の前に、まだ見ぬ野枝がどんなに素晴らしい女性であるかが、詳細をつくして描写してある。大杉の野枝絶賛の下地になったのはこの年に出版された野枝の翻訳、『婦人解放の悲劇』である。

スウェーデンうまれのエレン・ケイは女性解放のための論文を多く書いた。平塚らいてうはケイの思想が青鞜社の方向と一致していると評価し、「青鞜」誌上でさかんにとりあげた。ケイの自伝を訳したのもらいてうである。

もうひとり、ロシアうまれのエマ・ゴールドマンという女性アナキストがいた。アメリカに渡って労働者になるが、労働者を弾圧する警察に反抗し、各地で資本家糾弾の演説をし、ついにはマッキンレー大統領暗殺示唆の容疑で逮捕される。証拠なしで釈放され、「赤いエマ」の愛称で反戦運動の先頭にたった。エマの論文を野枝が訳して一冊としたのが『婦人解放の悲劇』である。

エマの『婦人解放の悲劇』は、じつは潤が訳したらしいが、「青鞜」には野枝の訳文として掲載され、それを読んだ大杉の野枝絶賛が「死灰の中から」の冒頭に置かれた。

伊藤野枝はエレン・ケイである、エマ・ゴールドマンであると称賛する冒頭のあとに、野枝と大杉の初対面の場が描写される。事実の経過としては前後が逆になっていて、かえってそれが効果をあげる。潤が「あんな男」であるのは否定しようがなく、「あんな男」といっしょにいれば、いかに聡明で果敢な野枝といえども共倒れになってしまう。であるからには、おなじく聡明で果敢な大杉といっしょになるほうが賢明である――という雰囲気が生じる。

大杉の「死灰の中から」は大正九年(一九二〇)刊行の伊藤野枝著『乞食の名誉』におさめられた。辻潤が『乞食の名誉』を手にし、「死灰の中から」を読んだのがいつか、判断はつかないが、大正十二年(一九二三)、野枝と大杉が虐殺されたのを大阪の道頓堀で号外をみて知るよりまえに読んだのはまちがいない。

潤の読後感、というより、野枝と大杉を追悼するかたちを藉《か》り、じつは自分を堅持する激しい文章を読んでみる。

「あの中では、たしかに大杉君は僕を頭から踏みつけている。充分な優越的自覚のもとに書いていることは一目瞭然である。それにも拘《かかわ》らず僕は兎角、引き合いに出される時は、大杉君を蔭でホメているように書かれる。だがそれは随分とイヤ味な話である。僕は別段改まって大杉君をホメたことはない。ただ悪くいわなかった位な程度である。僕のようなダダイストにでも、相応のヴァニティはある。それは、しかし世間に対するそれだけではなく、僕自身に対してのみのそれである。自分はいつでも自分を凝視《みつ》めて自分を愛している、自分に恥かしいようなことは出来ないだけの虚栄心を自分に対して持っている。ただそれのみ。もし僕にモラルがあるならば又ただそれのみ。世間を審判官にして争う程、未だ僕は自分自身を軽蔑したことは一度もないのである」(「ふもれすく」)

「ヴァニテ(チ)ィ」は「矜持」や「意地」「虚栄」と訳せばいい。「ダダイスト」はもうすこし先にゆくと、飽きるほど出てくる。この本の半分は「ダダイスト」「ダダイズム」の考察のために書かれる宿命なのだ。いずれ、そのとき。

谷中村の事件について怒りを表明しなかった潤は、その場だけではなく、あとになってからも、野枝と大杉の侮蔑の対象にされる。侮蔑されているのを知っているのに、人格の崩壊をまねくにはいたらなかった。なぜか？ 潤はこたえる。

「社会問題どころではなかった。自分の始末さえ出来ず、自分の不心得から、母親や、子供や妹やその他の人々に心配をかけたり、迷惑をさせたりして暮らしていたのだが、かたわら僕の人生に対するハッキリしたポーズが出来かけていたのであった」

人生に対するハッキリしたポーズ、これが出来れば人生は成功のレベルにちかづいている。潤の場合、すでにそれは「おもうまま」で宣言された。「どんなつまらない仕事でも、自分の生活というものと離して考えることは出来ない」や、「自分のいいたくないことは決していわないつもり」がそれである。

人生の方向を自分でえらび、決定し、そのように生きようと、最初の一歩をふみだした辻潤である。三十一歳——いくぶんかは遅いが、まだ三十年か四十年の時間はのこっている。悪くはない選択、決意である。

国家とか社会とか、社会問題というやつが執拗に追いかけてくるが、恐怖を楯に頑張っていれば、避けられる。

## 「冬の時代」

日本の社会主義の歴史では、明治四十三年(一九一〇)の大逆罪容疑者検挙ではじまる、残酷に圧迫されるばかりの苦しい時期を「冬の時代」とよぶ。

社会主義どころか、「社会」と名のつくものは社会主義を連想させるという理由で、すべて睨《にら》まれた。ファーブルの著書を訳して『昆虫社会』と題したものまで社会主義思想宣伝の隠れ蓑ではないかと疑われた。

雑誌「青鞜」が発刊されたのは、まさにその「冬の時代」の真っ最中である。

平塚らいてうに、社会主義思想を宣伝するつもりはない。社会主義にたいする理解、親近感もなかったといって、まちがいはない。文芸のかたちで、女性がものをいい、ものを書く場、それが「青鞜」だというのが彼女の構想であった。

だが、文芸は政治と接触せずにはいられない。女性の劣位が法的に規定されているかぎり、たとえ文芸の形式であっても、女性がものをいい、ものを書くこと自体が反体制的な政治行為である。平塚らいてうにも、「青鞜」にも「冬の時代」を突きやぶる意思はないが、「冬の時代」に安住するのか、それとも、打破して新しい時代をむかえるのか、問われずにすむはずはなかった。

そして、じっさいに問われたのである。

――青鞜社に集う女性諸氏よ。あなたがたには、「冬の時代」を打破して新しい時代に向かうつもりが、あるか、ないのか？

はげしく詰問するのは、ほかでもない、大杉栄である。

青鞜社には「冬の時代」を打破する意思があるようにおもわれる。なければ、もつべきである。それが青鞜社にふさわしい姿勢だと大杉はかんがえている。だからこそ、はげしく迫るのである。

## 「近代思想」

大杉栄は明治四十一年(一九〇八)九月に千葉の監獄にはいり、服役していた。大逆罪容疑者の検挙がはじまった明治四十三年(一九一〇)には依然として入獄していたから、検挙も死刑もまぬかれた。

四十三年の十一月に出獄したが、「冬の時代」の真っ最中である、政治的な言動はなんにも出来ない。おなじ境遇の堺利彦が「売文社」という名の、文字どおりの売文業――広告宣伝の図案や文章、社史や家史などの制作、外国語の翻訳――をやっていたので、参加した。売文社の事業は採算がとれていた。売文社は、命をうばわれなかった社会主義者たちの、公然たる集まりの場の役割もはたした。

四十四年(一九一一)の正月、十二名に死刑が執行された。

四十五年(一九一二)の七月三十日に明治天皇が没し、嘉仁親王が践祚《せんそ》し、「大正」と改元された。

――新しい天皇は、明治天皇のようには神秘と威厳をふりかざさないようだ。自由で軽快な雰囲気がうまれた。

この年の十月、大杉と荒畑寒村は「近代思想」という雑誌を発刊した。千葉監獄で呻吟《しんぎん》していたときから大杉は、出獄したら、「科学と文芸とを兼ねた高等な雑誌を出したい」という計画を練っていた。この計画があったから牢獄の暮しに耐えられた。

世は依然として「冬の時代」である、すこしでも社会主義の色がみえれば激しく弾圧されるにきまっている。仕方がないから、「科学・文芸・思想一般」の体裁に隠れてチャンスを待つのが大杉の「近代思想」なのだという解釈がある。「近代思想」=「隠れ蓑」の解釈だ。

この解釈はまちがっている。

明治三十年代にはじまった日本社会主義の思想と運動、その本流をうけつぐのが大杉の意思であるなら、この解釈は正しい。死刑に処された幸徳秋水たち先輩の復讐をするのも本流の継承だ。

大杉は、いわゆる明治社会主義とは絶縁すべきだとかんがえていた。滅多打ちにされて息も絶え絶えのいまこそ、絶縁すべき絶好のチャンスなのだ。哲学や宗教、科学や文学、そして政治、国家、人民と政府――そういったものの根底におりて真理をきわめる。あくまでも人間が中心の思想、真理をもとめようとしていた。そのための武器、舞台が「近代思想」である。

「近代思想」がどのようにむかえられたか、宮嶋資夫《すけお》の自伝を材料にしてかんがえてみる。もうしばらくすると宮嶋は辻潤とも大杉栄とも親しくなる。潤と宮嶋は比叡山の宿坊で生活を共にすることもあるが、「近代思想」発刊のころには面識はなかった。

宮嶋の父は元大垣藩士の子、母は元旗本の娘、資夫は東京うまれ。おそらくは高等小学校を中退のまま世に出て、砂糖問屋の小僧をはじめ、いろいろの職業についたが、ものにはならない。小説家になりたい希望があり、幸田露伴に弟子入りしようとしたが、ことわられた。三越呉服店でストライキを計画し、首謀者とみなされたこともある。

知人が雑誌「火鞭」の編集をしていたことから、社会主義に興味をもった。明治三十八年(一九〇五)に白柳秀湖、中里介山、山口孤剣などが発刊した「火鞭」はキリスト教的な社会主義を主張していた。山口孤剣ははやくから平民社の活動に参加していた人物だ。そのかかわりで宮嶋は、平民社の運動には知識も興味もあった。大杉栄や荒畑寒村などには、友人のような親近感をもっていた。

宮嶋は古本屋をやってみようとおもいついた。露店からはじめるわけだから、まずは下調べというわけで神楽坂へゆくと、たくさんの露店が店をならべている。そのなかに、自分では灯もつけず、そばの電柱の灯を借りている、みすぼらしい店があった。学生ふうの男がやっている。

気をひかれ、前にしゃがむと、「近代思想」が目にとびこんできた。大杉や荒畑の名が出ている。

「ほかの文芸倶楽部や何か、もっと厚い雑誌が四銭かそれ以下なのに、薄っぺらな近代思想が四銭は高いじゃないかと、いふと露店の男は『近代思想です』ときつぱり言つた。私は大変気持がよかった」（宮嶋資夫『遍歴』）

「近代思想です」と胸をはった若者の颯爽とした雰囲気、それが「大変気持がよかった」とうけとめた宮嶋――雑誌「近代思想」が大正の世になげかけた感動が察せられる。

明治社会主義の古い舞台で名をあげたものの、大逆事件で窒息させられたひとは暗夜に光明をみた想いがしたはずだ。

「人間の問題から出直そう」と大杉は誘っている。若いひとが舞台にあがらぬうちに、明治社会主義の幕はおりてしまった。いま、ふたたび幕のあがった舞台では、まるでかれらのために用意されたかのような筋書のドラマがはじまろうとしている。大杉は「われらは思索しなければならぬ。個人的思索を欲しない輩はいわゆる衆愚である」と誘っている。「思索しなければならぬ」という大杉の言葉には抗しがたい。

## 思索する二個の頂上

先発の「青鞜」は思索する女性によって編集、発行され、思索する女性に歓迎される。

後発の「近代思想」は「思索せよ」と叫ぶ大杉と同志によって発行され、思索する労働者や大衆に歓迎される。

伊藤野枝は大杉栄に共感し、共感が愛情にかわった。いや、共感が愛情にそだったというのが適切か。

伊藤野枝という個人が大杉栄という個人に共感し、共感が愛情になった――個人のあいだの現象を表現するにはこれで充分だが、野枝や大杉もふつうの意味での個人ではない。そのことは、ほかのだれよりも強く、当人たちにはわかっていた。野枝は思索する女性の峰の頂上にたち、大杉は思索する労働者や大衆の峰の頂上にたつ公的な存在だ。

ふたりが相寄れば「近代思想」はかぎりなく「青鞜」にちかづき、「青鞜」はかぎりなく「近代思想」にちかづく。「近代思想」は「青鞜」の男性版、「青鞜」は「近代思想」の女性版となる。

ふたりの前に、一体の存在としての二誌がある。粗末なところや意に満たぬものがみえてきて、イヤになる。どちらか一方は余計なもの、双方を発刊しつづけるのは負担ばかり多く、得るものは少ないと実感されるのは仕方がない。

決断した――耐えきれなくなった――のは大杉である。野枝でなくて大杉だったことの、特別の事情はない。つまり野枝が「青鞜」をやめることもありえたが、そうならなかったのは「青鞜」がまだ野枝の経営に移っていなかったからだ。

大杉は「近代思想」を廃刊することにきめた。大正三年(一九一四)のことだ。廃刊の理由として、「近代思想」は「知識的手淫」にすぎないという大杉の見解が発表された。かれは「近代思想」は「なつかしき、しかし、汚れたる」ものだと、哀歓と自己揶揄《やゆ》こもごもの感想を語った。

「近代思想」のかわりに——というのは適切ではないかもしれない——大杉や荒畑は「平民新聞」という月刊雑誌を発刊する。サンディカリズム(労働組合主義)の立場を濃厚にしているが、アナキズム(無政府主義)の主張はいまだ濃厚ではない。鈴木文治たちが大正元年(一九一二)に組織した友愛会が本格的に労働組合に発展するかもしれぬ様子をみせている。遅れたくないという焦りも、「近代思想」から「平民新聞」への転進を加速した。

## 野枝は「成長」する

大杉が月刊「平民新聞」を発刊してから三カ月、大正四年(一九一五)の正月に野枝はらいてうから「青鞜」の経営・編集・発行をひきついだ。このころ野枝は次男の流二を妊娠していた。九月に故郷にもどって流二を産み、流二を抱いて帰京して、「青鞜」に全力を投入する。

潤・野枝・大杉が顔をあわせ、対話することが多くなる。

あるとき、大杉は潤の意外な一面を発見した。意外な一面とはいっても、たいしたことではなく、突然に生じたことでもない。野枝は知っているが、大杉は知らない潤の一面、それが大杉をおどろかせ、潤にたいする見方が変わった。それがかえって大杉の恋情を熱くさせ、野枝を潤からうばう結果になったといえる。

潤の意外な一面、それはつぎのようなドラマによって大杉に発見された。

月刊「平民新聞」は警察の激しい弾圧に襲われる。労働者を相手とする新聞であるからには覚悟はあったのだが、予想を超えて激しい弾圧に大杉も荒畑も苦労する。一号、二号、三号とたてつづけに発禁処分をうけた。二号の印刷がおわるころ、すでに印刷所は十数名の刑事に包囲されていた。刷りあがった新聞を自動車にもちこみ、刑事の包囲をすりぬけてもちだし、神田の菓子屋に隠した。警戒が解けるのをまって、ひそかに読者にとどける予定だ。

ところが、その菓子屋の二階に刑事が下宿しているとわかった。大杉も荒畑も渡辺政太郎もみんな顔を知られているから、菓子屋から新聞をもちだせない。渡辺から野枝に事情をうちあけ、菓子屋に行ってもらった。野枝は新聞をひきとり、自宅に隠した。

大杉は月刊「平民新聞」二号が必要になったので、辻家をたずねた。野枝は、この家も危険だとおもったので、ちかくの友達の家にあずけてある、いますぐに取りにいきましょうといって、腰をあげた。やりとりをきいていた潤が、不安な色をみせ、いったのである。

「例のやつがおもてにいるんでしょう」

「ええ」

大杉は潤にこたえ、「いや、いますぐでなくてもいいんです」と野枝をひきとめた。

「例のやつ」とは大杉を尾行している巡査のことだ。尾行巡査は潤の家のなかにははいれない。外で待機して、大杉が出てきたら尾行する。

大杉をおどろかせたのは、そのあとで潤が野枝にいった言葉だ。

「ねえ、うちにある日刊と週刊のH新聞ね、あれもどうにかしなくちゃいけないだろう」

H新聞とは幸徳秋水や堺利彦が出した「平民新聞」である。大杉や荒畑は警察に目をつけられている、かれらが出入りする家も家宅捜索されることがあり、「参考のため」の名目で無関係の印刷物まで押収されるおそれがある。潤は、それを警戒して、いったのだ。

野枝が「あんなもの構うものですか」といった口調には、大杉の月刊「平民新聞」より日刊と週刊の「平民新聞」を低くみるニュアンスがあったようだ。大杉も「あんなものは見つかったところで何んでもありませんよ」と、野枝に同調した。それでも潤は不安らしい、「それでも、持って行かれちゃつまらんからな」といった。

野枝としては、潤の不安よりも大杉の「平民新聞」のほうが大切であるらしい。毎号のように発禁処分にあっては財政も大変だろうから、せめて新聞の用紙だけでも「青鞜」から寄付しましょうといいだした。

「どうせ私の方でも毎月買うんですし、それっぽっちの事なら何んでもありませんから」

大杉も、これはうけられない。世間は、野枝の「青鞜」経営には無理があるのではないかとみていた。大杉も同感である。そしていま、まのあたりにみる潤と野枝の暮しもなかなか苦しいようだ。

野枝は強い女だなとおもうと同時に、潤にたいする印象が一変したのに気づいた。はじめて会ったとき、大杉は潤を「あんな男」と見下した。威勢のいい野枝も、「あんな男」といつまでもいっしょなら、だめになってしまうとおもった。

それが、ちがう。週刊と日刊の「平民新聞」をはじめからそろえてもっていて、警察にみつかれば押収されてしまうのではないかと警戒を怠らない。押収されるのがイヤだというのは、つまり「平民新聞」を神聖視しているからだ。十年前、社会主義に共感していた精神のしるしであり、いじらしく、可憐な記憶の詰まった玉手箱なのだろう。

「日刊と週刊のH新聞がどうして此の家にあるのか不思議でならなかった。日刊の方はそれから七年前、週刊の方は十年ばかり前に、DやSなどが出していた同志の機関であった。そして、それはTが嘗て愛読して其の全部を臓《しま》ってあるのだと聞いて、僕はびっくりした。しかし今迄とは違う眼で、Tの方を向いた」(「死灰の中から」Dは幸徳伝次郎―秋水、Sは堺利彦)

大杉は潤にたいして、「かすかながらも友情の芽生え」を感じるようになった。潤がいつまでも「あんな男」であるよりは、かすかながらも「友情の芽生え」を感じさせる存在であるほうがよかった。高いレベルの男の妻の野枝は、レベルが高い。その野枝に恋情を感じる自分はおなじく高いレベルの男である。

高いレベルの女の野枝は成長の過程にある。このころ、知識階級のあいだでは「成長」という言葉が流行していた。潤は「成長」と野枝とをむすびつけて、こういっている。

「その頃、みんな人は成長したがっていた。『あの人はかなり成長した』とか、『私は成長するために沈潜する』

とか妙な言葉が流行していた。

野枝さんはメキメキと成長してきた」(「ふもれすく」)

大杉はもちろん、野枝の成長に瞠目《どうもく》している。そして、潤から離れて自分といっしょになるのが野枝の成長だとかんがえていた。潤は野枝の「成長」を実現させる責任があるが、大杉のみるところ、潤はおのれの責任をはたそうとしていた。

「彼女の自由な生長という事に就いての、彼れの可なりの寛大さを、しかも自ら進んでの寛大さを、おぼろげながらに感じていた」(「死灰の中から」)

野枝は野枝で、自分の成長のしるしを目にみえるかたちにして、大杉につたえる。月刊「平民新聞」が発刊と同時に発禁処分となされたことに怒り、自分の雑誌の「青鞜」に同情と怒りの文章を発表したのだ。

「O、A両氏のH新聞が出るか出ないうちに発売禁止になりました。あの十頁の紙にどれだけの尊いものが費やされてあるかと思いますと、私は涙せずにはいられません。両氏の強いあの意気ごみと尊い熱情に、私は人しれず尊敬の念を捧げている一人でございます」(「死灰の中から」Oは大杉、Aは荒畑)

潤も賛成している——と大杉はみている。野枝はもちろん「成長」したいのだから、自分のところへやってくる。自分は彼女の「成長」の頂点において、彼女をむかえるだけである。奪うわけではない。

時期ははっきりしないが、野枝の従妹に潤が惚れた。従妹というのは、野枝より先に上野高等女学校の生徒になった代千代子だろうか。

「同棲してから約六年、僕らの結婚生活は甚だ弛緩《しかん》していた。加うるに僕はわがままで無能でとても一家の主人たるだけの資格のない人間になってしまった。酒の味を次第に覚えた。野枝さんの従妹に惚れたりした。従妹は野枝さんが僕に対して冷淡だという理由から、僕に同情して僕の身のまわりの世話をしてくれた。野枝さんはその頃いつも外出して多忙であった」（「ふもれすく」）

野枝は「青鞜」を廃刊して、大杉と同棲した。うまれたばかりの次男の流二は千葉県で網屋をやっている若松家に里子に出し、長男のまことは潤にのこした。大正五年（一九一六）の春であった。潤は三十三歳、野枝は二十二歳、大杉は三十一歳だ。

## 〝万物は俺にとって無だ〟

野枝に去られて、潤は辛かった。

どれくらい辛かったか、野枝に去られた直後、土岐善麿《ときぜんまろ》（一八八五—一九八〇）にあてた「のんしゃらんす」という短文で辛苦の心境を告白している。土岐善麿は歌人、国文学者、東京朝日新聞の社会部長などをつとめ、石川啄木と親交があった。大正元年（一九一二）に創刊した雑誌「生活と芸術」を廃刊するにあたり、最終号の記念とする一文の寄稿を潤にもとめてきた。

「土岐兄――お手紙ありがとうぞんじました」

率直な書き出しは、声をかけてくれた土岐への感謝の気持だとみていい。野枝との別離のあと、世間にむけて書かれた最初の文章ではなかろうか。

前の年――野枝はまだ潤の妻だった――に『唯一者とその所有』の序詞の部分を訳し、「万物は俺にとって無だ――マックス・スティルネル――」と題して「生活と芸術」に発表した。

「生活と芸術」は潤の『唯一者とその所有』が産声をあげた場なのだ。野枝と訣別するにいたる悲痛の日々、潤と綿密で実質的な交渉があったのは土岐だといえる。

それだけに、せいぜい奮発して、なにか「ホンヤク」の原稿でも提供したいのだが、書けないのですと辛苦を訴える。

「例の一件コノカタというもの、一通りや二通りや三通りのショゲ方ではなく――日に二度食べる御飯ですら、辛うじてノドへ通るか、通らないかという有様で、型の如くエンセイヒカン、――その意気地なさ加減ときたら、実にもってお話のホカです」（「のんしゃらんす」）

情けない気分で「エンセイヒカン」と書いていると、潤の想いは半年まえに「生活と芸術」に掲載された「万物は俺にとって無だ」につながる。

――そうだ、おれには、あれがある！　あれ――『唯一者とその所有』――に没頭すれば苦境はきりぬけられる。

潤はそのとおりにして、苦境をきりぬけた。

## 「死灰の中」の友情

潤は『唯一者とその所有』と一体化した。

辻潤イコール『唯一者とその所有』である。ふつう、このような連想は拙速な印象づけの方法だとして、軽蔑される。だが、辻潤と『唯一者とその所有』とは一体のものである、切り離せない。

そこで、『唯一者とその所有』を最初に発見した日本人は潤、最初に訳したのも潤、もっともよく理解したのも潤、もっとも盛んに論及したのも潤――といった解釈になりがちだが、最初の発見者、翻訳者は潤ではない。

マックス・スティルナーを最初に記述した日本語の文章は煙山専太郎編著の『近世無政府主義』だといわれる。明治三十五年(一九〇二)の発行。そのつぎに久津見蕨村の『無政府主義』がある。明治三十九年(一九〇六)の発行で、第三章が「スチルネルの無政府主義」となっている。

明治四十一年(一九〇八)には『最近　独逸文学の研究』が刊行され、著者の片山孤村は「唯一人及其所有権」という訳語を案出した。はじめて「唯一者とその所有」という用語を使ったのは明治四十三年(一九一〇)に東京朝日新聞に掲載された、吹田順助の文章「マックス、スチルネル」だという。そして大正元年(一九一二)の末に大杉栄が「近代思想」に「唯一者——マックス・スティルナア論」を発表した(『辻潤全集』別巻　佐々木靖章「辻潤の著作活動」による)。

スティルナーについて論及したのは潤よりも大杉が先である。大正元年の「近代思想」一巻三号に「唯一者——マックス・スティルナア論」を掲載した。

先後にこだわるのは意味がないが、数年あと、大杉は潤を知り、潤がマックス・スティルナーに強い関心をもっているのがわかる。大杉は〈マックス・スティルナーに関心があるなら、この男もまんざら駄目というわけでもないんだな〉といったふうに、潤にたいする認識をあらためるのだ。そういうわけで、マックス・スティルナーを先に知ったのはどちらであるか、触れないわけにいかない。

潤と野枝、大杉の三人の愛と性のドラマを大杉の立場から書いたのがほかならぬ「死灰の中から」だ。

ここで大杉はマックス・スティルナーについて、このように書いた。

「僕はT(辻)とマックス・スティルナの名著『唯一者とその所有』の話に帰った。Tは此の本を自分のバイブルだと云って尊崇し、愛読していたのだ。

『私は唯一者だ。私の外には何者もない。

『私は私以外の何者の為にも尽くさない。——」

スティルナーの言葉を十ばかり書きつらねたあと、大杉はまさに突如として〈友情〉をもちだすのである。

「僕も此のスティルナは好きだった。少なくとも其の徹底さが大好きだった。Tと僕は会う度に此のスティルナの話をした。そして其の仲介によって二人はだんだん濃い友情に結びつけられて行った」

スティルナーの仲介によって潤と自分は「濃い友情に結ばれた」と大杉はいうが、こういう事実はなかった。潤を対象とする関係にかぎっていうと、大杉は潤を対等の人間としてあつかわなかった。はじめは、週刊と日刊の「平民新聞」を初号からそろえて持っていた健気さ、つぎには自分が「近代思想」に発表した論文に導かれて——大杉はこうおもって疑わない——『唯一者とその所有』に興味をもち、たちまち「自分のバイブル」として神聖視する、よくいえば率直さ、わるくいえば愚直さをみとめて、潤に友人のひとりの位置をあたえてやった。事実はこれだけである。これだけの事実が、大杉の筆にかかると、ふたりは「濃い友情に結ばれた」ことになってしまう。

「濃い友情に結ばれた」のが、もしも事実であったなら、すくなくとも大杉が事実とかんがえていたなら、大杉はふたりを仲介した『唯一者とその所有』を大切にしたはずだ。

だが、『唯一者とその所有』は大杉によって棄てられ、潤によって潤と一体化する。

アナキスト集団の首領でなければ一日として生きられない人間、それが大杉だ。

国家の強権によらない社会——アナルシイの世を希求する、焦がれるような熱情に水をかける気はないが、マックス・スティルナーはその大杉を決して「唯一者」としてはみとめないはずなのだ。

あらゆるもの、その総体が権力である。あらゆるものの上に自分を置くからこそ「唯一者」なのだというスティルナーの根本原理が大杉には理解できない。

大杉は、理解できない『唯一者とその所有』を置き土産として潤のそばに置き、野枝をつれて潤から去ってゆく。

# 第5章

# 自我——自己をよく生きる

## 「エンセイヒカン」

野枝は大杉栄と同棲した。

潤は野枝と暮らした指ヶ谷町の家から出て、上野の寛永寺の一室に籠居した。息をひそめ、耳に蓋をする心境にちがいない。

長男のまこと（一《まこと》）は四歳になった。まことは祖母の美津といっしょに指ヶ谷町にのこったのだろうか。

「生活と芸術」の最終号に寄稿した「のんしゃらんす」は、おそらく、寛永寺で書いた。ぶつぶつ、もぐもぐと「エンセイヒカン（厭世悲観）」と呟きながら、「のんしゃらんす」を書いたとおもわれる。

精神の苦境に耐えかね、絶叫するおそれがあった。絶叫しても仕方がない境遇だが、逆に、そうであるからこそ、絶叫しないほうがいい。

——せっかく、手に入れたチャンスだ！

なんのためのチャンスか、かれ自身としてもはっきり説明はできないだろう。あえて忖度《そんたく》するならば、「自分・自己を手放さないため」だ。

食うに足るカネがあり、煩わしい人間関係にまきこまれず、愛してくれるひと、愛するひとが傍にいて、世間からは相応の評価と尊敬をうけている——こういう境遇では「自分・自己」を確実に摑もうとする意思のちからに弱みが出る。強いひとならともかく、潤は、自分が弱いのを知っている。

——おまえはしばらく、辛く悲しい境遇にいるほうがいいんだよ。

この調子で行くんだよと、自分で自分にいいきかせる呪文が「エンセイヒカン」だ。

## 「エイ・シャク・バイ」

寛永寺から出て、下谷の北稲荷町にうつった。母の美津や息子のまことといっしょになったのだろう。裏長屋だと潤はいう。戸籍もここにうつしたから、定住の地とするつもりだったのだろう。定住どころか、居所を転々とする境涯のはじまりだが、かれは予想もしなかった。

北稲荷町の長屋に「英語・尺八・バイオリン教授」の看板を出した。「苦しまぎれ」だったとかれは語る。

少年のころ、荒木古童について尺八をならっていた。尺八を吹いて生涯をおくれないかと真剣にかんがえた。古童先生に「尺八演奏家になりたい」と願ったが、職業とするのは困難だ、なにか別の職業について、尺八は趣味でやるのがよろしいと説得された。

「エイ」(英語)と「シャク」(尺八)は潤が教授する。英語はプロだが、尺八のほうはプロというには躊躇する。といって、せっかく英語を教えるのだから、ついでに尺八をやっても罰は当たるまいと、「苦しまぎれ」に「シャク」も看板に出した。

英語のほうは、潤の知人の若者が道楽半分、遊び半分であつまってきたが、尺八を教えてもらいたいというひとはゼロだった。

「バイ」——バイオリンの教授の佐藤謙三というひとは日本でも有数のバイオリニストだった。「あの時分、俺のところへバイオリンを習いにこない奴は馬鹿みたいな者だ」と潤がいうほどの名人だった。それほどの佐藤が、およそバイオリンにはふさわしくない下谷の裏長屋へ教えにくるについては「仔細があった」のだが、「その仔細を饒舌《しゃべ》っていると長くなるから略す」と素っ気ないのが惜しい。

このころを回想して「エイ・シャク・バイ」という文章を書いたのは大正十三年(一九二四)だ。下谷の北稲荷町の裏長屋に塾をひらいたが、生徒はこず、たちまち店じまいしてから八年もすぎていた。そのころ、佐藤謙三はヨーロッパへ修業に出かけ、日本を留守にしていた。

「彼は四年ばかり前に一挺の提琴を携え、ピアニストの妻君をつれて芸術修業のために欧州へ出かけたが、俺は彼が無事に彼の芸術を完成して帰ってくる日をひそかに嘱望期待しているのだ。彼こそは稀に見る芸術家魂の所有者だ。彼こそは上野のアカデミイの奴隷になるにはあまりにも強い個性の持主だった」（「エイ・シャク・バイ」）

音楽を聴く、ゆたかな耳と学識をもっていた潤だ。その潤が「有数な提琴家」と称賛するのだから佐藤謙三の技は素晴らしかったにちがいない。神技のバイオリニスト佐藤が「上野のアカデミイ」――官立の東京音楽学校の権威を笠に着ずに、在野の演奏家として意地を張って生きているのを潤は大いなる悦びとした。

潤の交友は多彩である。

多彩は多数ではない。個性ゆたかで、精神の歓喜を他のなによりも上位に置き、多数のなかの一員であるよりは、できるかぎり、「自己の個」にもどろうというひとが多数であるはずがない。佐藤謙三は、潤の、少数だが多彩の友人のひとりであった。

## パンタライ社

下谷から東へ――墨田川へ――くだれば浅草だ。

潤は浅草が好きだった。

「浅草と関連して少年時代から私の忘れることの出来ない道楽が一つあった。それは渡しをわたる道楽だ。昔は渡しの数も今よりは遥かに多かったのだ。（中略）

自分は蔵前に住んでいたからたびたび富士見とおくらの渡しを用もないのに渡って、大川端をブラブラして厩橋をわたって帰ってきたものだが、夏の夕暮れの散歩には極めて適度で、しばしば涼風に吹かれながら夕映の美しさをなつかしんだものだ。昔の夢……」（「あさくさ・ふらぐめんたる」）

用もないのに渡しをわたる贅沢はむかしの夢、「エンセイヒカン」と自分にいいきかせているいまは六区の興行街に足がむく。売出しまえの小説家や、映画（活動写真）やレビューの関係者の友達がつぎつぎにふえてきた。かれらと、カネがあれば酒をくみかわし、酔って、尺八を吹いて奥山を徘徊する。

浅草を根城としている黒瀬春吉という男がいた。実業界の黒幕といわれる久保扶桑の伜《せがれ》、ふんだんにあるカネをばらまいてグリルを営業し、カネはないが威勢はいいアナキストや労働組合の活動家にタダ酒をのませ、警官に追われれば匿ってやる。〈浅草の顔〉のひとりだ。

黒瀬は吉原にちかい千束通りでも飲屋をやっていた。酔客が勝手気儘《きまま》な落書きをするのを許していた。

お前とならば、どこまでも――栄

市谷の断頭台の上までも――野枝

世間の評判、人気の高さでは最高のふたりに落書きさせ、ならべて辻潤にも書かせた。潤はことわらず、筆をとって、大杉と野枝の落書きの横に書いた。

おうら山吹のいたりに存じそろ――潤

「羨ましき」と「山裏」、「山吹」がかけてある。

大杉や野枝には映画やカフェー、飲屋にしたしむセンスはない。浅草にむらがる大衆は労働者とは別の存在なり、といった顔をしているようにみえる。黒瀬は大杉よりも潤にちかづいた。黒瀬と潤をとりまいて、安成貞雄や武林無想庵《むそうあん》、佐藤春夫、宮嶋資夫、谷崎潤一郎、佐藤惣之助、小生夢坊《こいけ》らのグループができた。小説家やエッセイスト、詩人が多い。浅草の空気を吸って、芸術や政治活動の下地にしているひとたちだ。世に名が出ているかどうかは、無視する。たがいのセンスをみとめるか、どうか、それだけが糸の人間関係だ。

詩人の佐藤惣之助は流行歌の作詞も手がける。東海林太郎がうたってヒットした「赤城の子守唄」は昭和九年の作詞だ。佐藤惣之助は同世代の詩人の萩原朔太郎と親交があり、その縁で潤と朔太郎とが親友になる。

女性では和田むめおがいた。日本女子大学の卒業生である。まもなく、同窓の平塚らいてうと新婦人協会をつくり、婦人参政権運動をおこなう。奥英一と結婚して奥の姓を名のり、戦後に参議院議員を三期つとめる。

このグループにパンタライ社と名づけたのが潤であった。パンタライとは万物流転を意味するギリシャ語だそうだ。北稲荷の潤の住まいに「エイ・シャク・バイ」の看板がかかげられたが、もう一枚、「パンタライ社」の看板がかけられたというはなしもある。規約があって会費がいくらで、という組織ではないだろう。だれが看板を出してもかまわない。

黒瀬は自分の商売にもパンタライ社の名をつかった。浅草馬道に「パンタライ社」の看板をかかげ、女優派出を営業した。浅草オペラの全盛期である、待合から声がかかるとポータブルのチコンキ（蓄音機）とレコードをもたせて女優を派遣し、お座敷でオペラの縮小版を演じて稼ぐ、これがパンタライ社の女優派出。本物の芸妓の営業にまぎらわしいと、抗議されたこともある。

## 「トスキナー」「どん底」「虚無」

添田知道は大正四年（一九一五）か五年だったといい（「辻潤・めぐる杯」）、『佐藤惣之助事典』では大正十一年（一九二二）となっているが、浅草の観音劇場で、文士劇「トスキナー」とロシアの作家マキシム・ゴーリキー原作「どん底」、それに詩劇「虚無」が上演された。パンタライ社の関係者が劇団をつくって上演にこぎつけた。

獏与太平の創作オペラ「トスキナー」は、反対から読めば「アナキスト」となる。ある国のある町で、スリの営業が公式に許可されることになった。スリは指の芸術である、公許して保護しなければならんという理屈である。公許をうけたばかりのスリが町に姿をあらわし、堂々とスリの妙技を披露するおおさわぎ——

潤は「どん底」の男爵の役で登場した。泥棒ワシカペペルは監督兼任の佐藤大魚こと佐藤惣之助、主婦ワシリーサの京極小夜子、ナターシャの瀬川鶴子、娼婦ナスチャの山路千枝子、物売女の月岡千草など、本物の女優も出ていた。

もうひとつの詩劇「虚無」は潤の創作である。〈浅草は大衆演劇〉の常識をくつがえすシュプレヒコールがつづいたかとおもうと、黒衣の潤が出てきて、「一切は虚無だ！」と叫んで幕となる。観客が怒ってさわぎだすと、花道の潤が黒衣とカツラをぬぎ、大演説をして、またまたおおさわぎ（玉川信明『ダダイスト　辻潤』）。

ひまつぶしに舞台に立ったわけではない、出演料を稼ぎたいから登場したわけでもなさそうだ。稼ぎというほどのカネが出るはずもない。

ならば、なにが目的で、潤は舞台に立ったのか？

徒手空拳というか、孤立無援というか、そういった気分で世に触れる体験をしたかったのだろう。いいかえれば、孤独で生きてゆく稽古、修業、そういったもの、もっといえば、滅多打ちにされる事前体験。

## 予感

マックス・スティルナーの『唯一者とその所有』を全訳して刊行する——潤の唯一最大の願望だ。生涯で最大の仕事になるかもしれない予感がある。

だが、もしも世に出たとして、その途端に世間から滅多打ちされるのではないかという恐怖があった。『唯一者とその所有』は悪魔の書と批評されている、こんなものを苦労して訳した辻潤という人間が世間から相手にされなくなるのは当然かもしれない。

覚悟のうえでは、ある。恐怖は予想している。恐怖に打ち負かされるかもしれない。

それは仕方がないとしても、訳者の自分が恐怖に負ければ、日本における『唯一者とその所有』の存在そのものが消えてしまいはせぬか？

自分は負けても、『唯一者とその所有』は活かしたい。それには、恐怖と恥辱に馴れておくのがいい、そういう目的――というよりは予感があって、潤は舞台に立ったのだろう。

## 想いの丈《たけ》

大正四年（一九一五）の暮れ、土岐善麿の雑誌「生活と芸術」に「万物は俺にとって無だ」が訳載された。『唯一者とその所有』の序詞にあたる部分であり、潤のスティルナー訳文がはじめて世に出た。

善麿も潤も、これが連載になるのを予想していたとおもわれる。序詞のあとに長大な本文があるのは、潤から善麿につたえられていたはずだから。

だが、後続の訳文は掲載されなかった。四月に野枝が去り、大杉との生活をはじめた動揺の結果にちがいない。だがしかし、それでも潤は『唯一者とその所有』の全訳をやめようとはしなかった。潤の生涯にとって、『唯一者とその所有』にとって、ここが最も重要な場面だ。『唯一者とその所有』を出すと決意したから、出てゆく気配をみせる野枝をひきとめなかったのかもしれない。

大正五年の初夏に野枝が出てゆき、懊悩《おうのう》の時がすぎると、潤は加藤一夫の雑誌「科学と文芸」に四回にわたって『唯一者とその所有』の本文の一部を訳載した。四回でおわったのは、なぜか、事情がわからない。はじめから四回の約束だったかもしれないが、著述家の本性は、このような約束は拒否したいのである。ともかく、大正五年、「科学と文芸」に四回連載されたあと、『唯一者とその所有』はながいあいだ姿を消していた。前半部分(第一篇)が『唯一者とその所有(人間篇)』と題され、日本評論社出版部から刊行されるのは、大正九年(一九二〇)だ。

辻潤訳の『唯一者とその所有』の刊行は複雑な経過をたどる。まず、前半部分が『唯一者とその所有(人間篇)』のタイトルで大正九年に日本評論社出版部から刊行された。そのあと、前半と後半をあわせた全訳が『自我経(唯一者とその所有)』のタイトルで大正十年(一九二一)に冬夏社から刊行された。整理すると、前半だけの部分訳が『唯一者とその所有(人間篇)』、全訳が『自我経(唯一者とその所有)』なのである。前半と後半が別々に翻訳、出版されたのならわかりやすいが、そうではないから厄介だ。前者を『人間篇』、後者を『自我経』と区別する手がないわけではないが、そうすると肝腎の『唯一者とその所有』のタイトルが消えてしまって、かえってわかりにくくなる。

その間、潤がなにもしなかったわけではない。『唯一者とその所有』と根気よくつきあっていたのはいうまでもないし、トーマス・デ・クィンシーの『阿片溺愛者の告白』、スタンレイ・マコーウエルの『響影　狂楽人日記』、オスカー・ワイルドの『ド・プロフォンディス』の三冊を翻訳出版する。

大正九年からは雑誌「英語文学」にヴォルテエルの「バビロン人ザディック」の長期連載がはじまった。「英語文学」は初期は平田禿木が、後期は潤の友人の生田長江が主宰していた雑誌で、潤は英文和訳の投稿の選者の役をしていたこともある。

――焦るんじゃ、ないぞ！

一冊の翻訳書として世に出すこと、『唯一者とその所有』について潤は〈刊行〉ということの唯一点に焦点をしぼった。他の書を盛んに翻訳出版したのは、『唯一者とその所有』の刊行をより確実にしたかったからだ。いいかえれば、健康の優良と頭脳の明晰の維持をなによりも優先させたかったからだ。

刊行の時期は遅れても仕方がない。『阿片溺愛者の告白』や『ド・プロフォンディス』は刊行されるのに、『唯一者とその所有』は敬遠されている気配が濃厚だ。それはつまり、『唯一者とその所有』が出版業者の関心を刺激しないからである。そうであるなら、なおさらに慎重に刊行の時を待つべきだ。

## **『自我経』と「自分だけの世界」**

『唯一者とその所有』の刊行をまつ潤の気持は、深刻だったとおもわれがちである。『天才論』の出版がなかなか実現しなかったとき、「日々出版される愚劣な本の広告などを見ると、僕の憤りはなかなかいやされはしなかった」と、満腔の不満をいだいていた心境を、あとになって告白する。『唯一者とその所有』の刊行をまつあいだが、これと似た心境でなかったと断言できるものではないが、たとえ憤りはあったにせよ、心中に期するものの豊富なことにくらべれば、たいしたことではない。

心中に期するもの、それがなにかというと、訳者序文か跋文《ばつぶん》、または解説文である。

『天才論』の訳者序文「おもうまま」によって、〈潤の自分〉が誕生した。「自分に対して正直に生きてゆく」姿勢がきまった。「自分のいいたくないことは決していわないつもり」が腑に落ちた。舌なめずりする気分――そういっても、潤に失礼にはならない。

『唯一者とその所有』の刊行が具体的にきまれば、もちろん、訳者序文を書く。歓喜は確実に予想される。「自分に対して正直に生きる」「自分のいいたくないことは決していわないつもり」は変わらないが、『天才論』で誕生した歓喜は、『唯一者とその所有』では確認の歓喜として成長しているはずだ。『唯一者とその所有』がもたらしてくれる歓喜は『天才論』のそれより、はるかに強烈なはずだ。

読みだしてから翻訳、刊行までに要した時間はほぼ十年だ。まさに長期というべきだが、序文を書くために消費された時間だとかんがえれば、長短は問題ではない。

『唯一者とその所有(人間篇)』には「読者のために」と題した序文がつけられた。内容の深い、丁寧な文章だ。

これとは別に、「自分だけの世界」と題して、あきらかに『唯一者とその所有』の序文あるいは解説文の性格の文章が書かれた。だが、これは『唯一者とその所有(人間篇)』には添えられていない。大正十年十二月に冬夏社から全訳の『自我経』が刊行されたが、これにも「自分だけの世界」は付けられなかった。大正十四年(一九二五)に改造社から『自我経』の改訂版が刊行されて、ここではじめて「自分だけの世界」が序文、または跋文として付けられたらしい。

「自分だけの世界」の執筆時期は確定できない。なんという雑誌、または新聞に掲載されたのか、それもわからない。『自我経』に挟みこまれたパンフレットのようなものではないかとも推測されるが、断定はできない。版元が書店を通じて配ったチラシのようなものかもしれない。とにかく、わからない。すでに、「読者のために」が序文として添えられている、書物の体裁としてはじゅうぶんである。だが、それだけでは潤は満足できなかったのだ。『自我経』が刊行されてまもなく、『天才論』の序文「おもうまま」のような、つまり、序文としては破天荒な文章を書いて、これはほかならぬ自分――辻潤の『唯一者とその所有』なのだというところを鮮明にしなければ満足できなくなったのだ。

「これは読者のためではなくむしろ自分の覚え書きのつもりで書いておくのである。だが読者にも何らかの参考にならないとも限らない。自分のこの書(自我経)を訳了した時にはなんとなく仕事らしい仕事を片づけたような気がした。他の人から見たらなんでもないことかも知れないが自分だけには意味がありそうに思われたのである」

相撲ならば、正面から四つに組んで、といったふうの書き出しで、「自分だけの世界」がはじまる。

## 自然主義の波動——なに一ツ出来ない

日本精神史の、どのあたりに自分は位置するのか——自問自答して、潤はいう、ナチュラリズム——自然主義の影響をまともにうけたヤング・ジェネレーションであると。ナチュラリズムの可否は論じないが、幸か不幸か、ナチュラリズムの大きな波をくぐった世代であると。

ナチュラリズム全盛にたいする反動として、武者小路実篤を中心とする「白樺派」のイディアリズムが勃興した。

ナチュラリズムとイディアリズムの争闘に抑圧されながらも、底流として存在する精神のロマンティシズムがあった。

そしてちかごろ——大正中期——すなわち現代——ソシアリズムの台頭がある。ソシアリズムは明治初年のフランス学派に酵母をおくとおもわれるが、すくなくとも現代日本のソシアリズムはキリスト教のイディアリズムを母とし、ナチュラリズムを父とする一種不可思議な奇胎である。

もろもろの精神がぶっつかりあい、潤のなかでさまざまのドラマチックな光景を演出した。潤は潤で「真理」「宇宙の謎」といったものを把握したいと、手あたり次第に書物を読んだのだが——

「自分の頭がわるいせいか結局なんにもわからないということだけしきゃわからなかった。

しかし、僕のような人間にとっては、自分の人生に対する態度がハッキリ定まらない間はなに一ツやる気にはなれないのである。そして結局自分の心の根本的態度が動揺しているのだから、なに一ツ出来よう筈がない。なんとか早くきまりをつけたいものだとそればかりを気にして暮らしてきたのである」

### 自己を把握せよ。

「スチルネルを読んで初めて自分の態度がきまった」

態度がきまらなければ、なにを読んでも駄目だ——煩悶《はんもん》する潤とマックス・スティ(チ)ルナー(ル)の『唯一者とその所有』とが出会った。

「僕はスチルネルを読んで初めて自分の態度がきまったのだ。ポーズが出来たわけだ。そこで初めて眼が覚めたような気持ちになったのだ。今までどうにもならないことに余計な頭を悩ましてきたことの愚かなことに気がついたわけだ」

はじめのうちは、著者のいうことが理解できない。だが、英訳版の序文に、「これは難解の書である」とことわってあるのに勇気づけられ、辛抱して読んでいるうちに、スティルナーのいうことがわかってきた。

「『自己』という物の本体をハッキリ自覚させられたのである。この自覚を一切の人間が出発点にすれば一番まちがいないのだということがよく呑み込めた」

「自我」「自己」という言葉は、珍しいものではない。近代という時代がいつからはじまったのか、詮索はともかく、近代が「自我」と道連れで今日までやってきたのはまちがいない。「自我」はありふれている、「自我の自覚など、なんの役にもたたない」という見解を支持するひとはすくなくない。「自我を超越する、新しいものを見せてくれ」という要求は強い。

このあたりについては潤もこころえていた。「自我」のほかに何物も認めないというスティルナーの理論を敷《ふ》衍《えん》すると、すべての偶像を破壊したあとに、「自我」という偶像が建てられることになるのではないか——こういう誤解が生じやすい。レベルの低い誤解だが、レベルが低いだけに、多くのひとの共感をつかむだろう。だから、はやいうちに誤解を解いておく必要がある。

「なる程そういえばそうだといえるかも知れない。しかし彼は自分の説く『自我』をフィヒテ等のいわゆる『超絶的自我』、あるいはまた仏教徒などのよく口癖にする『大我』というようなものからハッキリ区別して、各個人の内に時々刻々動いている『血肉のこの刹那的自我』だというように断っているところを見ると、それは一定不変なものではなく、よしそれを『偶像』に祭りあげたところで、各人はその内容を各自の勝手放題に変化してゆくことが出来るのだから一向邪魔にはならない『偶像』である」

## スティルナーの「自己」「自我」とニーチェの「超人」

マックス・スティルナーの本姓、本名はヨハン・ガスパア・シュミットといい、一八〇六年にババリア（ドイツ）のバイロイトで生まれ、一八五六年にベルリンで死んだ。子供のころから額――スティルンが高かったので、それが綽名《あだな》「スティルナー」となり、「高い大きい額《マックス・スティルナー》」というペンネームになった。

スティルナーより一世代あとのヨーロッパの哲学者というと、まずはフリードリッヒ・W・ニーチェである。一八四四年に生まれ、一九〇〇年に死んだ。ニーチェの〈超人〉説はショーペンハウアーの〈盲目的意志〉説などと共に日本に紹介され、大正期の哲学ブームの柱となってゆく。

スティルナーは、あらゆる存在の上に「自己」を置くべきだと主張した。すると、その「自己」なるものはニーチェの〈超人〉とおなじものではないか――潤はこういう疑問が出るのを予想して、両者は別のことだと説明する。

「ニイチェは『超人』を説いた。スチルネルには『超人』の要はなかった。『超人』は『人間らしい人間』、『真人』などと同様、スチルネルにとっては無用な幻影である。自分は『血肉のこの自分』で沢山である（仏教の『即身即仏』参照）。人は生まれながらその人として完全であるその人として生長し、その人として死ねばそれでいいのである。『真人間』にも『超人』にも『犬』にも『仏』にもなる必要もなければ、また他から『なれ』という命を受けることも無用なのである」

ニーチェが『唯一者とその所有』を読んだか、どうか、確定されてはいない。読んだという説もあるし、読まなかったという説もある。潤が翻訳のテキストとした英語版の序文を書いたのはJ・L・ウォーカーというひとだが、かれはこの序文で、『唯一者とその所有』が注目に値する書であることを力説したエドアルド・フォン・ハルトマンの名をあげる。ウォーカーによれば、「ニイチェが後年、彼の論文を書いた時にはスティルナーの書を知らなくはなかったという事を判断せしめるに足る資料を与えた」のはハルトマンだという。

ニーチェはスティルナーの書を読んだ、と仮定する。ニーチェは、人間は自己のほかのすべての存在を否定すべきであり、否定するのは可能だという事実を、ほかならぬスティルナーによって識った。

だが、そのあとの対処がちがう。

スティルナーは、自己が自己だけを所有することで、すべてが終り、すべてが始まると結論づける。

ニーチェは自己のほかの存在を否定したあとに〈超人〉を置く。

スティルナーとニーチェの相違を、ウォーカーはつぎのように要約する。

「スティルネルは、人間がかれらの神を造るが如く暴君を造るのだということを示している。そして、彼の目的は暴君を滅亡するにある。ニイチェは暴君を熱愛する」

短い文章だが、『唯一者とその所有』の内容の紹介としては最上のものだというべきだ。理解がゆきとどき、しかも、スティルナーの熱情を冷ますことなく読者につたえるのに成功している。『唯一者とその所有』は難解の書だと潤はいう。翻訳の筆が行き悩むのもしばしばであったろう。だが、そのたびにウォーカーの序文を読み返し、勇気を得て、筆をすすめたはずだ。

――ウォーカーにかぎりなく近いレベルの訳者序文さえ書ければ、おれの最小限の責任ははたされる、ということにしよう。

責任ははたされた。「自分だけの世界」がそれだ。

## 「所有人」――自己をハッキリ所有する

人類はくりかえしてきた、どうすれば良い世の中になるのか、方法をめぐる議論を。

――世を正しくするのを優先するのか？

――人間個々の改造を先にするのか？

ほとんどの人間にとって、〈この世は良くない〉と実感されている。

――わたしは悪くないが、世が悪いから、わたしは辛い。

こういう自己認識はいつの時代にも広汎で強烈だから、世を正しくするのを優先すべしとする見解が支持される。

だが、人類は、一度も、正しい世の中というものを体験したことがない。

そこで、人間個々の改造を先にするほうが効果的なのではないかという反省がうまれ、二種の方法の争いになる。

スティルナーは、どちらに属するのか——後者である、人間個々の改造を優先する。改造された人間を想像して、「所有人」と名づけた。「自己」を完全に自分の所有とした人間が「所有人」である。

「所有人」と世の中の関係についてのスティルナーの見解を、潤はつぎのように解説する。

「彼の哲学によって人は各自の自我を意識することだけは出来る筈だ。少なくとも僕にはそれが出来たと信じている。そしてもし、かくの如き自覚をもって集合した人々が相互にその自覚した立場を理解し得たら、あるいは彼の予想した『所有人』の最も自由な結合が出来ないとも限らない。つまり相互の『わがまま』を認めて許し合う『結合』の状態である。そして結合することによって相互に自分を利すると考える人々のみが集まればいいわけである。そして、もしその必要を認めなければ無理にその仲間に這入りこむ要はないのである。それを統治するなんらの権力もない混然たる個人の結合なのである」

たしかにむずかしいが、むずかしくないように用語をならべ換えれば、やさしくなる。

「所有人」とは自己を完全に所有するひとである。自己のなかに全世界があるから、他人と衝突したり、争ったりはしない。なぜなら、自己のなかの全世界に他人があるからだ。他人のなかに自己があるから、ここでも衝突はなく、争いはおこらない。

こういう意味の「所有人」が、相互の「わがまま」を認めたうえで結合する世の中なら、人類がながいあいだもとめてきた正しい世の中が存在しうるのではないか——スティルナーはこういうことをいっているのだと、潤はいう。

正しい世の中は目的ではない。

——ふーん。そうか、これが正しい世の中なんだな。

せいぜい、これくらいのもの。あってもいいが、なくってもさしつかえはないもの。なぜなら、すでに「所有人」になっている人間としては、正しい世の中は所有する自己のなかにあるからである。

「それがうまくゆくか、どうかは別として、自分などには一番都合がいい組織のように思われるのである」

自分の都合ばかり大切にして——ケシカラン！

怒りの声が予想されるけれども、すこし待っていただきたい。潤の言葉の「自分」の部分は即座に「あなた」に置き換えられるのだ。「あなた」が自己を完全に所有する「所有人」になっていれば、の仮定に立ってのはなしだが——

潤は、スティルナーの主張を「一種の功利主義かも知れない」と評している。「名称は何でもかまわない」が、「名前をつけなければ安心できないひとは自分の好きな名前をつければいい」とも。他者の富や利益をうばうことで成立する功利は排さなければならないが、「所有人」のあいだでは富や利益の争奪はありえない。そういうものに「功利」の名称をつけても無意味でしかないが、「功利と名づけたいなら、それはそれでかまわない」と。ところで、潤は享楽をいう。その享楽はスティルナーがいう「所有人」の自由な結合を場とする現象ではなかろうか。

他者と隔絶した状況での享楽などはありえない。とすれば、自由な結合において各人が各自の人生を享楽する、それだけが享楽の名に値する現象のはずだ。

## 「標準を他に求めない」

なんの権力もない混然たる個人の自由な結合——なるほど結構だが、そんなものが現実にあるわけはないではないか！

真っ当至極の反論のようにみえて、そのじつ、自家撞着《じかどうちゃく》の典型である。「現実」という条件をもちこむことで、反論そのものを無意味にしてしまっている。

なんの権力もない混然たる個人の自由な結合——これが存在していない状況を「現実」というのである。だが、スティルナーと潤、そしてわれわれは、「現実」が破綻し、崩壊する、その瞬間から先の時空をかんがえている。われわれは反論を歓迎するが、歓迎されたいのであれば、「現実」はいまこの刹那に破綻し、崩壊し、「現実」でない時空に場をゆずるという認識を共有してもらいたい。

なんの権力もない混然たる個人の自由な結合——その実態はどういうものか、「自分だけの世界」で潤が克明に説明してくれる。

「何人も何人を支配したり命令したりしない状態である。自分の出来ることだけをすればいい。自分の自然の性情や傾向のままに生きればいい。そして出来ないことは他人に任せればよい。（中略）『君は君の好きなことをやりたまえ、僕は僕の好きなことをやるから』である。『君はなぜそんなことをやるのか？』『なんのためにやるのか？』『そんなことはやめたらよかろう』『それは昔から例がない』『それは世間が許さない』『それは道徳的じゃない』（など）ではないのである」

このつぎに、最も総合的な言葉が出てくる。みじかい文章のなかに、「自分だけの世界」の中身のすべてをまとめている。『唯一者とその所有』の総体の縮小相似形といえる。

「自分の生きてゆく標準を他に求めないことである」

自分なりの標準によって生きればいいわけだが、そもそも、そういうものを「標準」とはいわない。自分だけにしか適用されないものは「現実」のなかには存在しない。

そこで、「現実」と「標準」とはおなじであるのがわかってくる。「標準」は中身、「現実」は表皮という関係だ。生きてゆく標準を他に求めないと決意したとき、ひとは、自分をおさえつけ、とじこめている「現実」を否定したのだ。その時空はすでに「なんの権力もない混然たる個人の自由な結合」であり、ひとは、その時空に存在している。

「人は各自自分の物尺《ものさし》によって生きようというのである。それ以外にはなんの道徳も標準もないのである。一々聖人や賢人の格言や、お経の文句を引き合いに出して来る必要がなくなるのである。約束や習慣はその時々に最も便宜であると思われるものを選べばよいのである。世の中にこれでなければならないなどという客観的標準は一つだってありはしないのである。人は相互に出来るだけ融通をきかせよである」

## 「『自我』のロオマンス」

潤は、ニーチェはスティルナーを読んだと確信している。ノルウェーの劇作家イプセンがスティルナーを読んだのもまちがいないといっている。スティルナーを踏台にして、といえばニーチェやイプセンに失礼かもしれないが、『唯一者とその所有』がなければニーチェはニーチェでなく、イプセンはイプセンではないといえるのではないか。

マルクスとエンゲルスの共著『ドイツ・イデオロギー』はコミュニズム（共産主義）の聖書のような位置をしめている。マルクスは一八一八年うまれ、エンゲルスは一八二〇年うまれ、スティルナーのつぎの世代だ。ふたりとも『唯一者とその所有』を読んでいる。読んでいる、どころではない、マルクスはどうだったかわからないが、エンゲルスはスティルナーと面識があった。エンゲルスがロンドンにいたとき、あるひとが「マックス・スティルナーはどんな風貌でしたか?」とたずねた。するとエンゲルスはペンをとり、記憶をたどって、「まあ、ザットこんな風な顔をしていたよ」とかなんとかいって紙切れに描いた。このエピソードは潤が『自我経』の読者へ」という短文のなかで紹介している。エンゲルスが描いたスティルナーの肖像——の写し——は『唯一者とその所有(人間篇)』に掲載された。

それはさておき、『唯一者とその所有』を批判することで『ドイツ・イデオロギー』は書きあげられた。『ドイツ・イデオロギー』のタイトルページに、この書物の目的というものが明記してある。「フォイエルバハ、B(ブルーノ)・バウアーおよびシュティルナーを代表者とする最近のドイツ哲学の、そして種々の予言者たちにあらわれたドイツ社会主義の批判」(古在由重訳　岩波文庫)

スティルナーが『唯一者とその所有』を書かなければ社会主義はコミュニズムには成長しなかった。ロシアや中国、キューバや朝鮮民主主義人民共和国に共産党政権は誕生しなかった。

強烈な批判の対象とされたマックス・スティルナーである、好意が表されるはずはないが、それにしても、という言い方をするなら、それにしても、マルクスとエンゲルスのスティルナー評は愚弄である。

マックス・スティルナーとB(ブルーノ)・バウアーにはそれぞれ「聖マクス」「聖ブルーノ」の呼称があたえられた。愚弄のしるしとしての「聖」の冠である。

コミュニズムときけば、顔あおざめ、背をむけて逃げる辻潤である。マルクスとエンゲルスがスティルナーを愚弄したからといって、歯を剝いて怒りはしない。マルクスとエンゲルスを相手にしても仕方はない、かれらにむかって怒りのこぶしをふりあげるほど自分は自分を軽蔑していないという気はあったが、包括的な哲学史のなかで『唯一者とその所有』がそれなりの位置をあたえられないのは口惜しかった。

ならば潤は、哲学史のなかに適切な位置を占めさせるべく奮闘するのかというと、しない。奮闘はせず、かわりに、『唯一者とその所有』のジャンルを変えてくれと要求した。より多くの読者を得られるのなら、図書分類を変えてもらってもいい、というわけだ。

「もしこの書が哲学としての価値がないのなら、『自我』のロオマンスと呼んでも差し支えはあるまい。如何に永い間『自我』が色々な物によって迫害され、虐遇されたか、――そしてそれが如何にしてスチルネルの力によってその本来の姿に立ち戻ることが出来たかという全二巻のロオマンスと見なしてもよかろう。あるいは『自我』を極度に高調した哲学的抒情詩だといってもいいかも知れない。ロオマンスや詩などというものが現実の世界と没交渉などと考える人にはそう考えさせておいてもよろしい」

潤の「自分だけの世界」は短文である。『辻潤全集』第一巻の『浮浪漫語』におさめられているのは四十三字詰めで百五十三行、四百字詰めの原稿なら十六枚だ。

## 自己の生命を蕩尽すること

『唯一者とその所有』は大作である。『辻潤全集』第六巻の一冊まるごとが『唯一者とその所有』であり、総ページは五百五十三。潤もいうとおり、難解である。そこで、拾い読みをお勧めする。

「神のことは神のこと、人類のことは人間のこと。己れのことは神の神のことでも人間のことでもなんでもない。まして、真理、善、正義、自由のことではない。だからまったく己れのことだ。そして一般のものじゃない。けれど無二(einzig)だ、己れが無二だから」

「己れ以外のことは己れにとって全く無だ！」

「ある特別な自由に対する欲求は常に新しい支配の目的を含蓄している」

「君の神々や偶像に向かうよりも、むしろ君自身に向かいたまえ。君自身から君の内にあるものを引き出して、それを光明にもたらしたまえ。君自身を天啓に持ち来《きた》したまえ」

「哀れむべき諸君は、もしも諸君の意のままに跳ねているなら幸福に生活が出来るかも知れないのに、諸君は学校の先生や熊香具師《くまやし》の笛につれて、諸君自身には役に立たない芸をやらせられるのである」

「自分が自分自身をしっかり摑むまでは、もはや自分自ら追求しないようにならない限り、自分は実際自分の所有ではない。自分が自分自身を所有する。故に自分は自分を使用し、享楽する」

「旧式な見解では自分が自分自身を求めて進み、新式な見解では自分が自分自身から出発する。前者では自分が自分を渇望し、後者では自分が自身を所有し、その所有に対するが如く自分自身を使用する。自分は自分の勝手気儘に自分自身を享楽する。自分はもはや自分の生命を恐れず、それを『蕩尽する』

「問題は人が如何にして生命を獲得出来るかではなく、如何にして人はそれを浪費し、それを享楽し得るや、である。もしくは、如何にして人は彼自身の中に真の自己を生むべきかではなく、如何にして人は彼自身を溶解し、彼自身を生きぬくかである」

世界と自分でオレを争っている。しっかり保持しないと、世界にオレを取られてしまうぞ、ということなのだ。

第6章

# 幻影——尺八と宇宙の音とダダの海

## 比叡山——武林無想庵のこと

『唯一者とその所有』翻訳の作業場は比叡山延暦寺の宿坊であった。

はじめから終りまで比叡山で翻訳したわけではない。大正八年(一九一九)、途中まで訳してあったのを一気に完成する意気込みで山にのぼり、訳業に専念した。山上で翻訳が完成したのか、どうか、はっきりしたところはなんともいえないが、すくなくとも前半部の翻訳が山上で完成したのはまちがいない。

前半部が『唯一者とその所有(人間篇)』の題で刊行されるのは翌年の初夏だ。冒頭に、辻潤から武林無想庵にささげられる献辞が記された。

「比叡山の生活を記念するため、この書をわが敬愛する武林無想庵にささぐ」

潤の友人は多い。友人たちはさまざまなスタイルで自分の人生を生き、さまざまなかたちで潤と交友していた。そのなかでも特記すべき友人は、といった書き方をすると潤に嫌悪されるかもしれないが、無想庵と宮嶋資夫は特別あつかいせざるをえないものを感じる。

昭和になってから――だとおもわれる――潤は「無想庵のプロフィル」と題する短文を書いた。無想庵のことを知りたい、無想庵と親交のある潤にきけばいろいろとわかるはずだ、そういう雰囲気が潤のまわりにあった。そのたびにかれは「自分の勝手な気持で、いい加減な棚卸し」をやってきたが、いつもそれではまずいと、あらためて文章で紹介することにした、とことわっている。「いい加減な棚卸し」ではすまされない格別な友人だと、潤みずから評価しているしるしの文章でもあった。

「武林君の人生に対するスケプティッツでニヒリスティックな態度は、昔から少しも変わってはいないようだ――境遇から（と？）いうよりも、むしろ持ち前のテンペラメントといった方が適切らしい、だが、何人に限らず、――一度この人生を突き詰めて考えたことのある人間なら、この世を厭《いと》わずにいられるという方が不思議な位に僕などには思われる」

潤と無想庵は厭世観《えんせいかん》を共通の意識としている。精神の姿勢の根本が厭世観において共通している。相違するものがあるのはいうまでもないが、相違よりは共通する部分のほうが広く、重い。相違は厭世観の強弱だとも潤はいう。

「武林君は恐らく、この二十幾年間、絶えず同じような問題に悩まされて、そのために苦しんできたにちがいない。そして、人並外れて強烈な自意識の所有者は実に、その苦悩をどれほど深く嚙みしめたことか――それは恐らく当人以外の人にはわかるまい」

無想庵とはなにか――一言すればエッセイストだ。博識博学という言葉そのままのひと、人生さまざまな場と時にかかわるエッセイを書いた。人生の初期には京都新聞の記者であり、やがてアルフォンソ・ドーデの『サフォー』やアルツィバーシェフの『サーニン』を訳した。『サーニン』の露骨な暴行、性愛の描写、みなぎるニヒリスティックな雰囲気によって無想庵自身がニヒリストとして評価された。

妻の文子とともに中国やヨーロッパにわたり、ながい時間をすごした。文子が別の男と親密になり、それを材料に無想庵は小説『「Cocu」のなげき』を発表して評判をとった。「Cocu」とは「寝取られ男」である。無想庵と文子の娘のイヴォンヌは潤の息子のまことと結婚するのだが、それは後のこと。

潤は無想庵の勧めで比叡山にのぼった。

それまでは無想庵の家に居候して『唯一者とその所有』を翻訳していたが、無想庵が決意して放浪することになった。主が留守の家に居候がいるわけにはいかない。そこで無想庵が「延暦寺の宿坊を紹介してやるから、行ったらどうか」と勧めた。京都新聞の記者のころ、無想庵は延暦寺の宿坊で過ごしたことがある。長期の滞在者には宿料も安く、読書や研究にはもってこいの場だと無想庵は知っていた。

そういうわけで潤は比叡山にのぼり、宿坊に籠もって、『唯一者とその所有』の翻訳の仕上げに専念した。無想庵にささげられた献辞には、このようないきさつがあった。

札幌で繁盛していた武林写真館、それが無想庵の家である。無想庵は武林写真館の弟子の三島常盤の子としてうまれ、本名は磐雄という。実子のない武林家の養子になった。養父母は無想庵をつれて上京し、麹町に武林写真館をひらいた。

無想庵は東京大学の英文科にはいり、小山内薫や川田順と同人誌「七人」を出した。「七人」の後継誌として第一次・第二次の「新思潮」がうまれ、谷崎潤一郎や川田順、武林無想庵の交友がはじまり、そこに辻潤がくわわって、浅草パンタライ社の幕がひらく。

## 「尺八を吹いて、宇宙の音に聞き入る」

比叡山の暮しについて、潤はほとんど語らない。「自分はどれくらい宗教的か」というエッセイで、わずかに書いているだけだ。

「武林無想庵の紹介状をもって叡山へ出かけたのは今から十年ほどあまり昔のことである。勿論佛道の修業に出かけたわけでもなんでもなく、途方に暮れた結果で、私は山上の宿院にざっと小一年厄介になった。そうして、そこで若干の翻訳仕事をした。私は叡山で初めて『般若心経』を覚えた」

比叡山上での潤の暮しが全然わからないのかというと、そうではない。親友のひとり、宮嶋資夫が自伝『遍歴』に「叡山生活」の一章をもうけ、そこで潤の言動をかなりくわしく述べている。宮嶋は無想庵と潤のあとを追うようにして叡山にのぼり、いっしょに暮らしたことがある。

それればかりではない。宮嶋は潤を主人公とするフィクション『仮想者の恋』を書き、潤の内心に分け入った叙述をしている。潤は「角野」という名で登場する。フィクショナルの要素はかなり濃厚だが、といって、事実関係がまったく無視されているわけではない。

夜店の古本屋で「近代思想」を買ったのがきっかけで、宮嶋は大杉にちかづいた。小説を書きはじめ、処女作『坑夫』を近代思想社から刊行して、たちまち発禁処分となる。大杉の同志の荒畑寒村や山川均を知り、妻のウラ子(麗子)の友人の神近市子と知り合う。ウラ子も神近も「青鞜」にかかわりがあった。

神近が東京日日新聞の記者になったのはだれの手づるか、わからないが、彼女の頼みで大杉を紹介したのは宮嶋である。荒畑寒村はこの一件を「肉を抱いて飢虎に投ずるようなもの」と評した。大杉を「飢虎」に、神近を「肉」に譬《たと》えたのだろうか。

神近はウラ子に、大杉と恋愛関係になったとうちあけ、ウラ子が宮嶋につたえた。潤と野枝のことが気になった宮嶋は東京の白山下の潤の家をたずねた。潤と野枝が対座し、そばに潤の母の美津がいて、「何だか変な空気」だった。

「辻は私の顔を見ると、もう駄目だよ、と言つた。野枝の左の眼のふちが黒くはれてゐた。一体どうしたんだい、と訊くと、どうもこうもないさ、もう別れることにきめたんだ。キッスしただけだと言ふけどどうだか判るもんか、と言つた。野枝は二児の母だつた。そして下の子は乳呑子だつた。母親は困つたことになりましてね、と言つた。野枝は、私は決して辻が嫌ひぢやありません。けれども仕方がありませんわ、と言つた」（宮嶋資夫『遍歴』）

野枝は潤から離れて大杉のところへ行った。だが、大杉には神近市子という新しい恋人が出来て、野枝の座は安泰ではない。三人の仲が険悪になり、宮嶋の家に三人であつまって話し合ったこともある。三者鼎談の場に宮嶋は顔は出さなかったが、そのあとで大杉が「性行為は糞を垂れるのとおなじだ」とか、「野枝も市子も、どちらも偏愛しない。自分は冷静で公平だ」とかいうのをきいて宮嶋は、「大杉に対して持ったことのない変な感じ」を抱いた。

大正五年（一九一六）の十一月九日、神奈川県の葉山の日蔭茶屋で神近が大杉を刺し、負傷させた。売文社の堺利彦からの知らせで、宮嶋は葉山へゆき、入院している大杉に逢った。神近は自首して出たから、逢えない。宮嶋は野枝に逢って、「無茶苦茶に癇癪が起こったので番傘で擲りつけた」

「三角関係の一辺はちぎれて、大杉と野枝は普通の夫婦関係となつて、納まりはついてしまつた。然しこれは、私の精神生活に深い影響を与へてしまつた。そして思想の上にも、自分では気づかないながら、亀裂が生じてしまつてゐたのだ」（『遍歴』）

大杉や野枝から心が離れた。アナキズムとも縁遠い心境になった。株の相場師として稼ぐのもイヤになり、といって新しい小説を書く勇気もない。株もやらない、小説も書かなければ糧道は断たれ、妻と三人の子の暮しも立たなくなるわけだが、なにをする気もおこらない。出世作『坑夫』の出版を世話してくれたのは東京日日新聞の井沢弘である。その井沢が「また創作しろ」と勧めてくれるのは嬉しいが、生活を一変しないかぎり、それも無理。

山川均と青山菊栄が結婚した。披露宴の帰り道、土手のうえを、だれかが尺八を吹いて通っていった。尺八の音で潤をおもいだした。

そのころ、潤は麹町の武林無想庵の家に居候して『唯一者とその所有』を訳していた。無想庵は二階、潤は階下に暮らしていた。宮嶋がたずねてゆくと、潤は「武林とはね、顔も見なけりゃ口もきかない日が幾日もあるよ」といった。潤の言葉が宮嶋の心境に大変化をもたらしたとおもわれる。

「それほど彼等は各自にインディビデュアルな生活をしてゐたのだ」

インディビデュアル——個人を単位とする思索と生活に遠ざかっていた自分に気づいた。同志という名に、あえてみずから幻惑され、自己の個をうしなっていたのに気づいた。自己の個をとりもどす——いまは、ここから始めるべきだ。

潤は無想庵の紹介で比叡山にゆくという。無想庵自身は麹町の家を出て放浪をはじめるそうだが、足のむくまま気のむくまま、またまた比叡山にのぼらないでもなさそうだ。

「比叡山ときいただけで何か心の引かれるものがあつた」

「辻からは、山上の静かな便りがときどきあつた」

十二月のすえ、下調べのつもりで比叡山にのぼった。広く暗い宿坊の台所で潤が待っていてくれた。ちょうど無想庵もやってきていて、善光院を宿としていた。

年があけ、宮嶋は東京をひきはらい、家族をつれて比叡山にのぼる。

「山の上の生活は寂しかつた。無想庵も東京に帰つてしまつて、宿院には辻が一人いるだけだつた。辻は一人でよく尺八を吹いてゐた。そして宇宙の音に聞き入つてゐたのであらう」

はじめて「宇宙の音」といったのは佐藤春夫だ。宮嶋の前に佐藤春夫がのぼってきて、山上の静寂を「宇宙の回転する音」と評した。佐藤の表現が潤に強い印象をあたえたのだろう。潤と宮嶋、無想庵の三人で比叡山の頂上の四明ヶ岳にのぼったとき、潤が宮嶋につたえた。

「しーんと静まり返ってきて、耳の中がじーんと鳴るのだ。佐藤春夫は、宇宙の回転する音だと言ったがね」

## 新しい恋人――野溝七生子

多彩な顔ぶれが比叡山上にのぼってきた。京都からは笹井末三郎がやってきた。笹井につれられて和田久太郎ものぼってきた。笹井は京都の西高瀬川の水運をとりしきっている千本組の御曹司、和田は大杉栄の雑誌

「労働世界」を編集していた。

同志社女子大学の学生、野溝七生子《なおこ》も宿坊の二階の表玄関の上に宿っていた。そして、潤は七生子に惚れた。「どこが好《よ》くつて惚れたのか、どこが気に入つて好きになつたのか、はたからは判らぬ問題である。いま私がここで拙い筆に精をこめて野溝の風姿を描写したところで、読者の感興を動かす事は出来ないであらう。私も野溝に何の感興ももたなかつたが、辻の執着は実に熱烈だつた。夕暮などに彼を訪《おとな》ふと、柱によりかかつて瞑目してゐた。辻のあの姿は一種独特なものだつた。安藤更生などは、それを辻潤の大憂鬱と呼んでゐた。大憂鬱か小憂鬱か知らないが、おい、と声をかけるとかれは静かに眼をあけて、いかん、どうもいかんよ、と髪の毛をかき上げるのであつた。好い年をしてなんでえ、と笑つたが、彼もまだ三十四五だつた」(『遍歴』)

大正九年(一九二〇)、辻潤は三十七歳、野溝七生子は二十四歳だ。

矢川澄子の著『野溝七生子というひと』に七生子のポートレートが掲載されている。『山梔子《くちなし》』の主人公・阿字子の年頃の野溝七生子」の注記がある。京都の同志社から東京の東洋大学に転じたあと、七生子は福岡日日新聞の懸賞に応募して、当選した。その小説のタイトルが『山梔子』である。

この顔の持主の女、野溝七生子に潤は惚れた。

七生子はどうだったのか、宮嶋の『遍歴』で読むかぎり、潤が一方的に七生子に惚れていただけのようである。

ただし、それから二、三年すぎて事件があったと宮嶋が書いていることにふれないわけにはいかない。それから二、三年ならば七生子は東京、潤は東京か川崎にいたはずだ。ある朝、潤が宮嶋の家の玄関の格子をはげしくあけて、「みやじまあ、とうとう思いをたっしたぞ」と叫びながらはいってきて「お祝いに酒をのませろ」という。「お祝いは自分でするんじゃないか」といっても潤はひかず、宮嶋が出した酒をのんだ。

「野枝と別れて以来、一番晴々しい姿だった」

親友の晴れ姿に感動した――宮嶋の文章に確実に感じられるのは、この一点である。

## 『仮想者の恋』

宮嶋の『遍歴』にみるかぎりでは、潤の片思いとしかいえない恋であった――これを前提として宮嶋の小説『仮想者の恋』をよんでみる。大正十二年(一九二三)六月から八月にかけて、宮嶋資夫が東京朝日新聞に連載した作品である。連載がおわったのが八月、関東大震災が九月一日、大杉と野枝が憲兵隊に殺されたのが九月十六日――この順序は記憶しておくべきだ。

小説の中身はともかく、不思議な状況のもとに書かれた小説である。

宮嶋は自伝『遍歴』で、「私は他人の恋愛に興味のない性質」と書いている。であるから、「余り立ち入って聞きもしなかった」とも。恋愛の内容や進行状況について、潤にも七生子にも立ち入って説明はもとめなかったという意味だ。これはこれで、いいというか、当然というか。他人の恋愛に、いくら親友でも、立ち入っていい理屈はない。

そういう宮嶋なのに、潤を主人公として、七生子にたいする慕情をテーマに『仮想者の恋』を描いた。

宮嶋は矛盾しているのか？

矛盾していない。これでいいというか、まちがっていないというか、潤の慕情を描こうとした衝動には、筋が通っている。なぜか？

宮嶋は潤と七生子の〈恋愛の関係〉を描こうとしたのではない。七生子にたいする〈潤の慕情〉を、宮嶋は描こうとした。といっても、慕情を、ありのままに描くわけではない。慕情を手がかりに、〈自分自身を仮想する〉主人公の精神の苦闘を描こうとした。

マックス・スティルナーの言葉が冒頭に置かれる。

「予に於ては自分自身を仮想する仮想から出発する。けれど予の仮想は『自己完成の為に努力する人間』の如く、その完成の為に努力はしない。けれど、たゞそれを享楽し、費消する点で予に役立つ。予は予の仮想を費消する。それ以外の何者でもない。単にそれを費消することに於て存在する。スティルネル」

献辞である。宮嶋から潤にささげた称賛の献辞、それが『仮想者の恋』なのだ。

尺八を吹き、宇宙の回転する音をきく潤の姿には神々しいものさえ感じた宮嶋資夫である。だが、その一方で宮嶋は、『唯一者とその所有』の翻訳に奮闘する潤の悲痛な姿を傍観しなければならなかった。悲痛や苦悩を共有できれば、とおもってみても、そもそもが不可能なことなのだ。

『唯一者とその所有』の翻訳がおわった。

潤はしずかな感動に浸っている。

潤のよろこびが宮嶋につたわってくる。祝いの言葉をかけてやりたいとおもうが、『唯一者とその所有』の翻訳は文字どおりの大事業である。いまの自分の拙い言葉を何回かさねたところで、潤が受くべき称賛の百分の一にさえ足りない。ならば、潤よりはいくらか上等のはずのフィクションの技をふるって一篇の小説を書いて進呈しよう！

――わが友、潤よ。『唯一者とその所有』の全訳によって、あなた自身、まぎれもない〈唯一者〉になった。おめでとう。あなたの『唯一者とその所有』を最もよく理解したと自認する不肖宮嶋資夫は、ついに〈唯一者〉たる資格を獲得したあなたにたいし、こころからの祝いの品を進呈しますよ！

「彼女はそのまゝあとも振り返らずに下がつて行つた。やがてその大きな経木の海水帽と白い靴下は、赤土の崖の横に消えた。

その時俺は、喧騒と倦怠となひ交ぜた、俺の過去の生活が、彼女によつて断ち切られたことをはつきりと意識した。

長い間俺を苦しめたそれ等のものは、結局俺の無力からの産物に過ぎなかつた。然し俺はいま、彼女に俺の情熱の一切を捧げる事が可能となつた。さうして俺は、俺の最も欲するものをつかんだのだ。俺はそれによつて、俺の生活に愉楽を与へ、また刻々にそれを拡大して行くだらう。俺はその情熱の続く限り、刻々にそれを費消しそれを享楽して行くだけだ。俺の中にその一切を溶解させ、流動させて行く所に、目的もなければ不安もない」(『仮想者の恋』)

ひとつ余計なことをいうならば、宮嶋はどこかに、潤の横腹をつっついて冷やかす感じで、つぎの言葉を入れたかったかもしれない。

——潤さんよ。おれは、知ってるんだよ。七生子さんに惚れた気持ちをちからにして、あんたが『唯一者とその所有』の翻訳を完了したのを。彼女に感謝するのをわすれないように——なんていうと、老婆心の見本みたいになっちゃうけれどね——

## ——内側に——

『唯一者とその所有』の全訳がおわり、『自我経(唯一者とその所有)』と題して冬夏社から刊行されたのは大正十年(一九二一)だ。

——険しい峠を、越えた！

まず、よろこびがあり、やがてそれは軽い目標喪失の感覚に変わったのではないか。

——おれは、どこへ向かえばいいのか?

『唯一者とその所有』の内容と、訳者としての覚悟のほどを語った短文「自分だけの世界」のなかに答えがあるのは、わかっている。これは大正十年十一月、読売新聞に三回にわたって連載されたようだ(『全集』「辻潤年譜」による)。自分自身の文章だからこそ、かえって、読むのがおそろしい——そういう文章があるはずであり、潤にとって「自分だけの世界」がそれだといえる。もちろん、どの節を読むべきか、新聞を手にするまえからわかっている。

「自分の生きてゆく標準を他に求めないことである。人は各自自分の物尺によって生きようというのである。それ以外にはなんの道徳も標準もないのである」

——『唯一者とその所有』を訳していたときの気持で、このまま真っ直ぐにゆけばいいんだ!

真っ直ぐにゆく——潤の場合、それは自分の内側に進むということだ。大杉栄のように資本主義と政治の強権の厚い壁をめざして進み、突き破ろうというのではない。武林無想庵のように、いま、この場にはないけれども、この場のほかのどこかに、かならずあるはずの安寧をもとめて放浪するのでもない。

これまでの潤の著述は翻訳が主であった。『天才論』からはじまり、『阿片溺愛者の告白』『響影 狂楽人日記』『ド・プロフォンディス』『自我経(唯一者とその所有)』と分厚い翻訳書が刊行され、翻訳者辻潤の名は高い。

翻訳業とは関係はないが、社会主義運動激派のリーダーとして時めく大杉栄の妻の野枝の前夫としても知られ、いわゆる〈名士〉のひとりになっている。

『唯一者とその所有』の翻訳と出版がおわったあと、潤の目はいよいよ内側に向かうようになったとおもわれる。外よりも内に、多よりも少に、大よりも小に、普遍よりも点在に――

計算の結果ではない。ある日、あるとき、自分の内側が気になって仕方がない心境になっていた、といったいきさつではなかったか。『唯一者とその所有』を精読し、すべてを自分のものとし、それから翻訳と出版にこぎつけるまでの精神の興奮と苦労が如何に重く、おおきかったかがわかる。

比叡山を降りた影響も無視できない。東京の郊外、上落合の津田光造の家に居候したことがあるようだが、はっきりした時期はわからない。津田光造は妹の恒の夫である。佐藤惣之助の招きで神奈川県の川崎に移り住んだのは大正十年(一九二一)、ここでひさしぶりに息子のまことと同居したのはわかっているが、上落合からすぐに川崎へ行ったのか、どうか、わからない。浅草にあらわれ、パンタライ社の面々と久闊《きゅうかつ》を叙す場面があったはずだが、浅草に住んだのか、どうか、はっきりしない。

尺八を吹き、宇宙の回転する音を聴く比叡山から降り、東京郊外か川崎か、人間がうようよする巷に身をおいた。だが、そこでさて、勇ましく突っこんでゆくような潤ではない。肩をすくめ、懐手をして自分の内側に目を向ける、それが潤だ。

## 「『自由』という言葉」

潤は「自由人」を宣言する、ドラマ「辻潤」の本編がはじまる。

加藤一夫が主宰する自由人連盟に参加したのは大正九年（一九二〇）だ。潤が特定の集団のメンバーに連なるのはめずらしい。『唯一者とその所有（人間篇）』は出版されたが、全訳の『自我経（唯一者とその所有）』が果して出版されるか、どうか、期待と不安に挟まれた心境の時期であった。連盟参加の動機は自由人連盟の機関誌「自由人」が寄稿の場になってくれればいいと、そんな期待だろう。これよりもまえ、加藤の雑誌「科学と文芸」に「ジプシイの話――Zincali」や『唯一者とその所有』の部分訳を連載したことがある。加藤の編集者としての手腕に期待するところはおおきかったのではないか。

連盟の機関誌「自由人」の初号は、連盟の精神の〈自由〉について、メンバーそれぞれの抱負、見解を募ったのだろう。潤は「『自由』という言葉」と題するエッセイを寄せた。

「『自由』というものが自己以外に存在し、また自己以外のものから与えられると考えている人は空想家でなければ、『自由』という言葉のイリュウジョンに酔う人である。『自由』は各個人の中にある。ただそれを拘束する周囲の事情を改める時それが獲得されるのである」

自由という言葉、概念は重要である。深刻なテーマといって大げさではない。自分の想いを想いのままに展開するのが許される、いや、展開しなければならない本格的なエッセイの初体験とあって——かれが意識しているかどうかは別として——ちからがはいりすぎの憾《うら》みはあるものの、自分の内側の、可能なかぎり低い次元に降りて思索し、発言している姿勢が頼もしく、好感がもてる。

これから二年して、かれの第一エッセイ集『浮浪漫語』が刊行される。その序詞に、こう書いた。

「僕は結局、自分に惚れてばかり暮らして来た人間だといってもいいかも知れない。従って、他人や社会のことには昔からあまり興味が持てなかった」

若いころには平民社の社会主義運動に共感し、週刊と日刊の「平民新聞」を定期購読し、そろえて所蔵していた時期もある辻潤なのだ。

それが、変身した。変身を記念するのがエッセイ「『自由』という言葉」である。先をつづけて、読んでみる。「自由」が獲得される事態を想定し、そのうえで、獲得される「自由」は本当に「自由」なのかと、潤は迫る。

「自分の歩いて行く道に岩石が横たわっている。自分はそれを迂回するか、それを取り除くか、それを打ち砕くかしなければ先へ進む事は出来ない。それを迂回する知恵もなく取り除く方法も知らず、あるいは打ち砕く力もない者はそこに立ち止まるか逆戻りをするかいずれかである。またそうしてまでも前進する必要がないと思う者はたちまちあきらめて逆行するであろう。ただ邁進せんとする欲望の猛烈なる人のみそれを取り除き、あるいは打ち砕く知恵と力を発見するであろう。そしてその場合、自由はどこにあるか？　彼の知恵もしくは力の中にその表現の芽を有していると考える他どこにも自由は存在しないのである。徒に『自由』の要求をわめき叫ぶ人々には、いつまでも自由は与えられない。ただそれを獲得する知恵と力とを有する人々にのみそれが与えられる。『自由』『正義』『真理』『善』——すべてこれらの言葉は人間が便宜のために発明した言葉であり、符牒であるに過ぎない。それらには何ら永遠性のある一定不変の内容はないのである」

自由は個の内側にしか存在しない。個の外側にある——あるとされる——自由は「言葉のイリュウジョン」にすぎない。

「如何に多くの愚人が、自己の製造した言葉のイリュウジョンに誑《たぶら》かされて愚かな犠牲となったか？　思えば悲惨なる滑稽事である」

イリュウジョン——幻影——は、あってもかまわない。個々の人間が最初に経験するもの、そして、いつまでも離れ難く、離し難いものはイリュウジョンなのだろう。とすると、イリュウジョンとの関係を如何に賢明に処理するか、そこにこそ、個々の人間が「真の自由人」になれるか、どうかの岐路があるのだと、潤はいう。

「あらゆる『幻影』を自由に獲得し、消散し、駆使することの出来る人こそ真の自由人である。

人間が色々なイリュウジョンに囚われている間、その人は決して自由ではあり得ない。

人は自由であり得るためには、一度一切の物に対して幻滅を感じなければならない。幻滅を自覚して後に初めて人は真に『幻影』を享楽し得るのである」

自由を論じる文章のなかに〈享楽〉が出てきた。『唯一者とその所有』のなかにも〈享楽〉は出てくるが、あくまでもマックス・スティルナーの言葉であり、潤の言葉ではなかった。スティルナーの〈享楽〉を訳した、その延長線にたって、潤はいま自由を論じた結論の位置に〈享楽〉を置くことに成功した。

人生に除幕とか本編とか、区切りをつけるのはいい気持はしないけれども、いまはあえて区切りをつけたいとおもう。ドラマ「辻潤」はエッセイ「『自由』という言葉」によって本編の幕があく。

「刻々に流れ動く自己の生命の欲望をつぶさに意識してそれに従って生き行く人のみ真に自己の生活を生活する人である。

自己の意識せる欲望に従って他人の生活のために生活することは時に許される。しかしながら多くの人々は、全然無自覚に他の人々の生活を生活することを自らの生活であると心得ている。かくの如き人々はまったく自己を有せざる人々である」

いわゆる哲学用語の羅列である、とっつきにくい、わかりにくいという意見も多かろう。そこで、いささか翻訳しても潤に失礼にはなるまいと仮定して、つぎのように言い換えたら、どうだろうか。

——あのひとは無私である。崇高で、神聖でさえある。

こういうふうに評されるひとは、すくなくない。ではさて、かれの、どこを信用すればいいのか？　無私とは〈私がない〉こと。ところで、無私だというそのひとの内部にはなにもないはずである。「〈人間〉マイナス〈私〉

イコール〈ゼロ〉または〈ヌケガラ〉」の計算式は崩れない。ゼロまたはヌケガラであるかれと、あなたや、わたしが交際できる可能性はぜんぜん、ない。なぜかというと、かれの、どこと、なにと、つきあえばいいのか、つきあう取っ掛りがないではないか。

## 享楽――それがすべて

「『自由』という言葉」をきっかけにして、自分の内側の観察結果としてのエッセイが堰を切ったように書かれる。溜まっていたものが偶然に発表のチャンスを得た、ということではないようだ。かれも知らなかったのだろう、こういう心境が自分の内側に潜んでいたのを。いまのうちに書かなければ忘れてしまう、消えてしまうといった恐怖におそわれ、寝る暇も惜しんで筆をとる日々ではなかったか。

「価値の転倒」というタイトルのエッセイがある。文章にタイトルを付けることがそもそも好ましいことではないと保留をつけたうえで、「いささか心意の傾向を暗示する」ために付けたのが「価値の転倒」だったと説明する。

タイトルは餌なのだ。海底にサカナがいるのはわかっているが、サカナの種類がわからないから餌と釣り方が決定できない。どうやらこのようなサカナだと見当をつけて、餌と釣り方をきめた。当たれば「価値の転倒」というサカナが釣れる。

潤の胸の其処にモヤモヤしているのがサカナである。釣り落としてはなるまいぞと意をきめて、慎重のうえにも慎重に餌と釣り方を模索する——エッセイの著述法の基本にあくまでも率直な態度だ。

——おれは、何を書きたいのか?

自分の内側を覗かずに書かれるエッセイは、エッセイの名に値しない。タイトルをきめるにあたって示された潤の躊躇——思索の跡というべきか——を見逃したくない。

さて、タイトルを「価値の転倒」ときめた潤は、どういうふうに自分の内側を探索するか。

「『価値の転倒』という言葉はニイチェ以来かなりいい古された言葉である。しかし現実においては、依然として旧価値が腐敗したままその最期の死力を尽して暴力をふるっているのである」

旧価値が生き残っている、旧価値の息の根を止めるのだと自分で自分の役割をきめた。はっきりしていて、わかりやすい。

「自分は現在の如き社会組織の下に生活することを実に不愉快に感じている人間の一人である。単に不愉快や不自由であるばかりでなく、恐ろしく退屈なのだ」

この世を不愉快で不自由で退屈にしている幽霊、それは「概念」である。

「いつまでも『概念』の化物にとりつかれていてそれに拘泥し、それから一歩も自由に踏み出すことが出来ず、広々とした気持を抱いて清新な空気を呼吸することの出来ない人達を見ると気の毒だから、早くそんな幽霊にとりつかれていることを止めて、自由な世界の空気を、おたがいに呼吸したらよさそうなものだと考えるから――」

幽霊が天から与えられたものでもあるなら、まだしも、そうではないから滑稽だ。

「自分の慰み半分に幽霊を製造して、それを面白がっているならいいが、自分の拵えた幽霊にひきずりまわされて、ニッチもサッチもいかなくなるのは滑稽じゃないか？」

人生には目的があるというひと、目的なんかないというひと、さまざまだ。目的はあると仮定すると、ニッチもサッチもいかない状況では目的から遠ざかるばかりだ。

潤はもちろん「人生目的あり」だ。享楽である。享楽のほかには、なにもない。

「明日をも知れない生命を持って生まれて来た僕らはおたがいに、一日でもよくその生を享楽して、ほんとうに自分の意識した欲望を充たして生きてゆくことがアルファでオメガだ。ところで今の世の中はどうだ？――如何にその日々を無駄に費やして生きている人々の多いことよ！　そして、また生きることを余儀なくされていることよ！」

なまやさしいはなしではない。だが、すくなくとも、人生享楽の条件は示されている。

――われらの寿命は明日をも知れない。

――だからこそ、たとえ一日でも人生を享楽しなければならない。

夏のおわり、秋の予兆のひとすじの冷気に頰がゆるむひと、このひとはまちがいなく人生を享楽している。

ところで、あるひとが人生を享楽しているか、どうか、知る手はあるのか？

――欲望を充たすために、何が必要か、必要でないか、しっかりと見極めるべし。

――自分の欲望は何か、きちんと知っておくべし。

## ダダとニヒリズム――予感

大正十年（一九二一）十二月に書かれたエッセイ「『性格破産者の手帳』より」がある。エッセイ集『浮浪漫語』におさめられているが、はじめに掲載された雑誌の名はわからない。「性格破産者の手帳」という無気味なタイトルがついたいきさつがわからず、それがまた無気味だ。

性格破産者という言葉を使って、潤はなにを表現したかったのだろう。

「今夜も心の硝子戸に世の中の鑢《やすり》が無遠慮に触るような音がきこえる。けれど、あまり毎度のことなので、今さら耳を塞いでみる気も起こらない」

書き出しの文章がこれだ。「心の硝子戸に鑢が触る」などとは途方もない被虐である、尋常なら耐えられるものではないが、「毎度のこと」に馴れてしまって耳を塞ぐ気になれない、それがすでに「性格破産」のしるし、とでもいうのか。

「全体『性格が破産』しているというのはどんな風なのか御当人自身にもよくわからないが、恐らくその破産しない以前の性格を考えてみてもわからないところが俺の性格の破産している所以なのだろう」

俺は性格破産者なり――このように規定してしまえば、いいたいことをいっても虐待される度合いは低くなる――こんなふうに計算したのかもしれない。

「俺のユウトピアは人類がことごとく極端に不真面目になることだ。お役所と警察と裁判所とイクサ人とヤマ師と高利貸と三百代言とヤリ手婆さんと、説教をする坊主と、訓戒を与える先生(など)から解放されたら、世の中はどんなにか気楽になることであろう。俺のような無精者には少々金のない位は我慢出来るが、シチメンドウクサイことやキュウクツなことはとてもやりきれない」

文章がダダになってきた。

ダダとは何か?――ハメをはずし、文法から逸脱し、論理矛盾を自分からさらけ出し、窮屈な局面に追いこまれないように細心の注意をはらう――こういったところがダダであると、いまはとりあえず、いっておく。

こだわらないのがダダの真骨頂なのだが、こだわらないのが困難のなかの最大の困難だというのを知っているのもダダだから、あえて難しい場に自分を追いこむのもダダだといえる。

辻潤はダダになる。ダダといって一番に連想されるのが潤だ。一番でなければ二番だが、三番になることはない。

辻潤はニヒリストになる。ニヒリズム――虚無主義はニイチェ以来の、いや、キリストや釈迦につながるれっきとした歴史がある。一番とか二番とかいってみてもはじまらないが、大正から昭和にかけての日本のニヒリスト名簿に辻潤の名をのせないわけにはいかない。

ダダの調子の文章であり、そのうえ――潤の文章としてはじめて――ニヒリズムというものを平易に説明するところがエッセイ「『性格破産者』の手帳より」の価値だ。

「イズムにも色々ある、理想主義《イデイアリズム》、人道主義《ヒユウマニズム》、愛国主義《パトリオチズム》、資本主義《キヤピタリズム》、社会主義《ソシヤリズム》……これらのイズムはたいてい看板にかけても相応の顧客《とくい》があるが、たった一ツはなはだふるわない、商売にもなんにもなりそうもない奴がある……それはなにか？　ニヒリズム」

ダダとニヒルが上陸した。ヨーロッパからやってきた思想だから、あえて上陸という。

潤はダダもニヒルも歓迎し、敏感に反応した。――おれはダダだ！　おれはニヒリストだ！

性格破産は一個の能力である。自己を自覚するひとにだけ固有の能力である。ダダもニヒリズムも受容できる能力、それを潤は「性格破産者」と表現した。

## 高橋新吉――「ダダの先覚者」

ダダがやってきた。ダダをもってきたのは高橋新吉である。

大正九年(一九二〇)八月十五日の「萬朝報」に「享楽主義の最新芸術――戦後の歓迎されつつあるダダイズム」という記事が出た。日本で最初にダダを紹介した文章だそうだ。筆者は「紫蘭」である。おなじ号に「ダダイズムの一面観」という記事もあり、これには「羊頭生」の筆名がある。

辻潤は三十七歳、『唯一者とその所有』の前半部が刊行され、ひきつづいて後半部を訳し、あわせて全訳を刊行しようと奮闘している。潤が「紫蘭」や「羊頭生」の文章を読んだのか、どうか、わからない。かれの目に触れないはずはないとだけ、いっておく。

つぎの年に、ついに全訳『自我経(唯一者とその所有)』が出版された。おおきな仕事をやりとげ、安堵と興奮の時期だったのを強調しておく必要はある。愛媛の八幡浜出身の高橋新吉という青年がたずねてきた。潤はこのころ、佐藤惣之助に誘われるまま、息子のまことといっしょに神奈川県の川崎の砂子に住んでいた。

新吉は『唯一者とその所有(人間篇)』は買って読んだが、新しく出たばかりの全訳『自我経』は高くて買えないと嘆いた。

潤ははじめ、新吉を疑った。おもてでは、あなたの愛読者ですと媚びて、そのじつ、『自我経』を一冊、タダでせしめるつもりではないか、と。

潤はすぐに、新吉を疑ったのを恥じた。マックス・スティルナーをよく理解しているのがわかったし、荷物から出して読んでくれた「大概詩」という、論文みたいな文章にもスティルナーの影響がかなり濃厚に出ていた。

手元には一冊もなかったので、版元にあてて紹介状を書いて、わたしした。代金はこちらが払うから、『自我経』を一冊、この若者に贈呈してくれと書いた。新吉は「ロハ（「只」の字を上下に分けて「ロハ」と洒落る）でもらうのは気の毒だ」といい、二円とすこしを財布から出したが、潤はうけとる気にはならない。すると新吉は謄写版刷りの詩集を二冊と、二冊分の原稿をわたし、「暇なときに読んでください」といった。原稿の一冊は「ダダイストの睡眠」という手記、もう一冊は「黒子」と題する小説だ。

新吉はそのころ埼玉県の栗橋、利根川の堤防の下の小屋に寝泊まりしていた。新吉が語る小屋の暮しの様子を、潤は「不思議な一軒家の自炊生活」と解釈した。新吉がおいていった詩や文章のうち、「不思議な一軒家の自炊生活」に取材したらしいものが潤の印象にのこった。

「甚い暴風、気にする××停電、顫《ふる》えていた。ガタガタ板戸、ねだがつえて畳のはざま、青竹が生え出る、破れ家が吹きとばされても、つかまつてれば大丈夫だ――」

「夜、コンニャク買いに行った遅く、ヘロヘロと赤い割木の火が、空櫃《ひつ》の底まで舐《な》めあがった――」

やがて新吉は栗橋から川崎へ出てきて、土方など、いろいろな仕事をして詩をつくり、できると潤のところにもってきて、読んで、きかせて批評させる。しまいには「ウルサクなった」が、「一つの慰めでもあった」と潤はいう（『ダダイスト新吉の詩』跋文「TKFSYNQICHZ　ちきふしんくいッち」）。

謄写版ではなく、活字できちんと印刷した詩集を出すのが新吉の念願だ。潤は、佐藤春夫や大泉黒石など、自分が知っていて、新吉も逢いたいという知人に新吉を紹介した。

新吉は佐藤春夫をたずねた。古新聞のキレッパシにおおきくなぐり書きをしたのをひろげたから、「これは何だろうな」ときくと、辻潤からの紹介状だという。そういわれれば、酔って書きなぐった潤の筆のようだ。「辻からの紹介ぢゃ、いづれはこの見かけに相違《たが》はず相当のイカモノに相違ない」というのが春夫の印象だ。春夫は潤と新吉にたいする好意をこめて「イカモノ」といっている。

小説「黒子」など、新吉が「読んでくれ」という作品を読んで春夫は、「つまらない」と感想をのべた。

「ふむ！　つまらんですかね。さうですかね。なるほど自分でもつまらんですね。何しろでたらめですから、つまらんですよ」（佐藤春夫「高橋新吉のこと」『ダダイスト新吉の詩』序文）

新吉の反応について、春夫は「すこしも反語的ではなく、絶望的でもなく、正直で同時に人を食った、自分自身をも食ったもの」という印象をもった。

新吉が、小説「黒子」を刊行したいとおもっているのは、春夫にもわかる。カネが欲しいわけだが、カネよりもむしろ、「黒子」の主人公――新吉を失恋させた実在の女性らしい――の女性に読ませたい一念が先行していたようだ。

だが春夫は、新吉の作品の刊行に協力しなかった。「金で原稿を買う雑誌のすべての編輯《へんしゅう》者に、高橋の味はわからないという事を僕は心得ていたから」だ。

「君は半世紀進んでいる第三流の作家だ。ただの三流の作家なら原稿は売れるのだ。君は半世紀進んでいる。そこが君の世間に通用する人になれない致命的な点である」

潤の義弟（妹の夫）の津田光造が主宰する雑誌「シムーン」（二号から「熱風」と改題される）に新吉の詩「皿」が掲載されたのを皮切りに、雑誌「週刊日本」に「ダガバジ断言」、雑誌「改造」に「ダダの詩三つ」と掲載がつづいた。

「改造」は一流の商業雑誌である。ここに詩が掲載されたのは詩人高橋新吉の輝かしい将来を予告したが、あいにく、故郷で弟が死んだのと、成功の予感に興奮したのか、大声でダダを宣伝して町なかを歩き、タクシー運転手をなぐって警察に留置され、「発狂事件」と報道されたのがかさなって、故郷にひきもどされた。

「発狂事件」は詩人高橋新吉の名を高めた。詩集の刊行は確実視された。新吉はいっさいの原稿を武林無想庵を通じて潤に託し、八幡浜にもどっていった。

大正十二年（一九二三）、中央美術社から『ダダイスト新吉の詩』が刊行された。佐藤春夫が序文を、潤が跋《ばつ》文《ぶん》を書いて若い詩人の誕生を祝福した。

## ダダの受容——潤と春夫

ＤＡＤＡは一切を断言し否定する。

無限とか無とか、それはタバコとかコシマキとか単語とかと同音に響く。

想像に湧く一切のものは実在するのである。
一切の過去は納豆の未来に包含されてゐる。
人間の及ばない想像を、石や鰯の頭に依って想像し得ると、杓子も猫も想像する。
ＤＡＤＡは一切のものに自我を見る。
空気の振動にも、細菌の憎悪にも、自我といふ言葉の匂ひにも自我を見るのである。
一切は不二だ。仏陀の諦観から、一切は一切だと云ふ言草が出る。
一切のものに一切を見るのである。
断言は一切である。

『ダダイスト新吉の詩』の冒頭におさめられた詩「断言はダダイスト」の、最初の一節を紹介した。佐藤春夫と辻潤が、高橋新吉のダダをむかえた姿勢は、ちがう。ちがうのが当然だ。春夫は高橋新吉という人間に賛辞をおくった。詩をつくる姿勢に共感した。
「高橋の芸術と生活とはアカデミシャンの様子ぶった芸術にたいする又、平俗的幸福のなまぬくい生活に対する徹底的の反抗と挑戦とである。彼の消極的な——いや消極をも積極をも超越した態度は、上述の意味で力強いものである。この精神によって高橋は恒に生きる。彼は明治大正を通じて芸術史上に於ける著しく特異な

個性である。沢山のゴマカシもののなかで彼はかけらになって燦然《さんぜん》としている」(『ダダイスト新吉の詩』序文)

高橋がもたらしたダダについて、春夫は興味をしめさない。

「ダダイズムというものがどんなものであるか僕は知らない。だから高橋がダダイストだかどうだかそんなことも知らない。知る必要もない」

辻潤は新吉をまず、『唯一者とその所有』の優れた理解者としてうけいれる。『唯一者とその所有』の理解を培養基として、そこにダダイズムが根づき、成長して、高橋新吉というダダの詩人を誕生させたとかんがえる。『唯一者とその所有』の理解者として、そしてまた、『唯一者とその所有』にはじまるダダイズム理解者として共通の立場にあることを意識するが、『唯一者とその所有』を訳して世に出したのは自分だという優越感をもっている。『ダダイスト新吉の詩』の出版めざして奔走したのは、優越者の義務感ゆえではなかったろうか。

「現実のどん底にうめき苦しんでいる時でも、彼は自分の芸術を愛惜することを決して忘れはしなかった。彼の精神は異常な自信と激烈な絶望のエレベエタアを始終上下していた。ある時などは自殺の衝動にかられて、横浜の埠頭から数百枚の詩稿を投げ込んだことさえある。ダダはある一ツの芸術にのみに限られてはいない、新吉の詩は彼の生活で、宗教で、同時にまた哲学でもある」

「ダダはドンキホオテの誇大妄想と、ハムレットの卑屈さとを同時に兼ね備えて、未来派と表現派の軌道を逸して歩く」

「彼は人生の盃の底の最後の滓《かす》を舐めたところから出発している。そして、ダダ以前の一切の観念を投げ棄てた」

「この世は餌食だ、餌食は自分だ。

彼は『餌食』という言葉を非常に愛していた。

自分は自己以外の一切を享楽する、そしてまた自分も他によって享楽される。これがスチルネルの最後の意義だ。

享楽とは餌食になるということ以外になにを意味することが出来るのか？」（「TKFSYNQICHZ　ちきふしんくいっち」）

## ダダ宣言

ダダは多面体である。いや、多面体というとソリッド——固体の感じが強くなるから、多面空間というほうがいいかもしれない。

多面だから、こだわらない。「ダダとは〇〇〇である！」と言い張るタダイストはダダイストではない、というわけだ。

潤はダダイストになった。ダダイストはこだわらないはずだが、ひとつだけ、潤がこだわったことがある。

「日本でダダイストだという名のりを揚げたのは僕が一番最初だが、その前に『俺はダダ派の詩人』だといって僕に自己を紹介した若い詩人に、高橋新吉という男がいる」（「ダダの話」）

――おれが日本で最初のダダイストである。高橋新吉はダダの詩人だが、ダダイストとはいえない！

肩肘はって「おれが一番」という、まさに、こだわり。

理由はあった。『唯一者とその所有』に包まれてダダの海のなかにはいっていった――この順序を忘れたくないからだ。マックス・スティルナーがあったからダダになれたのだと、いつまでも記憶していたいからである。

潤のみるところ、新吉はダダではない、ダダにはなれない。ダダになるべきなのに、なれない新吉を、潤は憐愍《れんびん》と恐怖の眼でみている。新吉にとって『唯一者とその所有』はダダの詩に接近する方法、手段にしかすぎないと潤はみている。それが憐愍だ。だが、ひとごとではないのである、怠けていると自分も『唯一者とその所有』を忘れ、ダダだけのダダイストになってしまうかもしれない。それが恐怖だ。

『唯一者とその所有』に包まれてダダの海にはいった思索のいきさつを決して忘れまいという決意、それを守るために、「日本最初のダダイストはおれだ！」といって、こだわる。

# 第7章

# DADA——思想を生活に転換する時

## チューリッヒ——ダダのふるさと

一九一六年（大正五）スイスのチューリッヒではじまった新しい文学と芸術の運動、それをダダという。ダダをリードしたひとり、トリスタン・ツァラの「回想のダダ」によって、ダダのはじまりを概観してみる（浜田明訳『トリスタン・ツァラの仕事』による）。

第一次世界大戦（一九一四）に参加した国々では、検閲と好戦的な雰囲気のために、ひとびとは自分の思想を自由に発表するのが困難になってきた。思想表現の自由を欲する作家や芸術家がさまざまな国から中立国のスイスにやってきて、首都のチューリッヒは平和主義の中心になった。

ドイツの詩人で軽業師でもあるフーゴ・バルと、その妻のエミー・ヘニングスはチューリッヒにきて、生活をたてるために巡業していた。エミーは自作の歌をうたい、フーゴはギターの弾き語りで「死者の踊り」を唄った。激しい反戦の思想がこめられていた。

やがてふたりは、おおきなビヤホールの片隅に居酒屋をひらき、「キャバレ・ヴォルテール」と名づけた。「キャバレ・ヴォルテール」の売り物は大衆相手の娯楽ではなく、パリの文学酒場とおなじ、さまざまな企画の芸術であった。

フランス人のハンス・アルプの提案で現代絵画の展覧会が「キャバレ・ヴォルテール」でひらかれた。そこに展示されたピカソ、モジリアニ、ドイツ表現主義、イタリア未来派などの作品は教養大衆の関心をひいたが、新しい芸術を良識や神聖な習慣にたいする冒瀆とみなすひとからは激しい批判をあびた。

まもなくトリスタン・ツァラがフーゴ・バルと知り合い、ふたりを中心にして、新しい芸術や文学に興味をもつひとつのグループができた。

新しい雑誌を出すことになり、雑誌のタイトルとしてえらばれたのがダダである。かれらはあらゆるドグマに嫌悪を感じていたから、いかなる象徴的解釈の余地もあたえない名をつけなければならなかった。象徴的な名であれば、自分たちの思考がある一定の方向に導かれてしまう、それを避けねばならなかった。

だが、どういういきさつでダダになったのか、はっきりしていない。だれかが、あるいは、だれかとだれかが、フランス語の辞典「ラルース」をひらいていて、たまたま目にとまった単語、それがダダであったという。ウソのようなホントウのようなはなしだが、ともかくもそれがダダの由来だとされている。

ツァラは一九二〇年にパリにゆき、アラゴン、ブルトン、デルメ、エリュアール、ペレ、ピカピア、マルグリット・ビュフェなどとともに、一月十三日、ダダの宣言発表会をひらいた。ダダイストの本やチラシが、パリと全世界に興奮をひろげていった。

ダダは文学や芸術の枠をこえた。人間の生き方としてのダダが模索されるようになった。辻潤がめざしたダダは〈ダダとして自分の個を生きる人間〉である。

## 「思想を生活に転換する」

本物のダダ——という言い方はおかしいが、潤は、高橋新吉の後追いはやるまいと決意していたようにおもわれる。つまり、おれは本物のダダになるんだ、と。

『ダダイスト新吉の詩』の出版をめざすのと平行して、潤は自分がダダイストになるための奮闘をはじめた。潤の奮闘が『ダダイスト新吉の詩』を追い越した、そのような印象もある。潤の奮闘の中身を知るうえで、「ダダの話」という短文は貴重だ。

「思想を生活(行為)に転換する時にのみ、その人は思想の所有者である。

ダダはスチルネルの意味で、立派な現実愛好者である。スチルネルの哲学を芸術に転換すると、そのままダダ芸術が出来あがる。同時性と騒音とリアリズムの三位一体から、ダダの精神が蒸発する。『彼は酒と女と誇大広告とを愛する現実主義の人で、ダダの文化は主として肉体文化である。彼は本能的に独逸人の空論文化を粉砕することを自己の使命として感じている』

カントもヘーゲルもリッケルも、ダダの眼から見れば、腐れトーガンか南瓜《かぼちゃ》の類だ」（『――』のなかはハンス・アルプの文章だろうか）

高橋新吉は詩――芸術においてだけダダだ、と潤はみていた。新吉にたいする憐れみ、自分もそのようになってしまいはせぬかという恐れでもある。そうならないために、潤は「ダダの思想を生活に転換」しようと決意した。

## ダダの聖書『トリストラム・シャンディ』

ダダのリーダーのトリスタン・ツァラ――潤がツァラの名をきいたのは新吉からではなかったろう。大正九年（一九二〇）、「萬朝報」の「享楽主義の最新芸術――戦後の歓迎されつつあるダダイズム」という記事を読んだと仮定しよう。ダダのリーダーの名がトリスタン・ツァラだと知ったときに、潤は手をたたいてよろこび、叫んだはずだ。

――かれは〈トリスタン〉と名のったか、やるもんだね！

一七一三年（正徳三）、イギリスにロレンス・スターンという男がうまれた。日本では、新井白石が徳川将軍家の専属学者となり、政治改革めざして奮闘している時期だ。ロレンス・スターンはケンブリッジを卒業し、ヨークのちかくの農村で牧師になり、なんということもない暮しをしていた。

脚光をあびたことのないロレンスが、一七六〇年(宝暦十)に発表した小説『トリストラム・シャンディ』第一巻と二巻によって一躍して名士となった。『トリストラム・シャンディ』は第九巻まで書きつづけられ、刊行された。

『トリストラム・シャンディ』は奇書である。奇書という言葉はこの書のために発明されたといってまちがいではない、そういいたいほどの奇書である。ヨーク近在で宗教上の争いに熱中するひとびとの滑稽を風刺するパンフレットを書いたところ、たちまち評判になった。好評に気をよくしたスターンがあらためて大長編に仕立てあげ、新しい巻が刊行されるたびに、読書界はつぎの巻の刊行を期待する声であふれた。

この作品について、はじめてまとまった評論を書いた日本人は英文学者の夏目漱石である。原題を「The Life and Opinions of Tristram Shandy, Gentleman」(「紳士トリストラム・シャンディの生涯と意見」)というこの書について漱石は、明治三十年(一八九七)三月の「江湖文学」に評論「トリストラム、シャンデー」を寄せた。辻潤は十四歳、開成中学を退学したが、これといって人生にあてはなく、泉鏡花の作品や『徒然草』に読みふけっていた時期である。

「『トリストラム・シャンディの伝記およびその意見』という題だから、読者はだれでも、これがこの書の主人公の名前なのだ、どんなことでもシャンデーが関係するのだと思うにちがいない。だが、じっさいは反対なのだ。シャンデーは一人称で『余は』『吾は』などと語るのだが、シャンデー御自身はいつになっても誕生しない。ようやく誕生したかと思うと、たちまちストーリイは九十度に転換してしまって、垂直線はいつになったら水平線に合するのか、読者はただ鼻の穴に縄を通されて、意地悪い牧童に引き摺られる犢《こうし》のごとく、野ともいわず山ともいわず追い立てられる苦しさを味わう。そこで、さてはシャンデーがこの書の主人公だと思ったのはこちらが悪い、著者の責任を問うべきものではない、などと反省する始末だ」（岩波書店版『漱石全集　第十二巻』より意訳）

どこが頭か尻尾か、わからない。まるで「ナマコのような作品」だと漱石はいう。いちおうはシャンディが主人公ということになっているが、つぎつぎに登場してくる人物とシャンディの関係がどうなっているのか、見当がつかない。ぐじゃぐじゃと曲がった何本かの線がページいっぱいに書いてあって、これは、これまでの話の進み具合と、今後の予定を図表にしたものだ、と説明があったりする。二ページつづけて真っ黒に塗りつぶしてあるのはヨリックという人物の逝去を悼む仕掛けらしいが、死んだはずのヨリックはそのあとでも登場して、大活躍する。

ならば、箸にも棒にもかからない作品なのかというと、そんなことはない。漱石は「（イギリスの）文学史が書かれるたびに、作者ロレンス・スターンについては一ページないし半ページは記述される」と書いている。岩波文庫版『トリストラム・シャンディ』の訳者朱牟田夏雄は、文学史上におけるスターンを、つぎのように評している。

「小説という新領域の幅を、よし小説というものが詩や劇とちがって本来束縛のすくない、奔放な自由さを欲する形式であるとはいえ、ここまで思いきりひろげて見せた点で、この人こそイギリス小説を本当に『確立』させた功労者だという見方をするとしても、これはこれで十分に成立する見解だろうと思うのである」（「訳者まえがき」）

高橋新吉によってダダを知るよりまえに、辻潤が『トリストラム・シャンディ』を読んでいたか、どうか、なんともいえない。ともかく、ダダのリーダーの名がトリスタン・ツァラだと知ったとき、潤は「トリスタンとはトリストラム・シャンディの末裔を意識した命名だ！」と確信したのだ。

「ツアーラは恐らく、『トリストラム・シャンデイ』から、自らをトリスタンと名づけたに相違ない。試みに諸君、スタアンの唯一書『Tristram Shandy』を開いて見給え。」（「ダダの話」）

そういって、かれはまず第一篇の第四章を指示する。日本語の訳者の名が記されていないのは、これが潤が自分で訳したものであるからか。

「自分は自分自身を彼の規則の内に閉じこめて物を書かないばかりか、今迄存在した何人の規則にも従って物を書かないであろう」

ここで「彼」というのはローマの詩人ホラティウス(Horace)のことだ。文章の神さまとされるホラティウスを引き合いに出して、「彼の規則に従って物は書かない」と宣言したロレンスはまさにダダの先駆者ではないか、ツァーラがトリスタンを名のったのは先駆者にあやかろうという勇気のあらわれなのだと、潤は確信をもって語るのである。

『トリストラム・シャンディ』第一篇の第七章の終り、八章の冒頭はロレンスとダダの共通性を濃厚に示していると結論して、潤はいう。

「これだけでも、もう、でなくっても、『トリストラム・シャンデイ』をダダの聖書にして差し支いはない。まだ、ダダ芸術の見本として、挙げればいくらでも無数にある。第七篇の十一章などはたった三行しかない。なにが書いてあるかと思えば、『旅行とはまあなんという冒険だろう！ それはただ人間を熱くする。だが、それを癒す法がある、それは諸君が次の章から拾い出し給え』と、たったこれだけしきゃ書いてないのだ。『我々は永久に理解されない仕事を要求する』とツアーラがいっているではないか？」

シャンディにかぎらず、『トリストラム・シャンディ』の登場人物は、じつはダダの思想を理解しているのではなくて、ダダの個人として生きている。『トリストラム・シャンディ』の読者として、潤はそのことを知っている。ならば、潤が「ダダとして生きる」と決意したのは自然のなりゆきであった。トリスタン・ツァラたちの近代のダダを知ったのが、ダダとして生きる決意の引金をひいた。

## 『民衆芸術論』——大杉と野枝とアナキズム

第一次世界大戦の余波をうけてダダが誕生した。

赤ん坊のはじめての発声は「ダーダー」ときこえる、だからダダの名がダダになったと、これまたホントウのようなウソみたいなはなしがある。人類のドラマの二幕目から——一幕目は権力の発生である——すでにダダの蠢動《しゅんどう》はあったにちがいないが、ひとの目や耳に触れるにはそれなりのきっかけが必要だ。トリスタン・ツァラたちのダダ運動にとっては第一次世界大戦がきっかけとなった。

一九一七年(大正六)にロシア革命がおこって、大戦の幕をおろすきっかけになった。

ロシア革命はコミンテルンという共産党の国際的独裁権力組織を誕生させた。スイスのチューリッヒではじまり、パリで成長したダダはコミンテルンの抑圧を予感し、世界に広く拡散することで抑圧を避け、生きるちからをつけようとした。

チューリッヒやパリから最も遠い外周線のうえに辻潤がいて、ダダイストとして生き、ダダイストとして文章を書いてダダを広めようとしている。もちろん、ダダイストだからといってダダを広める責任などないのは承知のうえである。あえてダダイストの責任ということをいえば、ただひとつ、自分の個を完全に消費し尽くし、自分の人生を享楽し尽くすことだ。

大杉栄と伊藤野枝は、どうしているか？

葉山の日蔭茶屋の事件のあと、ふたりは世間から袋叩きにされた。妻の堀保子を大杉と離婚させ、神近市子に致傷の罪をおわせて牢獄に追いやり、恋の勝利者となった野枝は〈悪魔〉とよばれた。アナキズムの仲間も離れていった。東京本郷の菊富士ホテルの一室で、ふたりだけの侘しく貧しい暮しがつづいた。

大杉は翻訳に精を出した。ロマン・ロラン『民衆芸術論』、ピョートル・クロポトキン『相互扶助論』、チャールス・J・M・ルトウルノ『男女関係の進化』の三冊である。

クロポトキンの『相互扶助論』は大杉のアナキズム理論に幅と深みをあたえた。

チャールス・ダーウィンの〈競争による進化〉説を人類の歴史に応用する社会派ダーヴィニズムに対し、クロポトキンは〈生物や人類の歴史には相互扶助による進化の一面もある〉という事実を指摘したのだ。強権の排除を真骨頂とするのがアナキズムだが、それにたいし、〈強権なき社会がはたして維持されうるのか〉という素朴な疑問が提起されていた。アナキズムの側から説得力に富む説明がなされない憾《うら》みがあったのだが、相互扶助の事実と理論がクロポトキンによって提出され、〈強権なき社会〉の現実的な存在が可能になった。

相互扶助論をうけいれることで、大杉のアナキズムは政治論から人間論へ深まる姿勢をみせてきた。

ロマン・ロランの『民衆芸術論』は〈政治と文学〉に先立って〈民衆と芸術〉というテーマを投げかけた。平民のための芸術をつくらねばならない――これがロランの主張だ。

「十年以来妙なことが起こっている。あらゆる芸術のなかでもっとも貴族的なフランスの芸術が平民の存在を認めてきた」（大杉栄訳）

貴族的だったフランスの芸術が平民の存在を認めざるをえなくなった事情、それこそが社会主義の発達である。社会主義の運動をさらにおしすすめるなら、芸術はさらに平民にちかづいて、社会主義を実現しようとする平民のちからを強くする――平民と社会主義の相互影響が展望されている。

民衆――平民のための芸術が必要だとする見解において、大杉はロランに共感する。だが、平民が、いま、どのようなかたちで日本に存在しているのかという認識で、かれはロランに賛同できないものを感じていたようだ。革命によって新しい社会が出現するとして、その新しい社会の主人を平民とよぶのが正しいはずだ。そうだとすると、革命と平民芸術の創造は同時進行的なものでなければならない。

――諸君に新しい、素晴らしい芸術や美術を提供したいのだが、それよりもまえに革命を成功させなければならない。新しい、素晴らしい芸術美術に接したいのであれば、まずはわれらの革命に賛同し、協力し、命をかけて強権と闘うことを約束してほしい。

こんなことが、いえるはずはない。

ロランの『民衆芸術論』は、クロポトキンの『相互扶助論』ほどには日本の論壇の関心をひかなかったといわれている。

だが、大杉は失望しなかった。自分が翻訳し、紹介したロランの見解を下地にして、労働運動の指導者が新しい芸術、新しい美術をかんがえながら運動をすすめないかぎり、たとえ革命は成功しても、民衆のための芸術や美術はうまれないと確信していた。

――個人の革命と社会の革命は同時に達成されなければならない。革命に取り残された個人は社会を切り崩そうとし、社会は、そうさせてはなるものかと個人を圧殺する、そのくりかえしがはじまるだけだ。個人の革命と社会の革命、これをつなぐのが芸術と美術だ。

大杉栄の到達したアナキズム理論の頂上である。

## アナキストの妻

三冊の翻訳書が刊行されてから、大杉と野枝は本郷の菊富士ホテルをひきはらい、巣鴨の借家にうつった。大正六年(一九一七)の九月、ここで長女の魔子がうまれた。野枝にとっては三番目、大杉には最初の子である。つづいて次女のエマ(のちに幸子と改名)、三女のエマ、四女ルイズ、長男ネストルと五人の子にめぐまれる。ネストルは父と母の死後、父の名をとって栄と改名したが、その翌年に肺炎で亡くなる。

巣鴨で創刊した雑誌「文明批評」は短期で廃刊とし、和田久太郎や久板卯之助など、新しい労働者の仲間と

「労働新聞」をおこしたが、これもまもなく廃刊した。

ふたりは、葛飾の亀戸に居をうつした。亀戸には東京の下層労働者が住んでいる。労働者といっしょに生活しなければ労働運動はやれない――大杉の決意を実践したわけだが、野枝には辛い暮しのはじまりだった。その日かせぎの賃金労働者の妻や娘の、自堕落な――としか野枝にはおもわれない――暮しのいちいちが神経にさわって、耐えられない。

二十軒ちかくで共用する井戸端が脅威の源である。ほかに水を汲むところはないから行かねばならないが、それが辛い。

「みんな、無知で粗野な職工か、せいぜい事務員の妻君連だ。本当なら私は小さくならないでも、大威張りでのさばっていられる訳なのだ。でも、私にはそれが出来ない。私はその妻君連に第一に畏縮を感ずるのだ。圧迫を感ずるのだ。私はその理由を知っている」（「階級的反感」）

あのひとたちに悪くおもわれたくない、その気持ちが先刻あちらにつたわっているのを知っているから、水を汲んだら急いで逃げ帰ってくる。好奇心から出かけていった銭湯で、いきり立った女工に睨まれ、縮みあがった。

「敵愾心の強いこの辺の女達の前に、私は本当に謙遜でありたいと思っている。けれど、私は折々、何だか堪らない屈辱と、情けなさと腹立たしさを感ずる。本当に憎らしくもなり軽蔑もしたくなる」

日本を代表するアナキストの妻なのに、階級の偏見を払拭できずに苦しんでいる――こういうふうに解釈しても、なんの役にもたたない。

野枝は偏見の所有者である自分を認識し、率直に表明した。そこに、自分の個を発見して所有する〈唯一者〉への途がはじまるのだ。

――あのころ、辻先生が口癖のようにいっていた〈唯一者〉というのは、これなんだ！

そうと気づけば、野枝は潤のそばにもどる。いや、戻ろうか、どうしようかと岐路に立つ自分を意識する。あくまでも、「そうと気づけば」の仮定のうえのはなしだが――

## 北風会

大正七年(一九一八)に渡辺政太郎が死んだ。

渡辺は白山上の南天堂という古本屋の二階で社会主義の研究会をひらいていた。自分の貧乏をそっちのけに労働運動に挺身したので、「白山聖人」と尊称されていた。大杉栄を辻潤、伊藤野枝にひきあわせたのはこの渡辺だ。大杉が亀戸に居をうつし、労働者と生活を共にして労働運動をはじめたときくとすぐに、久板卯之助とふたり、日暮里の住まいをたたんで大杉と同居した。村木源次郎、久板卯之助、添田啞蟬坊、近藤憲二、和田久太郎といったアナキズム系の労働運動家は渡辺の研究会で研鑽したメンバーである。

渡辺政太郎は「北風」と号していた。大杉は渡辺の死の翌年に新しい労働運動の組織をつくって、北風会と名づけた。渡辺を追悼する命名である。

ロシア革命の影響もあって、労働組合の結成がさかんになった。革命ロシアの独裁をくわだて、コミンテルンをつくって国際共産主義運動を牛耳ろうとするボルシェヴィキの思想が日本にも輸入され、労働運動はボルシェヴィキとメンシェヴィキの対立抗争、いわゆるアナ・ボル論争の場と化した。大杉がひきいる北風会は、ボルシェヴィキにたいするメンシェヴィキの戦闘組織となった。

労働組合の多くは労資協調の路線をすすんでいた。友愛会をおこした鈴木文治の影響はつよかった。政府も警察も、論壇の進歩的な勢力も労資協調の路線を贔屓し、激しいメンシェヴィキよりはボルシェヴィキのほうが穏和でよろしいとみていた。

北風会には、雑誌を発行して論壇に影響をあたえるほどの資金力はない。会員は少数精鋭である。労資協調派の組合の大会や演説会にのりこみ、ヤジをとばし、主催者がわの闘士や臨席の警官と小競り合いをおこし、会そのものをめちゃめちゃにしてしまう、その戦術を大杉は「演説会もらい」と称した。

演説会をめちゃめちゃにするのが目的ではないと、大杉は説明する。

労資協調派の大会は「音頭取り——指導者」にあわせて議事をすすめ、満場一致の決議をすることを目的とする、いわゆる「しゃんしゃん大会」だ。

これが悪い、ダメなんだと大杉はいう。なにが、どう悪くてダメなのかというと、音頭取りにあわせて拍手だけするような人間では、新しい社会はつくれない。万が一、新しい社会が出来たとしても、こういう人間は新しい社会の主人公にはなれない。

音頭取りをなくしたい、音頭取りに合わせるだけの人間をなくしてゆきたい。音頭取りに頼らず、新しい社会で生きてゆける人間をつくりたい。

「なによりもまず、いつでもまたどこでも、みんなが勝手に踊る稽古をしなくちゃならない。むずかしく言えば、自由発意と自由合意との稽古をしなくてはならない」(「新秩序の創造」)

## 人間の問題と革命と

平民社のころの先輩の堺利彦も、同世代の山川均もボルシェヴィキ派の名のりをあげた。ボルシェヴィキ派は日に日に優勢になる。

大杉はボルシェヴィキに激しい敵意を燃やした。

ロシアのボルシェヴィキはロシア革命を圧殺しようとしている、とみたからだ。そして、ロシアのボルシェヴィキに追随し、コミンテルンの威をかりて日本の革命運動を牛耳ろうとする日本のボルシェヴィキにたいし、正面きって戦いを挑む。

「一足飛びに天国へ行けるかどうかは僕も疑う。しかし無政府主義へ行くにはまず社会主義を通過しなければならぬとか、ボルシェヴィズムを通過しなければならぬとかいうことは、僕は無政府主義の敵が考え出した詭弁だと思っている」(「なぜ進行中の革命を援護しないのか?」)

「僕は今、日本のボルシェヴィキの連中を、たとえば山川にしろ、堺にしろ、伊井敬にしろ、荒畑にしろ、皆ゴマのハイのような奴等だと心得ている。ゴマのハイなどとの協同は真平ら御免蒙る」

「ロシアの革命は誰でも助ける。が、そんなボルシェヴィキ政府を誰が助けるもんか」

「ケレンスキーの民主政府を倒した十月革命は、主として『革命は如何にして為されねばならないか』を、僕らに教えた。そしてそれ以来のいわゆるボルシェヴィキ革命の進行は、主として『革命は如何にして為されてはならないか』を僕らに教えた」(『無政府主義者の見たロシア革命』自序)

ボルシェヴィキは人間の問題を棚上げし、または、踏みつぶすことでロシアに独裁政権を樹立しようとしている。いや、すでに、独裁政権は現実的な姿をとりつつある。

大杉は人間の問題を革命の中心テーマとしてひきこもうとしている。

人間の問題を革命の中心テーマにするのは可能だとかんがえているわけだが、はたして、それは可能なのか?

人間の問題と革命と――二者択一を迫られることにならないだろうか?

## 日本脱出

大正十一年(一九二二)六月、大杉と野枝の四人目の娘、ルイズが生まれた。

十月のなかごろから一カ月ばかり、野枝は故郷の福岡県糸島郡の今宿にもどっていた。大杉と仲違いしたわけではない。大杉の著述のスケジュールが混み合ってきた。野枝はうまれたばかりのルイズの世話に手をとられて、大杉の仕事を手伝うどころではない。産後の休養、生活費の節約など、いろいろと目的があっての帰郷である。

野枝自身は、休養がおわったら自分自身の「仕事」にとりかかる計画があった。「仕事」の中身はわからないが、大杉の多忙な著述に刺激されたかとおもわれ、いずれ大きな著作か翻訳にとりかかるつもりだったろう。

十一月のなかば、フランスのアナキスト、コロメルから急報がとどいた。来年の一月から二月にかけてベルリンで国際アナキスト大会がひらかれる、是非とも出席してほしいとの要請であった。

大杉は即断し、返報した、「出席する」と。今宿の野枝に電報がうたれ、村木源次郎が野枝と子供をむかえに急行した。

カネの工面をしなければならない。旅費のほかに、留守のあいだの家族の生活費がある。借りられるところはもう、片っ端から借りている。わずかな当てをさぐって金策にあるいたが、尾行の巡査の目をくらましながらの金策はうまくいかない。ふと、ひとりの友人を思いだし、電話をかけたら、あっさりと貸してくれた。

そのつぎに、尾行巡査を撒いて出発するという難題がまっている。出発したのがすぐに知られてもかまわない場合と、知られては困る場合がある。こんどはもちろん、知られては困るケースである。狭い住まいの中は巡査の目に晒され、素通しも同様である。話し声もきかれてしまっているとおもわなければならない。尾行巡査は、家の前の空き地のお稲荷さんの小屋のなかに待機しているのだ。警察に気づかれないうちに上海に着けば、そこから先は安心だ。

魔子は六歳になった。もともと聡明な子だけに、巡査の口車にのせられ、「パパはおうちにいないのよ」などといいかねない。Lという同志の家には魔子より年下の女の子がいた。Lの家に泊まりがけで遊びにゆかせ、魔子の件はかたづいた。

同志のひとり、山鹿泰治はエスペランチストで、中国に知人が多い。上海からのパスポートを用意してほしいとの大杉の依頼をうけると、その場からすぐに出発した。

大杉は病気だという噂がながれ、大杉の家からは毎日、村木源次郎が氷を買いにでかけた。部屋の窓にはカーテンがさがり、濡れた氷囊《ひょうのう》が二階の手すりにさげられた。

十二月のなかばに尾行を撒いて出発し、上海で山鹿から「唐継」という中国人名義のパスポートをうけとり、フランス船でマルセーユにむかった。

## 「ステキな序文」

小島清《きよ》——のちに玉生の姓——という若い女性が広島から東京へ出たのは、いつか、はっきりしない。広島の町の洋服屋の娘である。

広島の女子師範学校の二部を卒業して、二年間の義務の小学校訓導の勤務をはじめたのが大正九年だという。二年間の義務を完遂したのか、どうか、わからない。「辻潤の思い出」という文章で「幼い児童の教育より私自身の教育をせねばとおもい立ち——憧れの東京へ——」と書いた。

「この間いろいろありますが」と回想しているから、二年がすぎないうちに上京したかもしれない。二年間の義務を完了したのなら、大正十一年の上京ということになる。

師範学校のまえの、女学校の生徒のころ、清はマックス・スティルナーの翻訳物の薄い書物に古本屋で出合い、買って読んだ。訳者であり、「ステキな序文」の筆者でもある辻潤という男性の名を頭にきざんだ。

師範学校の卒業論文として「虚無思想と児童心理に就いて」を書いた。担当教師の審査評は「一日も早く安心立命の日の近からん事を」であった。卒業式の直前には校長によばれ、「いろいろとありがたい訓示」をうけた。教師も校長も、清はいささか異常な少女だとおもっていた。清自身はそれを得意にしていたようだ。彼女はのちになって、「おもいあがり——恥ずかしく」思っていると書く。

東京で、なにをしていたのか、わからない。雑誌「青鞜」が健在ならば接近したにちがいないが、「青鞜」の時代は去って久しいのである。うちこめる、なにかを模索していた。

大正十一年の初夏のころ、街で、一枚のビラに眼がひかれた。なんとかという労働組合の主催、会場は月島の労働会館のようなところで社会思想の講習会がひらかれるという。

「ダダイズムについて講師　辻潤」

わすれていた「辻潤」の名がよみがえった。あの「ステキな序文」の筆者の辻潤にちがいない。

月島に出かけていった。労働会館の、裏長屋の二階をぶちぬいたような会場だ。辻潤先生がよれよれの単重《ひとえ》、腰に手拭いをぶらさげ、ときどきその手拭いで顔の汗を拭きながら、

「ダダイズムの発生から――、ダダとは赤坊がまずダダと発声するそれから始まったのだとか、いろいろ学究らしくない調子で学究みたいな話をしていました。

その晩、私は辻潤と二人で月島の『渡し』を舟でわたって、築地のおそばやで『板わさ』で酒をくみました。よかったな。渡し舟というものは」（玉生清「辻潤の思い出」）

潤は三十九歳、清は二十歳をすぎていたろうか。

## 野に出て麦笛を吹く

宮嶋資夫は比叡山をおりて東京にもどり、吉田一や高尾平兵衛、和田軌一郎といっしょに労働社をおこし、「労働新聞」を発行した。

宮嶋が知ったころ、吉田はアナキストだった。「労働新聞」に吉田を誘ったのも、アナキストの同志としての誘いであった。だが、宮嶋の知らぬうちに吉田はボルシェヴィキに転身していた。まもなく吉田は、言わず語らずのうちにロシア行きを暗示して、宮嶋の前から姿を消した。吉田が去って、「労働新聞」は廃刊になった。

まもなく吉田が姿をあらわした。ロシアでスターリンに逢ったとか、ロシアでは中央からの指令一本で全般につたわる、日本もあのようにしなければ、などと、ボルシェヴィキのリーダーになったかのような調子で語る。宮嶋は馬鹿らしくなったが、それはすぐに憂鬱な気分への入口となる。

紹介してくれるひとがあり、野口雨情の雑誌「金の星」に童話を書くようになった。童話を書くのは楽しかった。楽しいことは楽しいが、疲れと倦怠の気分はおさえられない。

友人の画家の工藤信太郎がたずねてきて、「安房の根本《ねもと》はいいところだ」と語った。太平洋に面したちいさな村、冬でも菫《すみれ》が咲くほど暖かい。夏になると、海草採りに海にもぐる海女の口笛が遠くのほうまできこえるんだといった。東京を離れたい気持ちがおこり、工藤に案内されて根本にゆき、すっかり気に入って、家族ともども移り住むことになった。大正十一年(一九二二)の四月であった。

宮嶋は根本で童話を書いた。近藤茂雄や水守亀之助がやってきて、しばらくいっしょに暮らした。

素人の演芸大会があった。宮嶋は水守といっしょに見物にいった。若い男の労働者が舞台にあがって芸をみせるのを、若い娘が拍手して、「ナニナニちゃん、がんばって」と嬌声をとばす。まことに和気藹々《わきあいあい》なのに、土地のひとと気分をあわせ、溶けこむ気になれない自分を重く感じる。

「何でえ、好い気になって歌なんかうたっていやがって、自分等の仲間がいまどんな眼に会っていると彼等は思っていやがるのだろう」

つぶやく宮嶋を、水守がおさえて、いう。

「そんなに憤慨しなくっても好いだろう」

いわれて、宮嶋はわれながら、イヤーな気分になる。そのとおりなのだ。なにも憤慨することはないのである。

そもそもおれは、マックス・スティルナーの、あの言葉が大好きなはずだった。

「彼はもしワイマールの王室でピアノを叩かなければ、野に出て麦笛を吹くであろう」

どんな人間でも、なにごとかを芸術的に表現したい要求をもっている。あの舞台で芸をみせている若者だって、なにがしかの思想や感情をもっているはずなのだ。

房州の農村ではワイマールの王室というわけにはいかないが、自分の美声は殿様のお招きの晴れの席にこそふさわしいとおもいながら、お招きがないのは仕方がないから、にわか仕立ての村芝居の舞台に立っている、それだけのちがいだ。

いいたいこと、うたいたい歌はおなじなのだ。場がちがう、それだけのこと。

マックス・スティルナーの言葉を思いだして、宮嶋は安堵の想いをあつくしていたはずだ。これさえ肝に銘じていればなにがあっても怖くはないぞと、それくらいに信頼していた言葉なのに、いざ、というときに忘れて、村芝居に興奮する若者に言葉にならない罵倒をあびせていた。だが、その途中で、水守の示唆もあって、スティルナーの言葉を思いだせたのは嬉しい。忘れきってはいなかったしるしだから。

——おれには麦笛があるんだ。ワイマールの王室で叩くピアノはもたないが、ここ、房州の野で吹く麦笛はある!

**「こういうところに生まれりゃよかった」**

せせこましい自分の性格に、弱っている。こういう自分は海や山で暮らしているのが一番いいんだと悟った。海や山の暮しをいつまでつづけられるか、わかったものではないが、そうと気づいただけでもいい。

いい気分になった宮嶋をたずねて、辻潤がやってきた。宮嶋の麦笛にあわせて尺八を吹く気があったのかどうか、わからないが、ふところに尺八をおさめていたのはたしかだろう。

潤は若い女をつれていた。広島の洋服屋の娘の小島清である。ダダイズムの講演会で知り合ってすぐ、ふたりづれで房州にやってきた。宮嶋の妻や子は東京にもどることになっていたが、まだ根本にいて、潤と清を歓迎した。ふたりはアワビとサザエをふんだんに食べ、文学青年や画家のたまごたちと酒をのみ、談論風発の毎日がつづいた。

潤が顔をほころばせていった言葉を、宮嶋はいつまでもおぼえていた。清もきいていたにちがいない。

「ここは好いところだ。俺はこういうところに生まれりゃよかったんだ」（『遍歴』）

潤の気分が宮嶋に感染して、「麦笛を吹きたくなる気分だろう――ああ、そうだ、潤さんは麦笛じゃなくて尺八だな」ぐらいはいったかもしれない。ならば、宮嶋にあわせて潤が「スティルナーだ」といい、宮嶋が「ワイマールの王室ならともかく、東京の千代田のお城なら、どうかお出でくださいと誘われても、イヤだね」と応じる光景を夢想してもわるくはない。

清はもちろんマックス・スティルナーの名は知っているが、いまここで、潤と宮嶋のあいだで話題となっている「ワイマール」「麦笛」は知らないだろう。清の問いにこたえてやったのは、潤か、宮嶋か。教えられて清は、この日の、房州の根本の出来事は生涯わすれまいと誓ったにちがいないと想像される。

――あたしのワイマールは安房の根本だ！

そしてまた、清は、伊藤野枝さんや野溝七生子さんにもワイマールの麦笛のはなしを聴かせてやったのかと拗《す》ねた様子で問い詰めて、潤を当惑させたかもしれない。

根本は安房の突端、白浜の、そのまた先に突き出た村だ。根本から外房の海ぞいに北上すると、夷隅《いすみ》郡の大原。大原の若松という漁網を商う家で、潤と野枝の次男の流二が里子としてそだてられている。流二は七歳になった。

## 「ダダはスピノザを夢見て」

辻潤の日々をみていれば、だれだって、「かれは人生を享楽している」とおもう。享楽を追いかけて自分の人生を悪い方向にひっぱっていると否定的にいうひともいるだろうし、これまでの人生の生き方なら、こうなるのが当然だと、宿命論的に、または、好意的にみるひともいる。

だが、それだけでは充分ではない。かれの頭のなかに〈享楽〉という言葉がさかんに響いていたのだ。〈享楽々々〉と声にして出し、しばしば文章のかたちにあらわし、おのれの声や言葉を追いかけて享楽する——自分で自分に課した義務である。怠惰の享楽ではない。

浅草のパンタライ社は健在である。ダダをやろうと、はりきっている。運営は黒瀬春吉が、ダダの企画演出は潤が中心になる。パンタライ社はダダをやるための組織ではないが、潤がダダイスト宣言をしたのにつれて、メンバーそれぞれがダダイストのつもりになってきた。ダダは感染力が旺盛である。劇団をつくって演劇をやろうといいだしたのは黒瀬であったろうか。劇団の名が「ジプシー劇団・享楽座」となったのは潤の発案だろう。

「享楽座」の俳優のトップに名を出すのは辻潤である。旗揚げを宣伝するために、潤は「『享楽座』のぷろろぐ」を書いて雑誌「中央美術」に寄せた。大正十一年（一九二二）八月のことだ。

　　「享楽座」のぷろろぐ

ダダはスピノザを夢見て
いつでも「鴨緑江節」を口吟んでいる
だから　白蛇姫に恋して
宿場女郎を抱くのである

浅草の塔が火の柱になって
その灰塵から生まれたのが
青臭い″La《ラ》 Variete《ヴリエテ》 d'Epicure《デピキュウル》″なのだ
万物流転の悲哀を背負って

タンバリンとカスタネットを鳴らす
紅と白粉の子らよ！
君達の靴下の穴を気にするな!!
ひたすら「パンタライ」の呪文を唱えて
若き男達の唇と股とを祝福せよ
怪しくもいぶかしいボドボルが
そこから生まれ落ちるだろう（つづく）

享楽の実相を多くのひとに観てもらいたい、というのが享楽座にかかわる潤の想いである。享楽は個人のレベルでは実をむすばない、多くの他人の視線のなかで結実する。他人に観てもらうのは必須のことだ。

享楽座の演物《だしもの》は黒瀬春吉原作の「元始」と歌舞劇「享楽主義者の死」ときまった。「享楽主義者の死」の監督と主演は辻潤、ほかの俳優は添田さつき（知道）、香川静枝、若草民子、花園歌子、西脇真珠、窪田文子など。

ある王国の宮殿、中央に玉座がおかれ、王様に扮した潤がどっかとすわる。この王様が享楽主義者という設定。妃はうしろの書き割りに描かれているだけ、家来どもは埴輪の人形。

王様は退屈で仕方がない。家来どもがあれこれと慰みを工夫してお目にかけるが、王様はすぐに飽きてしまってアクビばかり。そこへ隣国の軍隊が攻めてきた。

埴輪でない、ナマの家来がかけこんできて、敵軍襲来を報告し、早くお逃げあそばされと勧めるが潤の王様は逃げるどころか、にっこりとうなずき、やおら立ちあがり、あたりを見まわす堂々の風情。金ピカの衣裳が一段と光りかがやく。なだれこんできた敵の軍隊、三人、五人をひょいひょいとかわし、大剣をぬいて敵兵をつぎつぎと倒す。チャンバラではないから、斬り倒すのでなく、突いて倒す。

大勝利は疑いない戦況となったが、そもそも王様は享楽主義者で飽きっぽい、敵兵を突きふせるのに飽きてしまい、天井をむいて大アクビをした。その隙を敵兵に突かれ、だまってくずれて、しずかに倒れ、幕となる。

以上のあらすじは、旅芸人の役をふられた添田さつきの回想録「辻潤・めぐる盃」(『辻潤全集・別巻』)によった。黒瀬春吉のドラマづくりが潤を〈よく観てとっていた〉と、添田は語る。いいかえれば、潤の享楽主義が黒瀬とのあいだを往復するうちに、黒瀬に感染したのである。テキを倒してクニを守るという神聖な義務の遂行にこだわらず、といって否定もせず、だらだらーっと飽きてしまう王様はダダである、飽きてはならぬことに飽きてしまうのがダダの効力なのだ。

「享楽主義者の死」は歌舞劇である、音楽がついている。ショパンの名手と評されていたピアニスト沢田柳吉が作曲した。このひともなかなかのダダであって、浴衣がけでピアノソロの舞台にあがって話題をよんだことがあるそうだ。

パンタライ社へ音合わせに沢田がやってきた。潤も姿をみせ、喋っているうちに潤の尺八と沢田のピアノで合奏することになった。曲は潤の望みの「トロイメライ」ときまったが、いざ合奏がはじまると、間があわない。沢田のピアノは確かなものだ。してみると、潤が合わせないから合わないのである。沢田が指をとめて潤にむきなおり、「ちっとも合わないぞ」と苦情をいうと、潤はけろりとして、「そっちが合わせないからさ」とこたえて、いい雰囲気にもりあがった。

手間も時間もかけ、斬新な歌舞ドラマが演じられるはずだったが、「享楽主義者の死」はついに日の目をみずに仕舞った。事情は添田さつきも知らないようだ。どこかに手違いがあったにはちがいない。

## 「一人の女性の全部の愛」

大正十一年（一九二二）は辻潤の生涯のうちの多彩な一年になった。

高橋新吉の詩が雑誌「シムーン」（のちに「熱風」）に掲載された。「シムーン」は前述したように潤の妹の夫の津田光造が仲間と出していた雑誌であり、新吉の詩が掲載されたかげには津田の義兄の潤の奔走があった。

社会主義の講演会がひらかれ、潤は「ダダイズムについて」の題で講演した。

腰にさげた手拭いで汗をふきふき喋ったのが女性ファン小島清を恋人としてひきよせ、それはそれで潤の幸運の一環となったが、清のことはさておいても、潤がダダイストの名のりをあげ、世間からもダダイストとして目されるようになったのは大正十一年だ。

この年、潤にとっての最大の出来事は第一エッセイ集『浮浪漫語』の刊行だ。ロンブローゾ『天才論』、トーマス・デ・クィンシー『阿片溺愛者の告白』、そしてマックス・スティルナー『唯一者とその所有』と大著の翻訳書をつづけて出してきた潤を一言でいえば翻訳業者である。明治四十年前後には「いぬかは」「三ちゃん」「消息」など、小説あるいは随想スタイルの作品を発表しているが、翻訳の業の上に位置づけられるものではない。

翻訳家であることを嫌悪してはいなかった。翻訳という業が潤の主体性を損なうことはなかった。翻訳業に自分を埋めてしまうひとはあるが、潤はそうではない。

しかし、自分の想いをストレートに出したい欲望が消えたことはない。本業――あえて区別をつける必要はないが――の翻訳をつづけるうちに、その想いは強くなってきていた。『天才論』の訳者序文「おもうまま」、『自我経』の訳者解説「自分だけの世界」の二篇の文章などは、潤のうちに「こういうものを書いて生きられればいいなあ！」と、渇望の気分をおこしたはずである。翻訳がイヤだとはいわないが、エッセイを注文されるほうが嬉しい。

著述家としての評価は高まりつつあるのを、潤は察している。海のものとも山のものともわからないが、ダダイズムの潮流の先頭を走っているのは潤だという事実に世間は注目している。いまならば、翻訳専門家のほかに、エッセイストとして名のりをあげるのは可能だと判断したはずだ。

大正十年（一九二一）――『浮浪漫語』刊行の前年――「東京日日新聞」に「浮浪漫語」というタイトルのエッセイを書いた。〈自分はどういう人間であるか〉を自分で分析し、自分で表現しようとこころみた文章だといえる。エッセイストとして売り出すにあたり、自分はどういったスタイル、内容のエッセイを書けるのか、見本をおみせしましょうといった構えの文章だ。テーマは〈浮浪〉である。浮浪の心境を文章にしてお目にかけます、よろしければ、この種の原稿を注文してください、といった調子の文章だ。

「無目的にまったく漂々乎として歩いていると自分がいつの間にか風や水や草や、その他の自然の物象と同化して自分の存在がともすれば怪しくなって来ることはさして珍しいことではない。自分の存在が怪しくなってくる位だから、世間や社会の存在はそれ以前にどこかへ消し飛んでいる。そんな時に、どうかすると、『浮浪人の法悦』というようなものを感じさせられる。が、その時は無論そんなことさえ全然無我夢中である。こうやって原稿紙という紙の上になにか書きつけようとする時にやっとその時の心持ちを思い浮かべて、そんな言葉ででもその時の心持ちを表わしたらと考えるに過ぎない」

自分勝手なことを書きならべればいいんだというわけではない。読者との共通点をみつけ、そこに立たなければならないということはわきまえている。そこで潤が提案するのは〈幸福〉である。

「近頃、僕は自分の求めている幸福という物の正体がややほんとうにわかってきた様な気がしている」

ありきたりではあるが、それだけに、読者の興味を誘う効果はある。フーンと、目をひきつけさせる効き目がある。自由に生きることか、芸術に生きることか、巨万の富か、多くの知識を得ることか、社会運動に従事して献身的に働くことか——つぎつぎに例をあげ、自分の求める幸福はそれらが束になっても充たされないと否定したあと、正解を出す。

「一人の女性の全部の愛である。そして自分もその一人の女性を自分の全部をあげて愛することである」

これが実現されるなら、その他の欲望はひとつも充たされなくとも幸福に生きられると確信している。友人にうちあけたところ、友人のいうには、それはこの世のなかで一番贅沢な要求だそうだ。

「僕はそのゼイタクを望むのである。(中略)僕はかかる異性を求めて的《あて》のない流浪を続けようと思う」

エッセイストとして自分はこういうスタイルをめざしているのだと宣言した。つぎの年に刊行された最初のエッセイ集に『浮浪漫語』の題をつけたのは、これがエッセイストとしての第一歩であるからだ。

## 「白蛇姫」

「『享楽座』のぷろろぐ」の第一節に白蛇姫という言葉があった。

ダダはスピノザを夢見て
いつでも「鴨緑江節」を口吟んでいる
だから　白蛇姫に恋して

宿場女郎を抱くのである

エッセイ集『浮浪漫語』は、その白蛇姫にささげられた一冊である。第一ページに、白蛇姫にささげる献辞が書かれていた。

ふみにじられた雑草の
最初の花束を
わが観自在白痴菩薩
白蛇姫の御前にささぐ

わがままにして従順なる汝の奴僕
風流外道跪拝

白蛇姫とは野溝七生子のことだ。

延暦寺の宿院で『唯一者とその所有』を訳していたとき、潤は七生子に出合い、激しく愛した。七生子が潤を愛したのか、どうか、はっきりとはみえない——そういうしかない。ともかくも潤は七生子を観自在白痴菩薩の棚にまつりあげ、白蛇姫の名をたてまつり、おのれを奴僕《しもべ》の風流外道と規定して、姫に跪拝《きはい》する姿勢をとった。

さて、このころ、白蛇姫こと野溝七生子は東京にいた。比叡山で潤と交際したのが大正八年から九年、彼女は同志社の学生だった。それから東京に出て、東洋大学の専門学部で哲学をまなんでいた。潤の『浮浪漫語』が出た大正十一年には東洋大学に在学していた。

東京に出た七生子と潤のあいだにつきあいが復活したのは事実だろう。宮嶋資夫の『遍歴』には、かなり濃厚な交際の事実をほのめかす一節があった。

最初のエッセイ集をささげ、『浮浪漫語』のなかで主要な位置をしめるエッセイ「浮浪漫語」で自分の求めている本当の幸福は「一人の女性の全部の愛」だと公言し、『浮浪漫語』刊行のあとで書いた「『享楽座』のぷろろぐ」ではスピノザを夢見て「鴨緑江節」をくちずさみ、白蛇姫を愛して宿場女郎を抱くダダに自分を擬した。そしてその白蛇姫は東京に住んでいるとなると、生臭い愛欲の淵にみずからを落としこみつつある潤の姿がみえるような気がするけれども、そうではないはずだ。

白蛇姫は潤が創造したダダの美の象徴である。野溝七生子がモデルである、といったことは無視してかまわない。七生子との恋愛——たとえ潤の片思いであっても——がなければ白蛇姫を創造できなかったのはいうまでもないが、生身の七生子はあくまでも七生子である、潤の所有にはならない。

いまや潤はダダの海の主に昇華している。生身の七生子から美を、美だけを切りはなして観自在白痴菩薩、白蛇姫に昇華させ、ダダとしてそのすべてを所有した。

## 「こいつ、なかなかやるな」

岡本潤は東洋大学で野溝七生子のクラスメートだった。かれの自伝『詩人の運命』に、七生子の印象がのべられている。色の白い大柄なグラマーで、いつも男性をしり目にかけているような奔放な態度、ひときわ活発で異彩を放っていた。学校のちかくのレストランで仲間の女学生にかこまれ、洋酒をのんで気炎をあげていた。

「社会学の時間に、ある講師が男女の身分差別について何かいいかげんなことを言ったとき、野溝がいきなり立ちあがって『それは封建的俗見です。社会学は俗見でいいのですか』と、勇敢にくってかかるのを見て、こいつなかなかやるな、と感心したことがある」

そのとき、岡本は、七生子がかつて辻潤が愛した女性だとは知らない。辻潤という存在を知り、翻訳や著作を愛読し、潤の謦咳に接したくなり、接近してはじめて、潤が愛したという女性はあの威勢のいい女学生の野溝七生子だったのだと納得した。

## 「火花を散らした結婚式」

岡本潤は明治三十四年(一九〇一)に埼玉県の本庄でうまれた。辻潤よりは二世代も若い。おおきな一族の分家で、本家からわけてもらった家作と農地があり、知能の障害がある父をたすけて気丈な母がすべてをとりしきっていた。

母は父と離婚し、祖父の家がある京都の伏見にもどって、潤をそだてた。潤は平安中学を卒業して東京に出て、東洋大学にはいった。東京大学の助教授の森戸辰男の著書『クロポトキンの社会思想の研究』が発禁処分となったのに刺激され、クロポトキンはアナキストだというが、そもそもアナキストとは何であるかを知りたくて、はじめに英文の「Mutuar Aid」を、つぎに大杉栄訳の『相互扶助論』を読んでアナキズムにちかづいた。

新人会や建設者同盟にちかづき、学生運動をやったこともあるが、心底からなじめない違和感がある。小石川の路地裏に事務所のあった労働者の組織「北風会」に親しみを感じたので、しばしば顔を出した。

「北風会」のメンバーとなって、大杉といっしょに「演説会もらい」をやるかたわら、岡本は詩をつくるようになった。大正十一年(一九二二)に加藤一夫、佐野袈裟美、内藤辰男、津田光造らが同人となって雑誌「シムーン」を発刊した。プロレタリア文芸誌を標榜し、アナキズムの色彩は強いが、有名ではないひとが執筆者となっている。これなら自分の詩をのせてくれるかもしれないと期待して、「火花を散らした結婚式」という作品を送ったら、採用された。編集部にこないかとさそわれ、仲間のようになった。

岡本は知らなかったろうが、同人のひとりの津田光造は辻潤の義弟にあたる。その関係があって、高橋新吉のダダの詩が「シムーン」に掲載された。岡本は津田の印象を「村夫子然」とのべている。

岡本は労働運動をやりながら、詩人として活動する。ニーチェやスティルナーに影響され、ドストエフスキーに取り憑かれる。だが、日本の文壇や詩壇にはほとんど興味が湧かない。文壇の外にいる宮嶋資夫の作品や辻潤のエッセイ『浮浪漫語』を愛読した。スティルナーを深く理解するには辻潤の翻訳と解説を手がかりにするほかはなく、そうするうちに、潤や宮嶋がなぜ日本の文壇を相手にしないのか、わかってきて、ファンになる。既成の権威に依拠しない詩人として生きてゆこうという決意は、潤や宮嶋のエッセイや小説を肥やしにすることで、いっそう堅固なものになる。

## スカラア・ジプシイ

政府が「過激社会運動取締法」をつくろうとした。種蒔き社という詩人の会の発起で反対集会がひらかれることになった。反対を決議し、反対署名をあつめる出発点にしようというもので、ボルシェヴィキ派の文学者がリーダーシップをとっていた。岡本潤のようなアナキズム系の詩人たちも、法案には反対だ。だが、ボルシェヴィキ派がリーダーシップをにぎって反対署名をあつめようとするのがゆるせない。

神田駿河台の会場には二百人ほどがあつまり、盛況だ。会のなかごろ、平林初之輔が法案反対署名を提案した。大杉と親交のある安成貞雄がたちあがり、「反対署名なんかで、あいつらが法案をひっこめるとでもおもっているのか！」と叫んだのをきっかけに、会場は双方入り乱れての乱闘の場となった。ビール壜《びん》が飛び、皿が飛んで割れ、罵声がとびかう。

ひとりの男がテーブルに飛び乗ったかとおもうと、クワックワックワッ——奇声を発しながらテーブルからテーブルにとびうつり、手をふり足をふり、なんとも奇妙な恰好で踊る、それが辻潤だった。気勢をそがれ、呆気にとられた一同、もはや乱闘もならず、すごすごと散っていった。

「根っから政治ぎらいの辻潤の、この奇妙な踊りは、ぼくらをはじめ、いきりたっていた連中の毒気をぬいて唖然とさせた」

岡本潤は辻潤や宮嶋資夫と口をきくようになった。小石川の白山上の南天堂という書店の、二階のレストランの出来事がきっかけだ。岡本が萩原恭次郎や壺井繁治、小野十三郎などと酒をのんでいると、となりのテーブルの一団のうちのひとりと目が合ってしまった。けわしい目で岡本を睨んだかとおもうと、「うるさい！」と怒鳴った。

それが「山犬」の綽名の宮嶋資夫だと知っていたから、あとへ退けない。「うるさいのは、そっちだ」と怒鳴りかえし、双方たちあがって喧嘩がはじまりそうになった。岡本は萩原や壺井がおさえ、宮嶋は辻潤がなだめて喧嘩にはならなかった。それがきっかけで、交際がはじまった。

「宮嶋資夫は処女作『坑夫』の主人公石井金次にその投影がみられるような狷介《けんかい》な性格をもって、気にくわぬ世間を睨みつけ、みずからもとめてストラッグルをまき起こそうとするのに対して、辻潤はいつも飄々として虚無的世界を逍遙しているようにみえた。酒場を漂流する場合でも、宮嶋は一匹狼のように眼を光らしていたし、辻はスカラア・ジプシイと称して、尺八を吹いたり、ときには奇矯な言行で人を煙にまいたりした」

（『詩人の運命』）

辻潤と岡本潤——世代がちがうふたりだが、関東大震災がなければ、もっと接近していたはずだ。

# 第8章 浮浪《ですぺら》——みんな好きなように生きるがいい

## 『浮浪漫語』——スカラア・ジプシイの生き方

——おれは調子が出てきたようだな！

自分の状況を表現するのに、こういう言い方、感じ方があっていいはずだ。

大正十一年（一九二二）から十二年八月のおわりまで、辻潤は、「うん、よしよし。この調子でいけばいいんだぞ！」と自分を励ましていた。その自分とは、いうまでもない、最初のエッセイ集『浮浪漫語』の著者としての自分だ。

——どうですかな、わたくしの『浮浪漫語』を読んでいただけましたかな？　それはありがたい。さようですか、して、ご感想はいかが？

行き交うひとに、たずねてみたい気持であったろう。『天才論』や『唯一者とその所有』もなかなか評判になったものだが、翻訳は翻訳だ、自分のなまの気持を文章にしたエッセイとは実感がちがう。

そこでさて、読者から、あなたの『浮浪漫語』はどのように読めば、あなたの気持にちかづけるのか——。こうたずねられたと仮定して、潤はなんとこたえればいいか？

——『唯一者とその所有』についても同様ですが、わたくしの『浮浪漫語』は、ぱらぱらとページをめくって、目についたところを拾い読みするのをお勧めしたいものですな。

拾い読みなさるなら、これなどを参考になさってくださいとでもいうように、たくさんのアフォリズムをならべ、「Mélanges」と題した一章が『浮浪漫語』にある。

「僕は自分がいつでも気紛れに生きていると思っている——だから、自分のいったり書いたりすることもみんな気まぐれである。自分は気まぐれであるより以外の生き方を知らない」

「人間の興味は各自が認める価値によって定まる」

「『貧乏を売り物にする』と、ある男がいわれたそうだ。もしほんとうに売り物になるなら僕もどうかいつでもそれを売りたいものだ。いくらでも無限に持ち合わせていそうだから。しかしどこへ行ったらその買手をめっけることが出来るだろう！」

かれは自分を「スカラア・ジプシイ」と規定し、そう呼ばれることを好んだ。岡本潤が『詩人の運命』で証言しているとおりだ。さてそこで潤は、「スカラア・ジプシイ」を日本語に訳せばどうなるのかと問われる場面を想像し、かんがえたあげくに、日本語に訳すのは不可能ですなとこたえる。

「英語に'Scholar-Gypsy'という言葉がある。この言葉は翻訳出来かねる。やはり『スカラア・ジプシイ』でなければ、その味は出てこない。試みに『窮措大《きゆうそだい》』と訳しても、『浪人学者』と訳しても、まるでその言葉からくる感じがちがう。『阿片溺愛者』のトーマス・デ・クインシイはかつてこの名を以て呼ばれた。また自らジプシイの群れに投じて、一生ジプシイ生活をした『ラベングロウ』の著者ジョウジ・バオロは、スカラア・ジプシイを自負自任した。かれら両人は、そして、立派なPhilologistであった」

「われ『論語』、この書物を耳にする時、必ず家庭小説というものを連想す」

「自分は、自分がラプソディストであることがやっとわかった。自分は音楽家になるべきであった」

「自分はいつでも弱者と貧乏人の味方だ、なぜなら、自分が弱者で貧乏人だからである」

「自己の実存に驚嘆せよ！」

「私はユーモアのわからない人とはお友達にはならない」

「だから、大抵の女の人とはお友達にはなれない」

「自分は十年前にスチルネルを読んだ。しかしそれはそんなに偶然なことではなかった。もし自分が、満足にアカデミックな教育を受けていたら、スチルネルを発見することも出来ず、また読んでもわからずじまいに終わったかも知れない」

「僕のダダはいつでも現在だ、過去と未来とはことごとく飛びゆく現在に取捨される」

「支那にも昔ダダイストがいたと見える」

## 自分に宛てるラブレター——文章の書き方

文学や哲学、宗教の書物を読んで、人生をかんがえるひとがいる。大正時代は哲学ブームの時代ともいわれて、人生の指針をしめす哲学の書物がさかんに書かれ、読まれた。

大学や寺院にとじこもり、人生についての自分の意見を書いて書物にし、出版するだけのひともいる。人生のスタイルを確立し、自分のスタイルの生き方にかかわる意見を書いて書物にするひともいる。辻潤はこちらのタイプである。『浮浪漫語』のなかで、かれは自分の文章の書き方について、わかりやすい文章で説明した。

「同じ文章を書くにも、その人の質で、色々あることが、近頃になってやっとわかってきた」

「手で書く人、官能で書く人、感情で書く人、性格で書く人」

「勿論これは第二義的に見た分け方である。新聞雑誌記者、学者、詩人、小説家——そして最後に性格で物を書く人間が残る。自分はその最後の文章を書く派に属する」

性格で文章を書く、それが著述家としての自分のスタイルだと潤はいう。

潤の文章には潤の性格があらわれる。だから、かれが良質の文章を書くためには、自分はどのような性格であるのかを、はっきりとこころえておく必要がある。

性格は不変なものだといっていいが、自分の性格はコレコレであるという評価や判断は環境に影響されて、変化するものだ。

性格は人間の内側にある、だから潤はいつも内側を観察していなければならない。厄介であり、手間もかかるが、といって、至難の業というものでもない。内側を、内側だけを凝視すればいいのだから。内側はつねに現在である、時勢に追い越されるおそれもない、先走ってしまうおそれもない。

『浮浪漫語』の冒頭に序詞が配された。精根こめて書かれたにちがいない短文である。

この書に収められる文章はすべて過去に書かれ、発表されたものである。収録するにあたって、かれはすべての文章を精読した。精読し、点検し、選抜するという手順をへて『浮浪漫語』の編集作業がおわる。一連の作業を経過することで、かれはかれ自身の性格がどういうものであるか、あらためて知ったのである。

――おれの性格はこのようなものであったのか！

不思議な感興におされて、かれは序詞を書く。

「一体僕という人間はなにをして暮らして来たろう？　さよう、まず僕の精神生活はラブレターを書いて暮らしてきたといって差し支いない。少しでも異性の対象が見つかると、その女に宛《あ》てラブレターを書いてきた。そしてそのラブレターというのは、たいてい自分の勝手なイリュウジョンを相手の女に投げかけて、実は自分の自画像を描いていたに過ぎない。相手の女こそいい面の皮だ」

女性が登場し、潤が惚れ、さっそくに潤はラブレターを書く。ラブレターの宛先はもちろん女性だが、じつは、潤の恋情が女性のかたちになったにすぎない。つまり、自分から自分にあてるラブレターなのだ。

「僕は結局、自分に惚れてばかり暮らして来た人間だといってもいいかもしれない。従って、他人や社会のことには昔からあまり興味が持てなかった」

他人や社会のことに興味がもてないということ、これは希有な性格ではない。理由はさまざまだが、自分の内側に関心が集中し、他人や社会に興味がもてないひとは少数ではない。

だが、他人や社会に興味がないと公言するひとは希有である。ゼロではないが、少数だ。公徳心の欠如、公共優先原則への背反といった恐ろしい悪名をつけられ、罵倒され、わるくすると社会から追放される恐怖があるから、公言はしない。おもってはいても、口には出さない。臣従、服属の関係が希薄になり、個人が個人として生きるのが原則の近代社会では、とりわけてこの恐怖は強い。

他人や社会のことに興味がもてないと潤がいうとき、恐怖を感じないはずはない。馴れれば感じなくなるという種類の恐怖ではないのだ。

それでも、あえて潤は公言する、他人や社会に興味はもてないと。少数のひとが、かれの公言に共感し、公的か私的か、相違はあるにしても、潤を支持する姿勢をみせる。恐怖感を共有するひとの連帯のなかで、潤は生きてゆく。隠者としてではなく、酒場や活動写真小屋や、巷の雑踏のなかに身をさらし、世の視線のなかに生きる。

——あんたたちに興味はないんだよ。

〈あんたたち〉とよばれるひとは、潤がそういうことばかり文章に書くひとだとわかっているのに、潤の著書を読み、ちかづいて話をききたがる。

他人や社会に興味がなければ、小説のかたちの文章は書けない。文章といえば真っ先に小説が連想される時代だ、うまい小説を書けば歓迎され、印税や原稿料がふんだんにはいる。カネが欲しくない潤ではない。

著述家として小説が書けないのは才能の欠如のようにみえる。本人に小説を書きたい意欲があり、まわりからも期待されているなら、欠如にはちがいない。

だが、潤の場合にかぎって小説が書けないのは才能の欠如ではなく、性格なのである。小説を書けない性格だと自覚するのは本人にとってプラスであり、潤のファンとしても、潤の性格をテーマにした、潤の性格によって書かれるエッセイだけを望めばいいわけだから、やはりプラスだ。

最初のエッセイ集『浮浪漫語』は、このようなかたちで歓迎された。潤の読者は、潤という人間をみる気持で『浮浪漫語』を買って読み、潤の意見と生活が一致しているのを確認しては自分の選択——辻潤の愛読者であること——に満足する。

少数の読者とのあいだに理想的な関係ができあがる。

「はしござけ」または「アナザー軒」と称し、もっぱら宮嶋資夫と肩をくんで酒場から酒場へと転々とし、尺八を吹いて酔客の喝采をはくし、岡本潤などの若い詩人や労働運動家と共感し、家にもどれば好きな書物を読みふけり、エッセイを書き、谷崎潤一郎とつきあい、岡山でダダイストの声をあげた吉行エイスケと文通をはじめ、恋人の小島清から「妊娠した」とうちあけられる。清の妊娠は大正十二年(一九二三)の二月のころだ。

## 帰国した大杉栄

大杉栄はマルセーユからリヨンについてすぐ、ベルリンの国際アナキスト大会が延期されると知らされた。ベルリンの大会がひらかれるまで、パリで時間をつぶすことにした。

五月、サン・ドニでひらかれたメーデーの集会で飛入りで演説し、会場を出たところで逮捕された。パスポートの名義「唐継」は偽名、日本のアナキストの大杉栄であることがバレてしまった。

ラ・サンテ監獄に三週間あまり未決収監、禁固三週間の刑をうけてただちに出獄、国外追放をいいわたされ、箱根丸で帰国した。大正十二年七月十一日に神戸港につき、報道陣の華やかな取材をうけたあと、出迎えた野枝と魔子といっしょに東海道線の一等車におさまって東京にもどった。野枝は妊娠していた、出産は八月だという。

東京の西の郊外の柏木にうつり、書きかけの『自叙伝』を仕上げ、新しい著書『日本脱出』を書きはじめ、ファーブルの『自然科学の話』を安成四郎と共訳し、おなじくファーブルの『科学の不思議』を野枝と共訳するという慌ただしい日々がはじまる。まもなく『科学の不思議』ができあがり、野枝は一冊を、父の潤といっしょに川崎で暮らしているまことに送った。

野枝は男子を産み、父によってネストルと命名された。ロシア革命で活躍した無政府将軍ネストル・マフノにあやかった名だ。フランスからもどって一カ月後の八月十日、大杉は「無政府主義将軍──ネストル・マフノ」を書いて、「改造」に寄せたばかりだ。

## 関東大震災

大正十二年九月一日の大地震──大杉と野枝が住む柏木のあたりの被害はたいしたことはない。大杉はちかくに住む小説家の内田魯庵との雑談で、この騒ぎのおかげで原稿の催促がすこしは緩くなるだろうと、嬉しそうにいっていたという。地震を救いとしてよろこぶほどの多忙であったのがわかる。

昼間はネストルを乳母車にのせて歩き、夜はステッキを手にして自警役を買って出ていた大杉だが、そういう大杉を拘引して痛めつけてやろうと、軍はうごきだしていた。

大杉の弟の勇の一家が川崎に住んでいたが、様子がわからない。川崎は震災がひどかったから、大杉は案じていた。十五日に、勇の一家は鶴見に避難して無事だとわかった。十六日、大杉は野枝とともに鶴見に勇を見舞い、同居していた妹の橘あやめの息子の宗一をつれ、柏木めざして帰途についた――そこから先は闇につつまれている。その日のうちに三人とも殺された。

**大阪でみた「アノ号外」**

潤は川崎に住んでいた。大杉の弟の勇が住んでいた川崎に、潤は住んでいた。

地震の直前、野枝からまことにあてて、大杉と野枝が訳したファーブルの『科学の不思議』が一冊とどけられた。九月十六日、大杉と野枝は鶴見に避難していた大杉勇を見舞い、そのついでに川崎の潤の家に立ち寄ったのを、あとになって、潤は知る。潤は不在で、大杉にも野枝にも会わなかったらしい。

地震がくるまでの暮らしぶりを、かれ自身に語ってもらう。潤は川崎で小島清《きよ》と同棲し、「×××の結果、精神も肉体もはなはだしい困憊《こんぱい》状態におかれて、今までに覚えのない位な弱り方をした」そうだ。潤の自筆原稿の「×××」のところには「性交」「交尾」を意味する関東なまりの四字熟語が書いてあったはずだ。タバコをふかして寝ころんでいるばかり、いっさいが癪《しゃく》にさわり、ふだんは好きではない犬がとつぜん可愛《かわい》らしくおもわれ、友人がたずねてくれても失礼する毎日だった。

地震がきてくれて、よかった。地震がなければ、「巻き忘れた時計のゼンマイが停止する」ような自滅をしていたかもしれないと、あとになって潤は回想する。地震のおかげで、壊滅しそうになっていた意識をとりもどすことが出来たと自分では信じていると、これまたあとになって回想する。

風呂屋にいたとき、グラグラーッときた。風呂屋だから、裸である。

「裸形《はだか》のまま風呂屋を飛び出して、風呂屋のまえで異様な男女のハダカダンスを一踊りして、それでもまた羞恥(ダダはシウチで一杯だ)に引き戻されて、慌てて衣物《きもの》を取り出してK町のとある路次の突き当たりにある自分の巣まで飛びかえってくるまでの間には久しぶりながらクラシックサンチマンに襲われて閉口した」(「ふもれすく」)

自宅の建物は崩壊していた。「表現派のように潰《つぶ》れてキュウビズムの化物」のようになったが、まことも母も、小島清も無事だった。十日ほどは野天で暮し、多摩川の水でからだを洗って風呂屋のつもりになった。

つぶれた家の蔵書はダメになった。自分で勝手に「永遠の女性」と命名している女性の影像と手紙と、彼女が贈ってくれた短刀は取り出せたから、そのほかのものには未練を感じなかった。

**いのちあっての物種!**

平凡きわまるこの文句を日に何度となく、呪文のようにくりかえし、十日ばかりをすごしたまではよかったが、妊娠している清に野天の暮しはよくない。おもいきって広島の実家にあずけることにした。まことと母は妹にあずけ、ふたりで川崎を出て、名古屋で清を汽車にのせ、潤は二、三日してから大阪へ行って金策にかかり、ある日の夕方、道頓堀を歩いていて、「アノ号外」をみたのである。大杉と野枝が殺された事件を報ずる新聞の号外だ。

「地震とは全然異なった強いショックが僕の脳裡をかすめて走った。それから僕は何気ない顔つきをして俗謡のある一節を口吟《くちずさ》みながら朦朧とした意識に包まれて夕闇の中を歩き続けていた」(「ふもれすく」)

口ずさんだ俗謡がなんであったか、知りたい。「ストトン節」か、でなければ「月は無情」かと見当をつけた。

「ストトン節」は詞も曲も添田さつき、「月は無情」は詞が松崎ただし、渋谷白波の共作、曲は添田さつき、どちらも潤の友人の添田さつきが関係しているが、二作ともに翌年の大正十三年(一九二四)の発表だ。すでに発表され、人口に膾炙《かいしゃ》していて、潤も知っていた可能性がある俗謡というと大正九年(一九二〇)の「鴨緑江節」、十年(一九二一)の「船頭小唄」がある。

## 「ふもれすく」

殺された野枝について、なにか書きませんかと潤はしきりに誘われた。ジャーナリズムの好きな〈渦中のひと〉そのものなのだから。だが、潤はしばらくのあいだは沈黙を守った。この年の暮れ、四国の八幡浜でようやく「ふもれすく」を書き、つぎの年に雑誌「婦人公論」に寄せた。そのあとでは、野枝について語ることはなかった。「ふもれすく」が野枝虐殺について潤が書いた唯一の文章である。

タイトルの「ふもれすく」について、冒頭でいきなり、こういう。

「題だけは例によって甚《はなは》だ気が利《き》き過ぎているが、内容が果たしてそれに伴うかどうかはみなまで書いてしまわない限り見当はつきかねる。

だが、この題を見てスグさまドヴォルシャックを連想してくれるような読者ならまず頼もしい。でなければクワイトえんでふわらん」

「クワイトえんでふわらん」は潤が大好きな造語の一個、「まったく縁なき衆生」といった意味をあらわしたいのだろう。「ふもれすく」ときて、「ドボルザークのあの曲、ユーモレスクだな」と連想がはたらくひとなら頼もしい、以下の野枝回想の本文も丁寧に読んでくれるだろうが、そうでないひとは「クワイトえんでふわらん――まったく縁なき衆生」なのだ。

ドボルザークのユーモレスク――懐かしいなと溜息をつくひとは、いないか。女学校や中学校の運動会、女子生徒の集団ダンスはたいていはユーモレスクだった記憶はないだろうか。

ユーモレスク―フランス語―humoresque―夢想的・諧謔《かいぎやく》的な性格の小曲。多くはピアノ曲で、シューマンの「フモレスケ」にはじまり、ドヴォルジャークの作品が有名だと『広辞苑』に説明してある。

夢想的はともかく、諧謔的とあれば女生徒のダンス音楽として作曲されたものでないのはあきらかだ。だが、日本の教育関係者はダンスの伴奏曲としてふさわしいとかんがえたのだ。スコットランド民謡「楽しかった昔」が別れの歌の「蛍の光」として卒業式の歌となったのとおなじように。

田園の光景が走馬灯のようにめぐる——そんな印象だ。

いろどりは明るく、おおきく、ひろく展開する光景。

ひとはほがらかに笑い、怒りに眉をつりあげるひとはいない。

野枝回想の文章を書くときめたとき、潤の耳に「ユーモレスク」が響いた。宿命的な関係だが、悲痛の結末にいたるはずのなかった宿命。もっと暖かく、もっと理知的で聡明な人生になるはずだった。

なるはずだったところまでは書く、そうならなくなった先は書かない。

めぐりめぐる走馬灯の、美しい絵柄だけを書く。「真相は——?」などと下品に迫ってくるひとを喜ばせる文章は書かない!

## 「よき人なりし」野枝さん

野枝を回想する辻潤、それはどういう人間であるか?

「僕は至ってみすぼらしくも、おかし気な一匹の驢馬《ろば》を伴侶に、出鱈目な人生の行路を独りとぼとぼと極めて無目的に歩いている人間」

「人間はさまざまな不幸や、悲惨事に出遇うと気が変になったり、自殺をしたり、暴飲家になったり、精神が麻痺したり色々とするものだ。そこで、僕などはまだ自殺をやらない代りにダダイストなどという妙な者になってしまったのだ」

女学校の教師をしていた潤のまえに野枝があらわれ、六年たらずいっしょに暮らし、生まれた男の子にまことと名をつけ、あらわれた大杉に連れられて去っていった野枝——ひとつの恋愛のあれこれをのべたあと、潤はいま現在進行している自分の恋愛について、こういう。

「僕は幸いにして今なお恋愛を続けている、恐らく、この恋愛は僕の生きている限り続くであろう。野枝さんの場合におけるが如き蕪雑《ぶざつ》にして不自然なものではなく、僕の思想や感情がようやく円熟しかけてきてからの恋愛なのだから、遙かに高貴でもあり、純一でもある」

野溝七生子のことをいっている——そう判断してかまわない。潤が「続いている」という、その恋愛がどういうものか、他人にはわからないが、すくなくとも、七生子とのあいだに恋愛が進行していると潤はおもっているのだ。野枝との恋愛よりも、「遙かに高貴で純一な」恋愛が。

つづけて——

「そればかりか僕は更に若くして豊満なる肉体の所有者から愛せられている。彼女は僕のために一生を犠牲に供する覚悟でいる。それを考えると、僕は無一物の放浪児ではあるが、一面中々の幸運児でもあるのである。

故に僕は、進んで一代の風雲児をあまり羨望しようとはしないのだ」

「豊満なる肉体の所有者」は小島清、「一代の風雲児」は大杉栄。

野溝七生子＋小島清＝伊藤野枝――こんな等式をかんがえるのは馬鹿げているけれども、潤のそばにはいつも恋人がいたのは確認しておきたい。

野枝は自分から去っていった、それは自殺や精神麻痺の原因になって当然の悲惨事だが、ちょうどそこへダダイズムが出てきたから、ダダイストになった――ダダイストへの転身のいきさつを、じつにスムーズに説明している。

「婦人公論」から与えられた回想記のテーマは「伊藤野枝の思い出」といったもののようだが、潤がそれを「野枝さんのおもいで」と変えたつもりでひきうけ、書きはじめたときに「ふもれすく」としたのだろう。伊藤野枝ともN子とも野枝ともいわずに「野枝さん」としたところに潤の選択がある。

「なぜなら、僕の親愛なるまこと君が彼女――即ちまこと君の母である伊藤野枝君を常にそう呼んでいるからなのだ」

大杉栄という「一代の風雲児」が現れてきては「とてもたまったもの」ではなく、別れの時がきた。

「強情で、ナキ虫で、クヤシがりで、ヤキモチ屋で、ダラシがなく、経済観念が欠乏して、野性的であった――野枝さん。

しかし、僕は野枝さんが好きだった。野枝さんの生んだまこと君は更に野枝さんよりも好きである。野枝さんにどんな欠点があろうと、彼女の本質を僕は愛していた。先輩馬場孤蝶《こちょう》氏は大杉君を『よき人なりし』といっているが、僕も彼女を『よき人なりし』野枝さんといいたい。僕には野枝さんの悪口をいう資格はない」

野枝に未練がなかった、とはいわない。

別れたあとが苦しくなかった、ともいわない。だが——

「くる時の道はなるべく忘却することに努めている。努めずとも、飲酒の習癖がひとりでに忘却させてくれる。楽しい過去なら努めて思い出しもしよう。

未練がなかったなどとエラそうなことはいわない。だが周囲の状態がもう少しどうにかなッていたら、あの時の僕等はお相互にみんなもッと気持をわるくせず、つまらぬ感情を乱費せずにすんだのでもあろう」

伊藤野枝を回想する「ふもれすく」は第二エッセイ集『ですぺら』(大正十三年七月刊行)に収録された。

道頓堀で「アノ号外」をみて、「朦朧とした意識に包まれて」歩いたあと、予定どおり広島へゆき、小島清の出産の世話を清の両親に託した——のか、どうか、これがよくわからない。広島にゆき、清の両親に会ったのはわかっているが、それが大正十二年か、つぎの年か、たしかなころがわからない。そのあいだに清が男の子を産み、秋に安芸で生まれたのにちなんで「秋生」と名づけられる。命名者は潤だろう。

九州へは行ったらしい。翌年の九州旅行の紀行文「陀々羅行脚」に「この前九州に行った時に」という一節があるからだ。

## 「陀々《だだ》羅《ら》行脚」

福岡に古間というダダの青年がいた。駄々社を旗揚げし、「駄々」という雑誌を発行して、まるでダダの見本みたいな青年である。

古間はひごろ尊敬する辻潤を福岡にまねき、ダダイズムの講演会をやる計画をぶちあげた。八幡浜の高橋新吉や、小説『老子』でにわかに有名になった大泉黒石も講師に予定しているという。講演会は大正十三年の春にひらく予定らしい。

波瀾万丈という言葉を絵にかいたような人物、それが大泉黒石だ。ロシア人を父に、日本人を母として長崎で生まれた。ロシア領事館にいた父を頼って中国の漢口にゆくが、父に死別し、モスクワからパリ、スイス、イタリアをへて長崎にもどり、長崎の鎮西学院中等部を卒業した。ふたたびロシアにわたり、ペトログラードで学んでいるときに革命勃発。革命さわぎをのがれ、帰国して京都の第三高等学校に学んだが、中退して東京に出て、いろいろな雑業をやった。大正八年（一九一九）に雑誌「中央公論」に連載した「俺の自叙伝」で脚光をあび、『老子』『老子とその子』はベストセラーになった。

黒石は浅草時代の潤と交際があった。黒石は潤のことを「俺が知っている江戸ッ子」といい（『人間開業』）、潤は黒石を「なんの因果だか昔からの相棒」「悪口や毒口のいい合いをして、酒を飲むより他に芸がない程に親交浅からぬ仲」（「陀々羅行脚」）といっていた。「陀々羅行脚」では、潤は大泉黒石を「大山白石」と書いている。

古間から誘われたとき、

――これは、ただの旅行にはなりそうもないぞ！

旅行というものが、もともと好きではない。著述を業とする身だから、紀行文というジャンルの仕事があるのは知っている。それがどうも、苦手なのである。幸田露伴の『枕頭山水』や田山花袋『南船北馬』といった紀行文の名作を愛読したことはあるが、いざ自分が書く場面を想像すると、気が重くなる。ますます旅行が億劫になる。

ところが、今度は気持が違う。計画を立ててみようとか、目的を確認しようなどと、はじめから意気込んだ。旅のあいだも、「帰ってから紀行文を書く空想をあれこれと考えては楽しみにした」くらいに面白い旅になった。野枝の死から一年、こころの傷もすこしずつ薄れてきたからであったか、「ふもれすく」を書いたのが辛い過去との訣別を可能にしたことになったのか。

九州ゆきの目標を三点に整理した。

第一は白蛇姫のおっかさんに遇いたい、第二は清の両親に初対面し、清の勘当を許してもらいたい、第三は故郷に病臥している高橋新吉を見舞ってやりたい。

第二と第三はともかく、第一については、「自分ながらサッパリわけがわからない」と呆れている。将(白蛇姫)を射んと欲すればまず馬(おっかさん)を射よ、のことわざをひきあいに出して、潤がしきりに失恋男の役を演じているようにみえる。失恋を演じるのも恋愛のうちという論理を自作して、すがりついている印象がある。

**「変チキチン」**

広島の清の実家の洋服屋で清と再会した。

「東京から変なお聟さんがきたというので、みんな好奇の眼を欹《そばだ》てて僕を見物している。

——ヤア、諸君失敬！　よろしく頼むよ——という調子であがりこむ。K女のおふくろやおやじとも極めて簡単な初対面の挨拶をすます。K女の紹介や僕の書いた物によっておよそ僕という人間に見当をつけていたらしく、至極呑み込んでいる様子が見えたので、僕も助かったような気持がする。

——うちのお嬢さんも変チキチンやがあんたも随分変チキチンの方や——とおふくろはスッカリ僕を頭から変チキチンに極めて取り扱っている」(「陀々羅行脚」)

勘当が解かれれば、あとは結婚だ。催促はしないものの、両親が清の入籍を望んでいるのはあきらかだ。潤の印鑑は清にあずけてある、清が役所にとどければ正式な結婚になる。

## 福岡の「陀々羅《だだら》」講演会

箱崎の馬出松原添の古間の下宿にとまって、講演会にそなえる。大泉黒石が「東京を出た」と電報を打ってきた。どうなるものかと、いささか不安におもっていた潤だが、この調子では講演会は日の目をみそうだ。花見の季節である、早めに会場を確保しなければならないと古間が奔走して、四月十三日の第一公会堂を予約することができた。

古間が新聞各社に声をかけ、潤の歓迎会をやって講演会の前景気をあおったが、来会者は特志の青年四、五人、「辻先生も博多では一向人気がないと見える」と、さすがの潤も気落ちしたが、しんみりした雰囲気で気楽に話ができたのにかえって気を良くした。青年二名が準備を手伝ってくれる。

講演会のビラができあがり、古間と青年二名、そして潤の四人であっちこっちにビラを貼った。そのうち、公会堂で料金をとってはならぬ規則があるのがわかり、おおあわてになる。これまでに相当のカネをつかい、聴講料をとれないとなると、いくら金持ちの息子の古間でも真っ青にならざるをえない。その筋、この筋に頭をさげてまわって、会場からすこし離れたところならチケットを売ってよろしいと許可された。前売チケットならよろしいということだろう。あわててチケットを印刷し、十三日——講演会の当日——の昼にできあがったのを手分けして売ってまわるという忙しさ。

そこへ、大泉黒石から第二の電報がとどき、長崎で法事をやることになったので、福岡の講演会は出られないといってきた。博多駅にかけつけ、弁当を買いに下車した黒石をとっつかまえて、「こうなったら覚悟して、講演会で一席打てよ」と脅迫じみた誘惑をしたけれども、車内には家族がいる様子もわかり、ゆるしてやった。

夜の講演会のチケットを昼過ぎから売る――泥棒をつかまえてから縄をなうとはまさにこれだが、いまさら文句をいっても仕方はない。潤もいっしょに街を歩き、大学や高等学校の生徒とみたら、押売する。二、三時間のあいだに潤は十枚売った。

「――僕は辻潤ですがねえ、今夜僕の話を聴きにきてくれませんか――とやった。

辻潤の薬がきいたのか、その生徒諸君は眼を丸くして、ジロジロと僕の顔を見ながら、一も二もなく買ってくれたのは、非常に可笑しくもあり、ありがたくもあった」(「陀々羅行脚」)

花の時節によくある、おそろしく寒い夜になったが、定刻までに百人以上もあつまってくれた。人気作家の黒石の顔見たさが多いはずだとおもうと気の毒だが、潤ひとりで、十分の休憩をはさんで二時間半ほど、ダダイズムについてしゃべった。聴衆から不平も出ず、おわりまでおとなしく聴いてくれて、ホッと安心した。百人以上の福岡の住人が、みずからダダイストと名のる人間をはじめてみた日、それが大正十三年(一九二四)四月十三日だ。

## 「きゃぷりす・ぷらんたん」

「陀々羅行脚」は潤のエッセイとしては異例である。自分で書いているとおり、もともと紀行文を書くのが好きではない潤の紀行文であり、そのうえに長文である。『全集』収録は六十八ページにおよぶ。そもそも紀行文を短く書くのは難事であり、どうしても長くなってしまうものだが、それにしても異例の長文だ。

なぜなんだろうかと疑問を感じ、何度かくりかえして読む——胸がわくわくする楽しい文章だからくりかえして読むのは苦労でもなんでもない——うちに、これは、おなじ九州旅行からうまれたもうひとつのエッセイ「きゃぷりす・ぷらんたん」と表裏を成すものではないかと推測がついた。「きゃぷりす・ぷらんたん」とは例によって潤が得意の「春の気まぐれ」「狂想曲―春」といった気分を託した造語である。末尾の擱筆《かくひつ》日付は「一九二四年四月二九日」となっている。

九州の日向で、かれは「おすみ婆さん」という傑物の女性に出会って、「悟った」のだ。「きゃぷりす・ぷらんたん」が山岳なら、「おすみ婆さん」は頂上である。「きゃぷりす・ぷらんたん」は四月に擱筆、「婦人公論」六月号に掲載された。

雑誌に掲載されたことが、「おすみ婆さん」にたいする感謝、尊敬の想いをおおいに刺激したのだとおもう。

彼女に出会えた幸運を、どのように表現すればいいいか——かれは著述家だから文章に書けばいいわけだが、

「おすみ婆さん」そのものの印象はすでに「きゃぷりす・ぷらんたん」で書いている、おなじものは書けない。ならばと潤はかんがえたにちがいない、「おすみ婆さん」との出会いをもたらした九州旅行のいきさつを長く、くわしく書くことで感謝、尊敬の想いを表現できるのではないか、よーし、書くぞ！　という決意になったのではないか。

——長い旅行だが、我慢して、よくやった。そのおかげでおまえは婆さんに会えたのだ！

自分で自分を誉めてやる、そういう狙いもこめたから、どんどん長い文章になったのではないか。

**「長崎——コリャ素敵だ！」**

はじめての長崎——大泉黒石と再会した。鎮西学院の教師たちがひらいてくれた黒石歓迎の宴に同席した。つぎの夜はひとりで長崎の街を散策、ホテルの食堂でヨーロッパやアジアなど、国籍がいろいろの放浪の旅芸人と出会って嬉しかった。

高いところにのぼると、長崎の灯が一様に足下に見下ろされる。手をのばせば港にとどくような感じがして、船舶の灯が海上の不夜城のように輝いてみえる。

——コリャ素敵だ！

「長崎はなるほどたしかにエキゾチズムの香《にお》いが濃厚なところだ。そして、更に嬉しいことには僕の少年時代の夢を再び呼び醒ましてくれるような、江戸文化の名残がどこともなく町全体に瀰漫《びまん》していることだ。ぼくは長崎へ来て図らず僕の忘れていた江戸のレミニッセンスにめぐり会ったのである」

黒石とわかれ、浦上の天主堂を拝見に行った。

葬式をやっていたので、行列のうしろから会堂にはいった。司祭が先にたち、棺の前を、黒木綿の紋付をきた施主らしい十四、五の男の子が大きな十字架を握ってすすむ。白衣の尼が二列、村の女たちが頭に白い衣をのせて腕に十字架のついた数珠を爪繰りながら、挽歌を低音で唱えてすすむ。春の光があたたかにふりそそいでいる。浦上の里に昔ながらの素朴な美しい信仰の抒情が静かに呼吸《いき》づいている。

司祭が香炉をふりかざしながらミサを唱えると、合唱隊が美しい賛美歌をじつに素晴らしい声で唄いはじめた。永年の訓練はすごい、これが農家のひとかとおもうと、あまりに日本離れしすぎているので、かれはボンヤリと聴き惚れていた。

葬式がおわり、みんなが出ていったあと、潤は会堂の壁の、キリスト受難一代記ともいうべき油絵などを見物した。六千人がはいっても余地があるという巨大な会堂のなかが、あまり気持がいいので、出るのがイヤになったくらいだ。

## 柳川の酒・宗意軒の墓

長崎から島原にゆき、天草へわたった。

大矢野の船着場でのった馬車で相席になった爺さんに好印象をもった。「なにしにお出でになった」ときかれ、返答に窮して、「なにか、見るものはありませんか」とききかえした。爺さんは可笑しそうに、微笑んだ。そして、天草四郎はこの島でそだったとの伝説がある。だから、ここでは天草四郎とはいわず、大矢野四郎と呼んでいるとか、島の南の端に森宗意軒の墓があるとおしえてくれた。宗意軒は小西行長の臣下だったが、関ヶ原の敗戦後に天草に住みつき、農民の窮状をみかねて叛乱に蜂起し、戦死した武将だ。

紹介してもらった宿屋は徴兵検査の日とかさなって、若い男で満員だった。別の宿屋を紹介してくれたが、宿の女将と娘が喧嘩していて、気分が悪い。カネを投げつけて飛び出したが、泊まるところがない。

思案のあげく、馬車で相席になった爺さんをおもいだし、たずねていったら、歓迎してくれた。爺さんの家は大きなよろずや「タズ屋」をやっていた。奥の離れに案内して、頼みもしないのに酒を出してご馳走してくれる。柳川で出来るのだというその酒は、じつに美味だった。豊潤で濃厚な味をもっていて、油のようにベタつき、舌の先へ甘みがいつまでも残っている。噂にきいてばかりいる生一本というのは、まずこんな酒のことをいうのだろうと、あとあとまでも感嘆したものだ。

わずか一合半ばかりの酒で酔っ払い、大声で歌った記憶がある。目覚めてから、娘さんや女中さんにクスクス笑われて閉口した。

そこから三里ほど、ヤナギというところに宗意軒の墓がある。

雨があがり、薄日がさしてきた。島の道は坦々として歩きいい。いたるところにツツジが咲きほこっている。「タズ屋」の爺さんは、この島には見るものといってもなんにもないが、いまはツツジが盛りだといっていた。一筋道の両側には松林や小高い丘陵がつづいている。人通りはほとんどなく、村を一里ばかりはずれると人家もみえない。ひとりでテクテク歩いていると、変な気持になってきた。

「なんとなく夢のようで、自分という人間が東京から何百里も離れている孤島の中を、こうやって歩いているとはどうも信じられず――ほんの東京のどこか郊外でも歩いているのではないだろうか――などというような気もしてくるのだ」

ヤナギの裏山の断崖のはずれに、朽ちかかった墓がならぶ原があった。そのひとつを勝手に宗意軒の墓ときめて、野花を手向けた。

大仕事をやったあとのような、満ちたりた気分で眺めた入江の光景の特異な素晴らしさを描写するに、わが筆のあまりの拙劣を潤は悟った。

もちろん、それは快感である。圧倒的な美をまえにして感じる茫然は快感なのだ。快感にひたったあと、潤は日向にわたり、おすみ婆さんに出会う。

## 一寸《ちょっと》日向《ひゅうが》の宮崎で

島原と天草で味わった、豊かで、暖かい印象をそのまま日向にもちこんだ。日向の風物の素晴らしさが潤を悦ばせたのはもちろんだが、島原と天草で得た好印象がかさなった結果でもある。島原と天草、そして日向の風物と人間の素晴らしさを眼からひきこみ、胸いっぱいに吸いこみ、讃美の言葉をかきつけたエッセイ、それが「きゃぷりす・ぷらんたん」だ。

「地平線は白いものだということを生まれて初めて発見した喜びに充たされて、私は日向の一ツ葉の浜辺から若き人々と松露をひろいながら夕日を浴びて、朗らかな空気を吸い、洗足《はだし》で気持ちよく、海の香を漂わせ、階級意識から解放され、自分の年を忘れ、若き村の娘達と兄弟姉妹の挨拶をとりかわし、私の気まぐれな人生観を語りながら、路傍の草の葉や犬馬の類に呼びかけて、アベ・マリアの一節を口笛して町へ帰りついた時は、静かな夕靄が一杯にたちこめてひどく空腹になっていた」

「私はいたく幸福を感じS婆さんの手料理の御馳走に満腹して、食後のエヤア・シップを燻らしながら、日向の明るい人生について考えた。どうして人間はこういうところに住まないのだろうか」

「きゃぷりす・ぷらんたん」の舞台の「日向」は宮崎だろうとおもわれるが、宮崎という表記はない。「南国の端れのM」という表記があって、宮崎なのか、都城なのか判断に迷うが、「日向の一ッ葉の浜辺」という地名が出てくるので宮崎ときめる。しかし、都城に滞在したことがないとは断定できない。

「日向に流寓している間」という文章もあり、「日向のM町」からしばしば別府をおとずれ、「紅葉館」というホテルに泊り、「クンシ」という渾名の「洗髪の女」と懇ろになって――という場面もあるから、潤の日向滞在はかなりの長期にわたったらしい。

もうひとつ、おすみ婆さんとS婆さんの問題がある。おすみ婆さんとS婆さんが同一人物であるのか、どうか、断定する材料もないのだが、同一人だとして、さきにすすむ。潤は日向にきて、「明るい日向の人生」という実感を得たのであるが、その「明るい日向の人生」を一身で代表するのがおすみ婆さんなのだ。

## 「知らぬが仏」

「きゃぷりす・ぷらんたん」は潤が如何にしておすみ婆さんを発見したのか、おすみ婆さんとは如何なる女性なのか、それを説くために書かれた文章だといってもいい。

まず、おすみ婆さんを発見するという神聖な大業をやってのけた辻潤――つまり「自分」――とは如何なる人物か、それを自分で紹介するところからはじまる。面倒なことだが、辻潤が存在しなければおすみ婆さんは発見されないわけだから、これは仕方がない。

潤は疲れていた。疲れるとハガキ一枚さえ書く気がおこらず、苦労する。ハガキが駄目なんだから、雑誌に寄せる原稿を書くことなど、とんでもない苦痛だ。原稿を書いてカネを稼ぐ著述業者としては死活にかかわることだから、なんとかテーマをみつけようとする。たいていは深刻なテーマが登場してくるので閉口するが、仕方がない。

別府の旅館「紅葉館」で——かたわらには「クンシ」がいたかもしれない——苦吟していると、幸福というテーマが浮かんできた。深刻このうえないテーマだが、ないよりはましだと覚悟をきめて、書き出す。

自分も人間であるから、同類の不幸を平気でみていることは出来ない。そこでまず、自分の幸福についてかんがえる。自分すなわち辻潤のことを、〈幸福なんか知るものか！〉の態度で通してきた人間のようにおもっているひとも多いだろうが、そうではない。こうみえても自分は自分の流儀にしたがって自分の幸福をもとめてきたのだ。

そして、どうなったかというと、一個の真理と、その真理を一身に具現している女性に出会った。それがおすみ婆さんなのだ。

「この世の中には幸福などというものはどこにも存在していないという風に考えることも、幸福になる秘訣の一つであることを悟り得た」

いやいや、わざと、こんなふうに難しくいうことはない。こんな言葉は単なる平凡なパラドックスにすぎない。もっと古く、しかも新しい永久の真理がある。

「知らぬが仏」

幸福についての永久の真理「知らぬが仏」は、おすみ婆さんとの出会いから得られた。

## 「健康で、無邪気で、自然に」

おすみ婆さんは日向の——おそらくは宮崎の——ちいさな旅館の経営者らしい。七十歳をいくらか越えたが、白髪は一本もなく、からだが「水々と肥えて」いて、健康そのものだ。おそくまで針仕事をやり、まるで子供のように瑣末《さまつ》なことを面白がり、人生のどこに退屈の風が吹いているかといった顔で毎日を生きている。

婆さんの顔をみていると、自分で自分がつくづく情けなくなってくる。不幸のドン底に落ちこんだように感じてしまう。

おれはいったい、いつになったら、人生の殻を爆破して飛びあがることが出来るのだ！

役にも立たぬことを頭に詰めこんで、生きることを忘れた馬鹿者である自分をしみじみと痛感した——という意識、それは、自分の、こういう書き方で理解してもらえるとおもう。

おすみ婆さんと話をしていると、わからない言葉がしきりに飛びだしてきて、それでもかまわずにワイワイやっていて、たがいに笑いだしてしまう。

潤をたずねてくる娘さんを評しておすみ婆さんは「ヨカゴサイン」という。「ヨカ」がナニナニ、「ゴサイン」はコレコレとやっているうちに、わからなくなって、笑いだす。婆さんにいわせると潤は「オカベ」が大好きなのだが、潤にはその「オカベ」がわからないから、自分は何が好きなのか、わからず、しまいにはふたりで笑いだす。となりの「チンケさん」が素敵に「イナバ」だと婆さんは論評するが、潤が「イナバ」の意味をたずねても、婆さんは相手にならない、この世に「イナバ」を知らぬひとが生きていようとは婆さんの思いもよらぬことなのだ。

あるときおすみ婆さんが、衣類の裏地の商標らしきものをながめながら、女中さんと話していた。紫の鉢巻きをした男が傘をさしあげている絵柄、つまり『助六所縁江戸桜』の花川戸の助六だが、婆さんも女中さんも助六の何者なるかを知らない。知らないから潤にたずね、たずねられた潤は当惑せざるをえなかった。なにゆえに紫の鉢巻きなんかしているのか——説明の仕様がない。助六の故事来歴を説明するだけの勇気はない。まったく変な人間ですねえと相槌をうつしかなかった。

## おすみさんのダダ

知らぬが仏——おすみ婆さんの悠々たる生き方はダダイスト潤のセンチメンタリズムを刺激した。ダダイズムとおすみ婆さんの生き方とのあいだに相通ずるものがあったのを知って、潤は嬉しかった。

おすみ婆さんは生まれながらのダダイストだが、自分がダダイストであるのを知らない。知ったところで、なんの意味もない。潤は目が赤くなるほど書物を読み、悪戦苦闘の人生の中盤にようやくダダイストの境地に立つことが出来た。

婆さんのダダイズムは確固としたものというか、安定しているというか、ジャーナリズムから放射される幻影によって崩れるおそれはない。

潤のダダイズムは、おすみ婆さんのそれにくらべると脆弱である。意識して構築したものだから、つねに崩壊の危機に瀕している。

だが、日向でおすみ婆さんを知ったことで、潤のダダイズム崩壊の危機はいくぶんかは和らいだはずだ。弱気なダダイストが、いくぶんかは強気になった。

「私は人間はその婆さんのように生きることが一番幸福であるというような断定はしないが、そんな風に生きたところで別段つまらないことでもなく、恥ずかしいことでもないどころか、人間として立派な——というと少し語弊があるかも知れないが——生活だと考えるのだ。花川戸の助六を知らなくても、人間の幸福ということには別段関係はないということをいいたいのだ」

「健康で、無邪気で、自然にその日その日を楽しく送ってゆかれたら、その他になんの問題もなくなるのじゃあるまいか、——」

「若いひとたちよ、生命のぬけがらに執着を持つな！」

潤は、おすみ婆さんに圧倒される自分を感じている。
おすみ婆さんと自分と、この相違は何だろうか？

故郷というものがあるか、ないか、故郷に根をおろしているか、いないかの相違だと気づくに時間はかからなかった。自分に故郷はないと、潤はかんがえている。

潤は東京うまれ、東京そだちだ。故郷がないというと誤解のおそれもあるから、故郷実感といい変えようか。かれにいわせると、故郷とはこういうものだ。

「私はもうとうから自分の故郷というものを紛失してしまっている人間なのだ。私は東京の浅草で生まれたが、震災前だって東京は自分の故郷だというような感じはしなかった。もし自分にいくぶんでも故郷らしい感念があるとすれば、自分の少年時代の記憶に残っている浅草の一部なのだが、そんなものは殆ど影も形もなくなってしまっている」

少年時代の記憶の光景が残ろうと消えようと、浅草は浅草である、いきなり「故郷紛失」の結論にもってゆくのは乱暴だ。辻家の豊かな暮し、安定した生活の保証が、ガラガラと音をたてて崩れてしまった少年期の悲哀の記憶、それを潤は「故郷紛失」といっている。

だが、かれは、「故郷紛失」の現在の自分に失望はしていない。故郷というものにさほどの価値をおかない意識をもっているうえに、「新しい野蛮の憧憬者」だから「故郷紛失」には耐えられる。

つまり、自分はいいのだ。自分はいいのだが、いま、この「明るい日向」に流寓し、おすみ婆さんの堂々たるダダぶりをみていると、日向の若者たち、世界のすべての若者の将来が案じられてならない。いまは「明るい日向」だが、近代産業の猛々しい波が襲いかかれば、ゆたかな田園はたちまち崩壊する。それは日向の若いひとにとっての「故郷紛失」にほかならないのだ。

おすみ婆さんには、根をおろすべき故郷がある、日向が近代化に圧伏されても、記憶の日向は残って彼女を支える。

若いひとは、そうはいかない。「故郷」を「紛失」するおそれが充分にある。そうなっても精神の路頭に迷わないように、若いひとたちよ、僕の意見をきいてほしい！

「いくら考え込んでも考えることは決して人間を幸福にするものではない。運動せよ、労働せよ、好きなことをせよ、愉快に談笑せよ——人生の不幸は底が知れないからだ。地震はまたいつやって来るかも知れない。その時少しも後悔せずに地震を享楽する気持ちに到達せよ」

伝統の価値、常識を大切にせよと押しつけるひとが多い。押しつける相手として若者が狙われる。若者は自信がないから、伝統の価値をうけいれ、常識とともに歩もうとする。

だが、伝統の価値や常識、それはいったい、なんだ？

伝統の価値や常識をかつぐひとが死ねば、それはたちまち、ぬけがらと化すではないか。

「生命のぬけがらに執着を持つな、男でも、宗教でも、文芸でも、学問でもみんな人間がよりよく生きる方法に過ぎないのである。旧きものは単に形骸を存して、その生命はどしどし枯れてゆく。生命がなくなったら気前よくドシドシそれを放棄せよ」

「あの地震で眼が覚めないようでは、もうとても救われない」

「明るい日向」に流寓していても、潤のからだから地震の恐怖が消えたわけではない。草葉が風に揺られ、ササーッとうごくとき、恐怖で身もこころも凍る。

だが、凍える想いが溶けたとき、地震よりまえの自分を縛っていた旧い意識が確実に抜けてゆくのを感じたはずだ。

この歓喜を、多くのひとに伝えたい。地震にやられただけでは充分ではない、あの地震で眼が覚めなければ意味はないということを——

「人間の命は左程ながいものではない。だから愛する人々よ、——お互いにツマラヌ意識はヌキにして、愉快に呑気に金などが少々なくともジプシイの如く快活に、——食えなくなったらクヨクヨせず、遠慮せず、もっている人からもらうことにしよう、——

名声とか位置とか、わけても文壇意識などというケチ臭い物などは、それらの旧い一切の衣物《きもの》などは一切サラリと投げ棄てて、天皇陛下の万歳を唱えながら、明るく愉快に生きようじゃありませんか、みなさん!

人間の、生物の不幸は汲めども尽きはしない。いくら考えてみたところで始まらぬ、――私は絶望の奈落から、かくの如きダダの自覚を獲得したのであります。またいずれ……」

エッセイ「きゃぷりす・ぷらんたん」の擱筆日付けは一九二四年四月二九日である。二三年九月一日の大地震からこの日までの時間を要して、潤は「地震のおかげで眼が覚めた」自覚を得ることができた。

――またいずれ！

短い言葉だが、潤の口から出てしまったからには、二度とふたたび、取返しはできない。

# 第9章 虚無——なんでもないこと

## めいめいの人生の中に——潤の宮澤賢治への視線《まなざし》

九州から帰ったあと、住まいがさだまらなかった。小石川白山上の南天堂の二階のレストランに顔を出し、常連のダダイストやアナキストと談論していた。卜部哲次郎、荒川畔村、伊庭孝、室伏高信、百瀬二郎、宮嶋資夫、大津潤山、長谷川修二、市橋善之助、飯盛正芳、村松正俊、鴇田《ときだ》英太郎、宮川曼魚、尾崎士郎、平林たい子などが常連であった。

かれらは、〈野枝虐殺の痛手から立ち直ったのか、立ち直れずに悲痛の底に沈潜してしまうのか〉という好奇の眼で潤を観ていたにちがいない。

「ふもれすく」や「きゃぷりす・ぷらんたん」を読んだひとは、

——これで潤さんは大丈夫だ。辛かったにちがいはないが、とにかく、立ち直った。

安堵と感嘆の眼をむける。

読んでいないひとは、

——しずかなところで、ひとりで感傷にひたれば野枝さん虐殺の痛手が癒えると期待したんだろうが、だめだった——のかなあ。

憐愍《れんびん》と恐怖の眼をむけたかもしれない。

ダダイスト辻潤は健在である。その証拠に、というのはおかしいが、詩集『春と修羅』をひっさげて登場した宮澤賢治をまっさきにとりあげ、称賛した。

かれは偶然に『春と修羅』を手にして、読んだ。賢治がどこのひとか、年齢がいくつか、なにをしているひとか、なにも知らない。だが、宮澤賢治という詩人がまったく特異な個性の持ち主であるぐらいは、わかる。

「原始林の香《にお》いがプンプンする、真夜中の火山口から永遠の氷霧にまき込まれて、アビズマルな心象がしきりに諸々の星座を物色している。——ナモサダルマプフンダリカサス——トラのりふれんが時々きこえて来る。それには恐ろしい東北の訛がある。それは詩人の無声慟哭だ」(「惰眠洞妄語」)

「もし私がこの夏アルプスへでも出かけるなら、私は『ツアラトゥストラ』は忘れても『春と修羅』とを携えることを必ず忘れはしないだろう」

このころ——大正十三年(一九二四)のなかごろ——潤は東京郊外の蒲田、松竹撮影所の裏の長屋に住まいをきめた。母の美津、まこと、小島清《きよ》、秋生の五人の暮しである。潤は戸締りをせず、深夜の訪問も歓迎の姿勢を表明したから、南天堂グループのだれかれが朝でも昼でも自由に出入りし、談論し、酒をのみ、歌を唄った。だれいうとなく「カマタホテル」の名がついた。

この年の七月、「ふもれすく」や「きゃぷりす・ぷらんたん」をおさめた第二エッセイ集『ですぺら』が新作社から刊行された。ひきつづいて新作社から、ジョージ・ムウア『一青年の告白』の翻訳も出版されたし、デ・クィンシー『阿片溺愛者の告白』の新版の出版が確実になった。雑誌「改造」や「婦人公論」「新小説」に文章がのることも多く、辻潤の著述稼業は上向きの傾向だ。

## 「柄にもないこと」

筆を持ち、原稿用紙にむかえさえすれば、すらすらーっと一気呵成《かせい》に書きあげる——こういうタイプの著述家ではない。「ダダになってから、いよいよ僕は文章がかけなくなった」といった感慨をもらしたこともある。一本の線で首尾を全うするといったことを嫌うのがダダであるが、ダダイストになったからといって、それはなにもダダの文章をすらすら書けることを保証しない。

それでも潤は、〈注文はひきうける〉姿勢をくずしたことはない。自分自身を表現する絶好の、ほかには得られぬチャンスだから。

大正十三年の末のころ、潤は「読売新聞」から文芸時評の原稿を依頼された。該当時期に出版された雑誌や単行本を読んで、批評の対象とする作品をえらび、それぞれを批評するのは神経をつかう。しかも時期を限定されるとあって、「柄でもないこと」と潤も自覚はしていた。それでもひきうけたのだが――

「人生は短い。そして、雑誌は多過ぎる」

こんなことをボヤキつつ、書いてはいたが、かんがえてはならんぞと自分で自分にいいきかせていたことがズンズンと頭のなかで大きくなって、もう、たまらない!

「ジンパリストのことを考えると気が散っていけない。今日は二日目で、今頃きッとチャイコフスキイの『アンダンテ・キャンタビレ』かショパンの『ノクタン』でもやっている頃じゃないかと思う――おまけに僕の大好きな『チゴイネルワイゼン』――これは先だってきたプレミスラブが十何年前かに初めてきた時に聴いたのが病みつきになっている曲なのだが――幸いこないだM君から借りてきたハイフエッツのレコードがあるので、それを聴いて、埋め合わせとして我慢をしておこう」(「らんどむ・くりちこすDADA」)

宇野千代、中条百合子、野上彌生子といった女流作家の、作家としての存在はともかく、作品については「無知」だから読む気がしないといい、しかし、持論を吹聴するのをゆるしてもらえるなら、と前置きして、「明治大正を通じて最も優れた女流プロレタリア作家は樋口一葉だというのに躊躇しない」と断言した。いま注目している新人の女流作家がいるが、その名をいうのは早計に失するおそれがあるからいわない、と書いた。これはたぶん、林芙美子をさしている。

## 「なんでもない」という思想

大正十四年(一九二五)には『自我経』の改訂版が刊行され、たちまち八版もの重版になった。潤と仲間たちが「虚無思想研究」という雑誌を出すことになったのは『自我経』の売れ行き好調に刺激されたわけだろうか。荒川畔村(関野喜太郎)が編集・発行人となり、潤と卜部哲次郎が協力するかたちで「虚無思想研究」は刊行された。創刊号、二号、三号、四号、六号に潤の「こんとら・ちくとら」が連載された。なかなかの長文である。雑誌の主宰者としての抱負がゆっくりとのべられている。

生まれてこの方、自分で雑誌を出そうという積極的な気になったことはない。そもそも自分は、ひとりではほったらかしておいてもらうのが一番好きなのだ。だから「虚無思想研究」は〈辻潤の雑誌〉ではないのを承知してもらいたい。

「虚無思想研究」の誌名にひかれて購読をもうしこみ、内容と誌名が違うといって抗議をしてきた読者があったらしい。「虚無思想」ではなく「ダダイズム」と題すべきだ、といったような内容の抗議だったろう。連載だから、読者と潤のあいだに往復の議論が展開される。

「『虚無思想』というのは『なんでもない』思想ということだ。なんでもない思想を研究することはなんでもないことなのだ」(「こんとら・ちくとら」)

「辻潤はダダとニヒリズムを混同しているそうだ。だからどうしたというのだ。頭がわるいというシャレかね」

「人間はもっと馬鹿々々しく簡単に、もっと自由に、もっとベラボーに生きられるはずだと思う」

それからテーマが――テーマといっても潤の文章は一個のテーマに沿って書かれるわけではないが――「純真な感激」にうつる。「純真な感激」に生きることを小川未明が主張している、ときいて、潤は未明を羨望する。自分のように鈍感になってしまった人間は、どういう機会に出会えれば「純真な感激」をとりもどすことができるのか？

## 「人生の最高の峠」――干物のように、ミイラのように

雑誌「虚無思想研究」の発刊と並行して、「辻潤後援会」の計画が浮上してきた。会員を募って基金をあつめ、潤に提供して「先生の窮状を防ぎ」、しばしの暮しの安全を保証するのとひきかえに、「稀なる好著」を書いていただきたい――そういう趣旨の後援会だ。「なんともありがたい次第で、感謝の他はない」と書いたあと、後援会――カネの連想からだろうか、「こんとら・ちくとら」のテーマがとつぜん、「金を取る仕事」にテーマが変わる。

「なまける――というのも、一種の病気なのかも知れない。金を取る仕事がどうもはなはだ虫が好かないの

だ。

仕事も全然しばらく中止しない限り、神経衰弱はなおらないらしい」

弱気のドン底の心境表明のあと、ハイトーンの文章になる。

「人生の最高の峠にさしかかっている感じが、はなはだ強い。

ロハ原稿の注文が山の如くある。僕のような人間の書く物でも、読んでくれる人が多いかと思うと、やはりなんとかタメになることも書かなければならないと考える。

つまり、私は自分を出来るだけ正直に表現することが、一番タメになることだと考えているのだ。それより他の方法手段を知らない。しかし、それが一番むずかしいようだ」

「ロ」と「ハ」を合わせて「只《ただ》」、つまり原稿料ナシのロハ原稿の注文は著述業者としてはありがたくはないが、ロハ原稿の発注の裏には、辻潤の文章を読みたいと待ち構える読者の存在がある。読者がいる——多少は問わない——ということ、その喜びが原稿料ナシの困惑をのりこえる。後援会は、潤がロハ原稿を書ける環境をつくってやろうという狙いで結成されたのではなかったろうか。

読者のタメになる文章、それは潤自身をできるだけ正直に表現することだとわかっている。だが、それが一番むずかしいということもわかっている。わかってはいるが、その他の方法手段を知らないというところに「人生の最高の峠」の意識がある。その他の方法手段を知っていれば、迷う。知らないから、迷わない。

我が人生に潤みずから課した使命、それは人生享楽である。そしていま潤は人生享楽の課題をやり遂げた人間として、「人生の最高の峠」に立っている。ここから降りないこと、それだけが潤の後半生の課題だ。つまり潤が筆をもって原稿用紙にむかえば、読者のタメになる文章だけが書かれる。

この境遇を「人生の最高の峠」と意識し、そのとおりに表現したエッセイ「こんとら・ちくとら」には、ほかにも素晴らしい言葉が書かれている。素晴らしい言葉とは、もちろん、ぼく(高野澄)個人の印象にすぎないが、おおくのひとの共感を得たいと願い、共感はかならず得られるという確信にささえられて、ぼくはこの書を書いている。

「自分はどんなに不幸でも、どんなにツマラヌ人間でもやはり自分を愛している。これは負け惜しみかも知れない。しかし実感だから仕方がない。自分以外の人間になりたいとは思わない。思ったところでなんにもならない話なのである」

「どうせ生まれきた奴らに幸福な人間などは一人もないが、少なくとも、僕らのような考え方をする人間がふえれば、世の中はもう少し明るく、煩わしくなく、気楽になると思う。私はこれでも、少しばかり自分の同胞や生まれた国のことを心配しているつもりだ」

「人間の歴史はどうしてもカクカクの過程を経なければならぬものだなどと、初めから人間の歴史の製造者であるかのような顔をしている人達がいる。

正気の沙汰ではない。

人間の過去のことなどはドシドシ忘却してしまっても差し支いはない、未来のことなども考えてみたッて、どうなるかわかったものではない」

「私は絶望の亡者のように白っぱくれて生きている。感情はひと滴らしもないように、ヒモノのように、ミイラのように……

だが若い子供達よ、君達は健康で、美しい太陽の下で愉快に遊んでくれ！　今日の日をわれを忘れて嬉戯してくれ！」

## ダダの面々——卜部哲次郎と吉行エイスケ

雑誌「虚無思想研究」の発刊責任者、辻潤後援会のアピールの筆者でもあるのは通称を「うら哲」という卜部哲次郎である。卜部と小野庵保蔵《おのいおり》、内田庄作の三人は仲間だった。卜部は愛媛県の出身、加藤一夫の「自由人」に文章が掲載されたころから潤と知り合いになった。

辻潤後援会の趣旨に賛同して醵金したメンバーはつぎのとおり——佐藤惣之助、吉行エイスケ、徳田秋声、小川未明、古谷栄一、萩原朔太郎、白井喬二、細田源吉、生田春月、加藤一夫、谷崎潤一郎、豊島与志雄、齋藤与里など(『年譜』による)。

後援会の存続は大正十四年(一九二五)の十月から翌年三月までの半年間とし、月会費は一口一円、会員の特権などはないが、希望者には潤自筆の色紙その他を進呈するとさだめてあった。

最高額の十口を約束したのは谷崎と生田であった。十口十円を六カ月払うと六十円になる、安くはない。東京の喫茶店のコーヒーが十銭のころだ(週刊朝日編『値段の明治大正昭和風俗史』)。

谷崎は震災後の混乱をさけて関西に移住し、『痴人の愛』を書きつつある流行作家だ。谷崎は浅草時代の潤をモデルにした小説『鮫人《こうじん》』を書いたことがある。

十口十円を約束したもうひとり、生田春月は谷崎ほど有名な小説家ではない。鳥取県の出身で、ほとんど独学でドイツ語をまなび、詩集『霊魂の秋』で文壇に出た。潤と親しくなり、潤をモデルにした小説『相寄る魂』を書いた。

吉行エイスケは谷崎や生田よりも若い。五口五円を約束して威勢のいいところをみせた。岡山県の御津郡、金川のうまれ。父は土建業者として成功をおさめ、多額納税者だそうだ。岡山第一中学を中退して上京。潤や高橋新吉に影響され、雑誌「ダダイズム」を発刊したのは大正十一年(一九二二)、十六歳であった。創刊号の「後記」でエイスケは潤について、「美男子でダダ歌の唱手だと聞いているから、聞いただけで惚れ込んだ」と称賛した。

エイスケと潤のあいだに文通がはじまり、「ダダイズム」三号には潤の詩「パウンド・エヅラのわりあちおん」

が掲載された。辻潤後援会ができるときいてエイスケ青年は大枚を投じ、「惚れ込んだ」しるしとした。

後援会ができる前の年——大正十三年(一九二四)、エイスケはダダイストの清澤清志と協力して新しい雑誌「売恥醜文」を発刊した。エイスケとともに清澤清志も潤の親友になり、清澤の故郷の長野県南安曇郡の穂高町へエイスケや津田光造といっしょに旅行した。「売恥醜文」に潤の詩「どうおなりでしょう」が掲載されたのもこの年である。この年、吉行エイスケと妻の安久利のあいだに男の子がうまれ、淳之介と名づけられた。

潤と野枝の子、まことは、どうしているか。

東京の蒲田の潤の家、通称「カマタホテル」の、ダダイストやアナキスト、どちらでもないひとびとによって昼夜別なくくりひろげられる乱雑劇のなかで辻まことは成長し、辻潤後援会ができた大正十四年(一九二五)には十二歳になった。つぎの年、十三歳で静岡県立の工業学校に入学する。「カマタホテル」を離れて静岡に暮らすわけだが、まことの頭のなかに、乱雑劇から逃げ出したい気持がうまれてきたのか。

## 「現代の英雄はチャップリン」

静岡県の藤枝の志太温泉で静養したのは大正十四年の秋のことだ。湯治の費用は辻潤後援会の醵金によった。志太温泉からもどって、蒲田の借家——通称「カマタホテル」——を出て、おなじ東京の郊外、荏原郡の大岡山の借家に移った。この時期、まことの静岡の工業学校入学はきまっているはずだ。まことがひとり暮しをはじめるのをきっかけにして住まいを変え、暮しの気分を変えようとこころみたのだろうか。まことのほかの家族——母の美津、妻の清、清が産んだ秋生もいっしょのはずだ。

志太温泉の休養が効いたのか、大正十五年（昭和一）から昭和二年にかけて、潤は平穏だった。四十三歳から四十四歳になるあしかけ二年、人生のなかごろというにはいささか遅いが、のんびりと休む必要はあった。

雑誌「虚無思想研究」にレオン・シェストフ「無根拠礼讃」の翻訳を連載し、吉行エイスケの「虚無思想」にも文章を寄せ、「にひるの漚《あわ》」「ダダの吐息」などの短文を書いた。ロンブローゾ『天才論』の新版も刊行された。

昭和二年（一九二七）、高松康之助が編集する雑誌「美術評論」に掲載された「かれら果たして何を求めつつありや？」は〈大衆〉という社会的な存在について論じた、潤の文章としては珍しいものである。

美術は大衆にとって必要であるのか、どうか——このテーマについて意見をもとめられ、潤は明快にも「否《ノー》」と答えた。

潤は「かれら——大衆」と「われら」を同列に置いて、論じてゆく。「かれら——われら」にとって現代の日常生活はまさにライスとパンをめぐる争奪戦にほかならず、「美術どころの騒ぎではない」と、結論を最初に出した。

潤にたいして発せられた質問の裏には、現代日本の大衆の美術観賞能力のレベルは低いという前提があったようにおもわれる。このままのレベルで美術と大衆の関係を論じるのは無意味である、まずはじめに、如何にして大衆の観賞能力レベルを高めるのか、それから手をつけなければだめだという方向で議論をリードしてゆこうとする気配があるのを、潤は感じ取った。

潤はいう、観賞能力レベルの上昇方法を問われれば、「かれらにまず充分なるパンと時間を与えよと答えるに躊躇しない」と。

美術を精神的娯楽とイコールの関係のものと仮定して、さて、いまの大衆は精神的娯楽なしに生活しているのかと、潤は反論する、「大いに然らず」と。現代はキネマとラジオの世界である。なかでもキネマの小屋は民衆にとって唯一無二の殿堂というべきであり、あのリヒャルト・ワグナーでさえ夢想できなかった総合芸術が厳として存在しているのだ、と。

「諸君、試しにかのスクリーンの上に現れる映像を瞑目して、考察したまえ。そこには立派に活ける彫刻と、絵画と、自然の風物と、情緒とが躍動しているではないか。更に音楽と現実的な興味さえが、それに付加せられているではないか。現代の若き男女にとって、これ以上の理想的な総合芸術の殿堂を与えることは不可能である。かれらの大多数はこれによって充分な満足を得ているのである」

美術品や芸術行為の所有と創作について意見があるのを、潤は意識している。富裕な有閑階級が美術や芸術を所有し、支配しているから大衆は遠ざけられている、ケシカランではないか——こういう意見があるのを察して、潤は先手をうつ。

「大衆は大衆として、もしかれらが真に審美的要求を持つに至ったならば、自ずからかれらの間にあって、その欲求を満足させるに足る芸術を創造するであろう。

われらは今、一切の物欲し気なる言説を排すべきである。芸術家は各自の信ずるところに従って、その創作に精進せよ！　彼は世の有閑階級と大衆の如何なる作品を要求するかに関して、毫も顧慮する要はないのである」

美術家、芸術家とはなにか？　これを形容するのはむずかしいことではない。税務署が「このひとは画家である」と書類に書けば「芸術家、一丁あがり！」だ。

だが、芸術家ダマシイとはなにかとなると、ことは容易ではない。ふつうなら容易でないものが、ダダの文法をつかえば、可能になる。

——芸術家ダマシイを持つと意識する芸術家は自分のやりたいことだけをやれ。金持ちだろうと大衆だろうと、かれらの注文は一切顧慮するな！

芸術家は権力者や金持ちに媚びるな、ぐらいはだれでもいえる。大衆に媚びるな、といえるのはダダの文法だけなのだ。

かれは別に「去りゆく英雄」という文章を書いたことがある。英雄論はむずかしいといいながらも、シーザー、ナポレオン、豊臣秀吉や西郷隆盛といった古典的な英雄をひっぱりだして論評し、大衆の時代には大衆の意向をくみ、大衆の犠牲となるような人物が英雄になるだろうと英雄観の変遷を予告した。そして最後に、「現代の英雄」として映画俳優チャップリンの名をあげる。

「現代の英雄として、チャアリイ・チャップリンをその王座に安置し、世界に散在する無数のファンと共に改めて彼の前に叩頭しよう」

かれは映画批評は書かなかった。映画が好きな著述家なら映画批評を書かずにはいられないはずだが、かれは書かなかった。ひまがあれば、そして、いつもひとりで、活動小屋(映画館)の暗闇に身をおき、映像をながめて人生享楽の時をすごしていた。

——どうだい。おれのいうとおり、現代の英雄はチャップリンのほかにはありえないじゃないか!ダダイスト辻潤は世離れしてはいない。世離れどころか、世の中に、どっぷりと身をおき、世の中のエキスを吸って自分というダダイストの肥料にしている。

## 巴里へ——谷崎潤一郎が送別の宴を

辻潤がパリへゆくことになった。

小島清は「貧乏男で有名な辻が、パリへというのでいろんなファンが日に夜をついでみえました」と回想する(「辻潤の思い出」)。

大正十五年(一九二六)から日本の出版会、読書界は〈円本〉の時代だ。改造社が一冊一円の『現代日本文学全集』を売り出したのが口火となった。一冊一円では出版社の利益になりにくいが、五十冊百冊の叢書を揃いのセットで売るから利益は出る。

昭和三年(一九二八)、潤の『唯一者とその所有』が春秋社から『世界大思想全集29』として刊行されることになった。相当な額の印税が出るから、それをあてにして、パリまで足をのばそうということになった。

読売新聞の第一回パリ文芸特置員の肩書がつき、パスポートには「文学研究のため」と記された。特置員の報酬の約束はなかったらしいが、パリから送る文芸記事はかならず読売新聞に掲載するという協定のようなものはあったはずだ。原稿料が留守家族の生活費になる。

長男まこと(一)が、「いっしょに行きたい」といいだした。パリは芸術、美術の世界の中心だと知っている。絵が好きである、絵描きになりたい。パリへ行けば絵描きになるチャンスをつかめそうだ——まことのパリ同行の狙いはそのあたりにあった。

潤ははじめは拒否するつもりだった。まことはまだ静岡の工業学校の生徒なのだ。だが、気が変わって連れてゆくことになった。中学卒業ぐらいでは、日本にいてさえ職と食にありつけるかどうか、たよりないご時世だ。息子にいささかの画才があるのはわかっている、パリにゆけば、まかりまちがって絵描きになる可能性がゼロではなかろうと理屈をつけた。

昭和三年の正月、東京は銀座の「ライオン」に八十名ほどがあつまり、「辻潤氏渡欧送別会」がひらかれた。宮嶋資夫を筆頭に、新居格、石川三四郎、加藤一夫、室伏高信などの顔ぶれである。

むかし——比叡山で『唯一者とその所有』を翻訳していたころ——潤がフランスへ行くかもしれない事態がおこった。武林無想庵が北海道の土地を売って三万円のカネをつくった。無想庵は潤に、この三万円でおまえさんをパリに連れていってやるよと、本気で誘ったのだ。

三万円でパリゆきのはなしを、中平文子という女性がききこんで無想庵にちかづき、男の潤さんよりも女の私のほうがいいでしょうと焚きつけて結婚にもちこんだ。新婚旅行は中国、それからヨーロッパにわたり、パリで娘のイヴォンヌがうまれ、イギリスやドイツを遊覧してからパリに落ち着いた。

潤の最初のパリゆきは、とつぜん横から飛びこんできた文子に攫《さら》われてしまったのである。あきらめた潤は、『唯一者とその所有』の翻訳に専念した。文子が登場しなければ、潤はおそらくパリへ行った。そのかわり、潤の訳書の『唯一者とその所有』はこの世にあらわれなかったかもしれない。

大正十四年(一九二五)のころらしいが、谷崎潤一郎が洋行をこころみたことがある。そうときいた潤はなんとかして谷崎といっしょに洋行しようと決心し、あれこれと奔走しているうちに、谷崎のほうが洋行を中止してしまった。これは一連のパリ旅行記の最初の文章、「ゑりと・ゑりたす」で回想している。

銀座「ライオン」の送別会はおわった。汽車で神戸まで、神戸から榛名丸にのる。神戸までは母の美津、小島清と息子の秋生も同行した。

たくさんのひとの見送りをうけて姫路ゆきの汽車がうごきだした。プラットホームを息せききって駆けてくるひとがいる、竹久夢二だ。袋に入れた餞別をくれた。あとで開けてみると、三儀と筮竹《ぜいちく》だった。

「巴里で貧乏したら、僕に大道易者になれというつもりなんだろう、尺八とこれさえあればまず安心だと僕は腹の中で苦笑した」(「ものろぎや・そりてえる」)

榛名丸は神戸から出るが、一同は大阪駅前の「角屋」という旅館に泊まった。そこへ、潤のファンの「鉄道アナ」があつまってきた。鉄道労働者で、アナキストでダダイスト、それが「鉄道アナ」だ。汽車賃、電車賃がタダだから、あっちこっちからあつまってきた。潤は歓迎したが、かれらの飲み食いの代金ははらわなかったと清はいう。

榛名丸出航の前々夜、大阪と神戸のあいだの岡本に住んでいた谷崎潤一郎が一同をまねき、送別の宴をひらいてくれた。神戸から中国人コックがきて調理する、豪華な宴である。潤、まこと、美津、清、秋生が出席して、にぎやかだった。

谷崎夫人の千代子、娘の鮎子も顔を出してくれた。中国料理が大好きだという鮎子は、「また、だれかフランスへ行かないかしら」と、みんなを笑わせた。

## パリで『大菩薩峠』に読み耽る

パリのホテルは、はじめは十四区モンスリー公園街のホテル・デュ・ミディ、そこからホテル・ビュファロに移った。どちらも場末の、気の張らないホテルである。

いちばん先に会いたいのは武林無想庵だ。ニースに滞在しているとおもっていたが、マルセーユの領事館できいたところ、無想庵はニースを引きあげたが、行き先はわからないという。とたんに不安になった。

パリで、画家の林倭衛《しずえ》(衛)の案内でグラン・ブールヴァールを散歩していると、Aに出会った。林が、あのひとなら、無想庵さんの近況をよくご存じのはずですという。Aにきいてみたら、すぐに様子がわかった。無想庵も潤のパリ到着を待っていた、ちかぢか連絡があるはずですよというので安心した。二、三日して無想庵からホテルに手紙がきた。

林倭衛は長野県出身の洋画家。大正五年(一九一六)の二科展に初入選した。大杉栄をモデルにした「出獄の日のO氏」を大正八年(一九一九)の二科展に出品したが、撤回を命じられた。明治二十八年(一八九六)のうまれだから、二度目のパリ滞在のいまは三十四歳。

さて、林倭衛は画家である。画壇の大御所といった権威を背負ってはいないが、できあがった、プロの画家だ。そういう林を、林の親友の辻潤の息子、画家になる志望をふところにパリにやってきた十五歳の辻まことは、なんと観ていたか？

パリについてしばらくのあいだ、まことには、やるべきことがあった。榛名丸で通読した中里介山の『大菩薩峠』を、ホテルのベッドでもういちど読みあげる課題を自分で自分に課し、夜明けまで読み耽っている。画家志望はどうなったか、プロの画家の林倭衛をどう観ているかは、父親が「おれにも、読ませろ！」と『大菩薩峠』をとりあげるまで待たなければならないようだ。

潤は『大菩薩峠』を読みだした。読みだしたら、もう止まらない。それほど面白い本にパリで出会ったのも、機縁だ。機縁が熟さなければドラマはおこらない。「都新聞」に連載されているのを拾い読みしたことはある、まだ続いているのか、おそろしく長いなとおもっているうちに、パリゆきがきまり、なんの気なしに荷物につっこんできた単行本にひきこまれた。

「『八犬伝』などに比べて遥かに深味のあるのも、要するに仏教的人生観が一貫して流れているからだ。作中の個々の人物が常識的倫理観によって片づけられていないことがなによりも価値だ」（「ここが巴里」）

パリについたら、なによりもまずフランス語の勉強に精を出します――まことは父親に誓ったらしいが、『大菩薩峠』のおかげでまことのフランス語勉強は「ソッチのけ」になった。

あなたは、パリでなにをやっているのか？——問うひとがあれば、潤はなんと答えるか——タバコを吸って書物を読む毎日ですよと答えるだろう。こまごました暮しの買物や炊事はまことがやるから、父親はなにもしなくてもいい。タバコと書物さえあれば、まず満足して暮らしてゆけると意識し、そういう意味の文章を書いて東京に送っていた。

由緒のある名所古跡が多いのは東京を凌駕する。それぐらいの知識はあるから、いちいち観てまわるのは不可能だと、はじめからあきらめている。タバコと書物を友として暮らすのがいちばんいいわけだ。

## 無想庵との邂逅

武林無想庵がたずねてきた。文子もイヴォンヌもつれずに、ひとりで、飄然とやってきた。震災のまえに会ってからざっと六年越しの邂逅《かいこう》だ。手紙の往復をしていた、会ったからといって格別のはなしがあるわけでもない。六年ぶりの邂逅の様子を、まず、山本夏彦の『無想庵物語』によって、無想庵の立場から観る。

ホテル・ビュファロ二十九号室のドアをたたくと、少年の声で、「アントレ」と返事があり、ドアがあいた。記憶にある、あの、野枝さんそっくりの顔の少年である。蓬頭垢面の潤はまだベッドのなかだ。

「もう一時だぞ」と無想庵がいうと、まことが父の朝食をこしらえにかかる。「親の食事をこしらえるのを、むかしは孝行といったものだ。家貧しゅうして孝子出ず、かね」無想庵が誉めるのを、照れたのか、潤ははぐらかし、「十六にもなって、からっきし子供。リュクサンブール公園の池で舟を浮かばせるのが好きだというんだ」

「むかし、ぼくも行ったよ。子供をつれてね」

子供には面白くもないはなしになってきた。まことは潤のゆるしをもらって、遊びに出てゆく。そのまえにビールを買ってきてくれと潤にたのまれ、出ていってビールをかかえてもどってきて、また出ていった。

「遊びといって、どこへ行くのかな?」

「近所に縁日があって、アテモノがある」

「町っ子だな。パリは気に入っているのか?」

「日本へは帰らないつもり——らしい」

「ふーん。おやじのほうは——?」

「カネがなくなったら、帰るさ。ところで、きみは?」

「そうさなあ。何しろ子供がパリ生まれなんでね。フランスは自分の国だとおもっている」

子をもつ、ふたりの男の会話である。

しばしの沈黙があったか——無想庵が口をひらいた。息子をパリに連れてきた父親の心境について、である。

「しかし、よく連れて来たね」

「何しろ来たがるんでね」

数日して、潤が、モンマルトルのホテル・ド・サヴォアに無想庵をたずねた。潤の「無想庵との邂逅」によると、つぎのような光景が展開された。

無想庵は三階の、薄暗い、昼でも電灯が欲しいような部屋に泰然として机にむかい、しきりにペンを走らせていた。しきりにペンを走らせる姿勢、これは無想庵にあって、いまの潤にはないものだ。

いい天気の日だった、潤が誘って、ペールラシェーズへ墓参にゆくことになった。目当てはないが、オスカー・ワイルドの墓がペールラシェーズにはあるのは耳にはさんでいる。

入口はいくつもある。ふたりは正面の門からはいった。爪先あがりに甃《いしだたみ》をのぼる。つきあたりにパアトロメの「死者に捧げる群像」がある。群像までの道の両側に、ロッシーニやミュッセ、天文学者アラゴの墓がある。綺麗で立派な墓石がたくさんあった。大理石の親類にちがいない黒色や褐色の、カネがかかっていそうな墓が無数にならんでいる。東京の染井にある父の墓がおもいだされた。潤は、ここまできたカネで父の墓をたててやれば功徳になったわけだ、などと空想し、腹のなかで苦笑した。空想が伝染したのか、無想庵は「人間のfolly は果てがない」などと、ひとりごとをいっていた。

ワイルドの墓はボオドレエルよりも気が利いているとおもわれた。アッシリア風の、人間か天使か、なにかの動物かとおもわれるシンボルが彫刻され、裏にワイルドの略歴と、墓石をたてた貴婦人の名がきざんである。

ワイルドの墓のそばの草原に寝ころんで、あれこれを語った。

いまのところ、無想庵は日本へ帰るつもりはない。といって、パリで原稿を書いて日本に送ってカネにして、という生活の不安はしみじみと感じているらしくある。無想庵の文章というものは、雑誌社出版社が争って手に入れたがり、したがって原稿料は筆者おもいのままの高額——というものではない。

このままフランスの土になろうか、そんな気をおこしたこともあるが、いざとなると、ダメなのである。たとえば渡し船のムッシュ——船頭になろうとしても、こういう職業には厳格な株の制度があり、だれもが、今日明日、船頭になれるわけではない。セーヌ川の古本屋、メトロの切符売り、キャフェのギャルソン、それぞれ株がある。かなりのカネを積まなければ株は手にはいらない。まして外国人に門戸は狭い。つまり武林無想庵は切羽詰まっていた。

ペールラシェーズへの途中であったろうか、潤が無想庵に、「じつは、きみを迎えに来たんだよ」といったのは。

「辻潤は武林に君がいなけりゃパリなんぞに来なかったと言った。辻にとってはパリも東京も似たようなものだ。見物もしない。いまなら旅費がある。帰ろうよと言ったが、その気がないと知ると——」（山本夏彦『無想庵物語』）

## 「時節が来たならかえってきたまえ」

潤が無想庵に「帰ろうよ」と誘ったくだりは『無想庵物語』に書いてあることで、パリ暮しをのべる潤のエッセイのうちには見当たらない。

だが、潤には、「帰ってこいよ」と無想庵によびかけたい痛切な想いがあった。三百字ほどの「無想庵に与う」という短文がある。昭和六年（一九三一）六月、雑誌「かめれおん」に掲載され、第五エッセイ集『癡人の独語』におさめられた。おまえの無事をひたすら願っている、おれという男、辻潤の気にもなってくれよと、そんな心境がにじみでている文章だ。

無想庵にあてる近況報告なのに、短い文章のなかに「僕は――」「己れは――」が何度も出てくる。「僕は――」を裏返せば「武林無想庵」の名と顔があらわれる、そういう仕掛けの文章だとおもって読めばいい。ただし、ここまで綿密に計算して文章を書くのは潤の得意とするところではない。計算したつもりは、ないはずだ。

「なにかいうことが沢山ありそうでなんにもない。どうしているかと時々は考えてはみるが考えたところでどうにもならん。サヴビヤンならば他に文句はない」

サヴビヤン――「なんとかやっている」と訳せばいいのだろう。そちらは切羽詰まっているんだろうが、こちらもご同様さ！　と同病相憐れむ境遇を装って無想庵の里心《さとごころ》を刺激しようとしている。意識せざる計算といったものだ。

「如何に生きるべきかをつとに止めてしまった僕には、とり立てて口にすべき問題はないのだ。いやに静かで自由だ。流れをせきとめるものがない。塵芥の中にまみれても更に気にならん。ただ長生きがしたいばかりだ」

如何に生きるべきか――人生最大の問題だとされてきた。明治に生まれ、そだち、大正に成人となった読書階級はこの問題との正面衝突は避けられないとおもわれてきた。煩悶し、突破した者が勝利者になるとおもわれてきた。

だが、五十歳をまえにして、潤は「如何に生きるべきか」に向き合うのを、やめた。いや、「やめるぞ!」と決心した自分を識った。

すると、人間は、どうなるか? 自分は、どうなったか?

――無想庵よ、こういう具合になるんだよ!

東京からパリへ、大声でいってやりたい。それが「無想庵に与う」なのだ。

「自分はこの世に生まれたことを近頃やっと悔やまなくなった。さまざまな心の苦しみは遂に無駄ではなかった。自分は恥じるところを知らなくなった。あらゆる侮蔑や罵詈《ばり》はそのまま楽しく受けることが出来るようになった。ポーズの必要をまったくかんじなくなってしまったのだ」

無想庵は識らない、自分は識っている。識っている自分から、識らない無想庵にいってやらねばならない。

潤は無想庵に呼びかける。

「時節が来たらかえってきたまえ。己れはこないだから油を売っているんだ。なにを売るかと尋ねることは不必要だ」

あたたかく、しかし、相手を傷つけぬ配慮に満ち、友情あふれた手紙——というふうに読むのはまちがいだ。かれはこのエッセイを公表したのである。たとえ形式は親友への手紙であっても、著述家の立場——思考表明と稼ぎ——を放棄してはいない。だからこそ、第三者が読むに値する。潤は第三者——われわれ——に〈無想庵〉の名でよびかける。

「これを無想庵に宛てる消息の代用とします。しかし、必ずしも彼にのみ宛てたものではないのです。どうせ誰か読むにきまっているから」

### 潤と一《まこと》

潤とまことは昭和三年（一九二八）の十二月にパリを出発した。シベリア鉄道で日本をめざし、朝鮮のソウルのあたりで昭和四年（一九二九）の新年をむかえ、正月のなかごろに東京にもどった。あしかけ二年、正味一年のパリ滞在だった。

それから二年、パリの無想庵にあてて、「如何に生きるべきかをやめた」とつたえることになる。

では、かれが「如何に生きるべきかをやめた」のは、いつからのことか？

ある日、とつぜん、わけもわからない興奮のうちに「如何に生きるべきかをやめる」なんていうことはありえない。静かな思考のうちに、

——そうだな。「如何に生きるべきか」なんていうことにこだわるのは、そろそろやめたほうがいいわけだ。

ゆっくりと接近する心境である。

息子の観察によると、それは、パリの暮しのうちに、徐々にやってきた心境だったと理解できる。パリにくるまで、まことにとって、父親は「めったに家にはいなかった」印象しかない。たまたま家に在るときは、「二階へあがったきりで、便所か風呂に用があるときの外は、ほとんど降りてこない。だから留守同然だ」。家族と大いに会話するのは酔ったときだけだが、このときは「虎」になっている。

そういうわけで、まことは父親について、まとまった印象を持てないままだった。パリにきてはじめて、僕の父親はこういう人間だったのだと認識する。

「船のなかはもちろん、巴里の旅舎でも、閉じこもって本ばかり読んでいて、案外おとなしい人だなアという発見しかなかった」（「父親辻潤について」）

タバコを吸い、書物を読んでいる——潤の「人生享楽」である。

喫煙が享楽ではない、読書が享楽ではない。タバコを吸って読書をしていれば、ほかのことの誘惑を感じない、それが潤の享楽だ。大正十四年(一九二五)、雑誌「虚無思想研究」にのせたエッセイ「こんとら・ちくとら」で「人生の最高の峠にさしかかっている感じ」と書いた、その「最高の峠」の心境をパリまでひきずってこられたことの感激、それを帰国してから、「如何にして生きるべきかをやめた」と表現したのである。

だが、親友の無想庵はそうではない。「如何にして生きるべきか」だけが取り組むべき人生で最大、かつ唯一のテーマだとおもって悪戦苦闘している。そういう無想庵をパリにのこして東京にもどるのが、潤としては辛かった。

――無想庵はおれのヌケガラ!

パリにのこしてきた自分のヌケガラに「時節が来たならかえってきたまえ、待っているよ」と声をかける、それがエッセイ「無想庵に与う」だった。

## 萩原朔太郎の『虚妄の正義』

パリからもどったあと、東京の郊外、大岡山に住んだ。かれ自身は「人生の最高の峠」を意識しているが、小島清の感想では、そうではない。彼女の「辻潤の思い出」によると、「日本へ帰るとまた元の黙《(ママ)》阿弥で、彼のいう素寒貧パレオロガス、またまた金とひまがあれば酒びたりです」の日々になった。

大岡山に居られなくなって、おなじ荏原郡の中延に転居した。転居といえば恰好はいいが、じつは弟の辻義郎の家なのだ。コメはなく、カネもなくとも酒は呑めるから、呑んで騒いで中延にも居られなくなり、つぎには目蒲線の洗足へ引っ越すというわけで、席の暖まるひまもない。席の暖まるひまもないとは稼業繁盛をいう、めでたいことわざだが、潤の席が暖まらないのは家賃や米屋、八百屋の支払いに窮したあげくのことである、悲惨という字を絵にかいたようなものだ。

だが、〈おれはダメになるかもしれない〉という不安はなかったようだ。不安がなくはないが、不安より、「人生の最高の峠」に立っている意識のほうが強かった、ともいえる。そうでなければ、たまたま贈られてきた萩原朔太郎の『虚妄の正義』に感激し、絶賛の文章を書くことなどは不可能であったはずだ。

『虚妄の正義』より先に朔太郎は『新しき欲情』を出した。これは潤の数年来の愛読書となり、パリのホテルでも繙読《はんどく》したものだ。その朔太郎が新しく出した『虚妄の正義』は潤を歓喜させた。

「君は現在の日本における詩人として、何人を最も高く評価するか？——と問われたら、僕はなんらの躊躇することなく、萩原朔太郎と答えるであろう。また、君は現在の日本における文学者として、何人を最もよく好むか？——と尋ねられたら、僕は再び萩原朔太郎と答えるに躊躇しないであろう」（「虚妄の正義」）

現在日本の最高の詩人、文学者——と潤が評価する——萩原朔太郎はまちがいなく「無名な存在」である。民衆も、カフェの女給も、ダンスガールも、そして文学者を招待しては得意になる首相も朔太郎を知らない。

だが、辻潤は知っている。辻潤のほうが萩原朔太郎よりはるかに有名なのである。その辻潤という人物は、世間の噂では、「一管の尺八を携えて乞食を業とし、常に他人の財布によって終日飲酒に溺没」していることになっている。こういう辻潤に敬愛され、評価されるのは萩原朔太郎にとって至極の迷惑であるかもしれない。

だが——

「その芸術的稟性において、彼は最も深く辻潤と相触れているのである。(中略)彼は民謡や童謡も作らず、忠実にして勤勉なる一人の弟子をも持たぬが故に、遂に『詩聖』にもなれないであろう。(中略)不幸なる詩人朔太郎は、遂に僕の如き非詩的人間によって彼の『詩』を認められなければならない羽目にまで落ちた。

しかし、彼は真に不幸であろうか? 否、そこに彼をよく認めて、彼の作物を出版する第一書房の如き特志の出版屋があるではないか? かの若くして死せるマルドロールの詩人ロオトレアモンの如きに比べては、彼は幸福なる、まるで比較にはならない」

## 「低人教」の人

萩原朔太郎と辻潤とのあいだに交際がはじまった。たがいに尊敬し、深い次元に降りたっての交際である。

まもなく朔太郎は、潤の第六エッセイ集『孑孑《ぼうふら》以前』(昭和十一年)に跋文「辻潤と低人教」を寄せる。

「酒が醒めて悲しくなると、彼は尺八を吹いて街上を彷徨する。尺八のやるせない哀調と旅愁とは、辻潤の詩におけるリリシズムの一切である。彼は笛を吹きながら独りで泣いているのである」

「辻は自ら自己を『低人』と称している。低人はニイチェの『超人』に対する反語で、谷底に住む没落人という意味だろう。そこで彼の説く救いの道は、実に低人の宗教であり、それ自ら『低人教』になっているのである。もしニイチェのツアラトストラが、公評される如く文学としての宗教ならば、自ら人格によって生活に行為している辻潤の低人教こそ、まさしくニイチェ以上の宗教といわねばならない」

## 小島清《きよ》の言い分

萩原朔太郎の詩才を発見し、驚嘆する美しい感覚の持ち主の辻潤、そのかれのことを同棲者の小島清は「元の黙阿弥」「素寒貧パレオロガス」「酒びたり」と酷評する。立場の相違といってしまえばそれまでだが、潤と出会ったころの清ならば、べつの言い方をしていたはずだ。

さて、息子の秋生をのこして、清は潤のそばから去っていった。潤が清を引き留めようとしたのかどうか、わからない。潤とまことがパリからもどった昭和四年(一九二九)のことだ。

清は故郷の広島へはもどらず、東京でひとりの暮しをたてていたようだ。

詩人の岡本潤は大正十四年(一九二五)に、東京で小料理店をはじめた。宮嶋資夫の友人で南天堂仲間の五十里《いそり》幸太郎が料理人と店番をやり、「辻潤の愛人だった小島キヨという若い女性」が客のサービスをするしくみだった。店の名は「ゴロニャ」、南天堂仲間の絵描きの牧野四子吉《よねきち》が描いた、ポーの怪奇小説にでも出てきそうな黒猫の絵を看板にした。

詩人がひらいた店というので評判になり、新聞記事になったこともあるが、どうせ長くは続かないと岡本はみていた。五十里が酒好きの喧嘩好き、サーヴィス係のキヨが「女だてらの酔っ払いで、鼻いきが荒く、サーヴィスどころか、客を相手にクダをまいたり、タンカを切ったりするのが毎度のこと」とくれば、つぶれるのは時間の問題だった。

「ゴロニャ」をひらいて潰れたのが大正十四年だという岡本潤の記憶にまちがいはなさそうだ(『詩人の運命』)。とすると、潤といっしょに暮らした時期、清はときどき酒場などで働いて生活費を稼いでいたのかと推測できる。清はいつも潤のそばにいた、というのではなく、出たり、はいったりのくりかえしだったようだ。

昭和四年の別れは、おたがいに「別れ」を意識したものだったが、そのあと、清が一度も潤の住まいに顔を出さないというわけではない。ときどきは潤の家にやってきて、泊まって、かえってゆく。

# 第10章

## 風狂——「いずこに憩わんや？」

**「ドロボーは出来んから、乞食だね」**

まことは法政工業学校の夜間部にはいった。昼間は神田の「こども理学会」に勤め、雑誌「面白い理科」の編集をてつだう。

パリのルーヴル美術館に一カ月ぶっとおしで通ったまことは専業の画家になるのをあきらめた（辻まこと「略歴」）。絵を描くのが嫌いになったわけではないから、「面白い理科」に図案を描く仕事をみつけた。

清《きよ》が産んだ秋生《あきお》は、しばしば喘息をおこし、苦しむ。秋生の世話は叔母の津田恒の役目になった。

潤と野枝の次男の流二は安房の漁網屋の若松家の養子となって、健康に、頑丈にそだっている。夏休みの前半、まことが安房の流二の家にあそびにゆく。夏休みの後半には流二が蒲田の辻家にくる。兄は弟をつれて東京を案内する。辻家の暮しが安定しないから、兄と弟の夏休みの相互訪問がいつまでもつづくものではない。

一家の主の辻潤は意気軒昂である。

昭和五年（一九三〇）のはじめに、仲間と語らって雑誌「ニヒル」を発刊した。資金が充分でない――ほとんどない？――から、主宰者の潤にいわせると「ウスッペラ」な雑誌である。もちろん、ページ数が少ない、だから薄いという形状を謙遜して「ウスッペラ」といったのだ。創刊号には武林無想庵、萩原朔太郎、生田春月、林芙美子の面々が文章を寄せた。

創刊号から三号まで、潤はエッセイ「ひぐりでいや・ぴぐりでいや」を掲載した。創刊号を出してすぐ、卜部哲次郎といっしょに関西を旅し、旅のあいだに書いたのが「ひぐりでいや・ぴぐりでいや」だ。

このころ卜部は自分で勝手に〈出家〉して、僧名を「鉄心」と名のることにしたらしい。それをからかい半分に、潤は「鉄心和尚」と呼ぶ。鉄心和尚は貧相な僧衣、潤はパリにいたころとおなじ洋服を着ている。疲れきった洋服だから、乞食坊主に西洋乞食のふたりづれ、どうみたって「ポンチかボオドビル」、またはチンドン屋のスタイル、ふたりで歩く姿がそのまま雑誌「ニヒル」の宣伝広告だと、潤は自分で観察している。

関西の旅に出るまえ、東京で潤の色紙や短冊の頒布会をやった。雑誌「ニヒル」の発刊元のニヒル社の事業だったろう。雑誌の発刊と色紙、短冊の頒布会のことを書く潤の姿勢は意気軒昂である。

雑誌を出すのは道楽だが、道楽でもカネはかかる。カネはないから色紙、短冊を売ってカネを稼ぐことにした。もともと乗り気ではなかったが、原稿を売るのも色紙を売るのもおなじだとわりきって、売った。売る物があるうちはいいが、売る物がなくなったり、売る物があっても買手がなければ、どうするか？

「乞食でもするより仕方はないと思っている。乞食をしても、食えなかったらいよいよ餓死という段どりだ。もっともそんなことをさせては国家の体面にかかわるというので、今に××から、なにか下し置かれるかも知れんが、こっちもまさか如何に道楽でも餓死はしないつもりだ。しかし、ドロボーは恐ろしくって僕のような臆病者には出来んから、まず乞食だね。今でも電車賃のない時は近所の友人の小遣いを失敬している」(「ひぐりでぃや・ぴぐりでぃや」)

――これが、その、ダダイストとかニヒリストとか称する連中の正体なのか!

まるで乞食と変わらんじゃないかと付け足すひともいるだろうが、当人が「まずは乞食」になる公算は大だといっているのだから、批判としては無力である。

――乞食になる公算が大だといい、そんな展望を文章にするひまと勇気があるなら、まずは乞食にならない工夫をすべきではないか?

いちおうはごもっともな見解である。賛同者はすくなくないだろう。

だが、こういう見解が潤の耳にとどくことは、まず、ありえない。潤のほうも、こういう見解の持ち主が自分の文章の読者であることはありえないと知っている。

――潤さんは、こんどは、なにを、どう書いて読ませてくれるか?

固唾《かたず》をのんで待つ、ごく少数の読者を念頭において、書いている。

## 「俗物さがひどくキハクだから」

辻潤はダダイズムを紹介し、自分はダダイストだと宣言し、「人生享楽」の姿勢がそのままダダイストにつながるのだといいつづけてきた。いうだけ、書くだけではなく、身近なひとの視野のなかに、享楽する自分の姿を映写してきた。

大正から昭和の世相のなかで、享楽する潤の姿はそれ自体が特異なる光景、目立つ光景であった。

この時期、世相の核となった有名な人物や事件はなにかというと、自殺した芥川龍之介、京都大学教授の職を投げだした河上肇、築地小劇場の分裂さわぎ、山中峯太郎の小説『敵中横断三百里』、霞ヶ浦にやってきたドイツの飛行船ツェッペリン伯爵号、創価教育学会を設立した牧口常三郎と戸田城聖などだ。島崎藤村の深刻な小説『夜明け前』の連載もはじまった。最初の本格トーキー映画「マダムと泥棒」が封切りになったけれど、しがない庶民の暮しをトーキー版の映画でみせつけられると、悦楽に悲哀が勝る。

だれもかれも、歯を食いしばって、ひたすら真面目である。真っ正面をみつめて、歩くというよりは、走りつづけ、一歩でも立ち止まればだれよりも自分がゆるさない——そういった緊張でいっぱいだ。

それで、楽しければ、潤はなにもいわない。

潤がみるところ、かれらは楽しんでいない。昨日より今日、苦しみ悩みは増しているのがわかる。今日よりも明日、苦しみ悩みはもっと激しくなるにちがいない。

かれらは、苦しみ悩みの原因は社会にあるとかんがえている。自分たちは悪いことはやっていない、世の中が良くなるようにと祈り、行動している意識もある。

それにもかかわらず、世の中が一向に良くならないのは自分たちの善行が足りないからではないかと、自責の念に駆られるひとさえある。

潤は、それを、痛ましいとおもう。

世の中が良くなれば、かれらの心身の苦悩は軽減される——この理屈が世の常識になっているのを知っている。

だが、世の中は良くならない。苦悩するかれらをおもえば心痛ましいかぎりだが、世の中が良くならないのは人類の記憶の幹なのだ。そうと知っているにもかかわらず、世の中はきっと良くなる、などというのはよくない。自分で信じるだけならまだしも、他人に説いたり、強制したりするのは罪だ。

苦しむだけ、悩むだけで人生を終わりたくないと潤は切望している。「人生享楽」の必須の前提だというなら苦しんでもいい、悩んでもいいが、苦しむだけ、悩むだけなら拒否する。おのれの微力はわかっているが、それでも、微力のすべてを懸けて拒否する。

「ニヒル」を発刊した昭和五年という時点で、潤の境遇はどういう具合になっているか——

「人生の最高の峠」に立っている自分を意識している、つまり、ウマクいっている。苦しみ、悩んでいるひとびとに、こういう自分をみてもらえば、いい。

——潤さん、わたしは、あなたのようになりたい。あなたのようになるには、どうすればいいのか、方法があるなら、おしえてくれ！

こういう質問があれば、餓死はしないが乞食はするかもしれないよ、とことわったうえで、おしえてあげる、エッセイ集『浮浪漫語』を読むことからはじめてください、と。ダダとか、ダダイストという言葉に戸惑うことはあるでしょうが、そんなにむずかしいものではない。ぼくの暮しを二、三日みていれば、ハハン、なるほどそうかとわかりますよ、と。

躊躇するひとは、いるはずだ。そういうひとには、一言だけ、いってやる。あなたがあなたの人生を享楽するにはそれがいちばん手っ取り早いんだよ、と。

乞食になる予感が濃厚な潤がいうのだから、説得力がある。自分のいうことには説得力があると自分で信じていっているから、潤は意気軒昂なのである。

「まあ、今のような世の中にまがりなりにも毎日飯を食って生きているのは、自分が俗物だからだと思っている。しかし、俗物さがひどくキハクだから、お蔭でひどく貧乏して、みなさんのお笑い草になっているわけだ」(「ひぐりでいや・ぴぐりでいや」)

## 「Mの出家とYの死」

雑誌「ニヒル」を出したころ、潤はふたりの親友を失った。ひとりは宮嶋資夫である。宮嶋は出家して、京都の天龍寺で僧の修行をはじめた。もうひとりは生田春月である。春月は播磨灘を航海していた船のうえから投身自殺をしてしまった。

宮嶋は関東大震災の衝撃は耐えられたが、大杉栄と伊藤野枝が虐殺された衝撃はのりこえられなかった。仲間の何人かは虐殺に復讐すると決意し、決起したが、失敗して、命をうばわれる。おまえはアナキストのはずではないかと、自分で自分を叱咤するが、なにをなすべきか、方向を見失った。

潤は昭和四年（一九二九）の正月に宮嶋から絶交を通告されたと、「Mの出家とYの死」に書いた。前の年には宮嶋が中心となり、潤や新居格、草野心平、小川未明、五十里幸太郎、宮山栄之助が協力して雑誌「矛盾」を発刊した。八号まで刊行されたそうだが、「矛盾」の編集をめぐって潤と宮嶋のあいだに意見の衝突があり、それが「絶交」にいたったのかもしれない。

『宮嶋資夫著作集』の「年譜」には「昭和五年——辻潤から絶交を言いわたされる」とわずかに一行だけ書いてある。宮嶋の自伝『遍歴』には、この時期、潤は登場しない。真相は闇のなかというしかないが、真相糾明などにたいした意味はない。

天龍寺にはいる決心をした宮嶋は、京都にゆく途中、沼津のIをたずね、「これを辻に渡してくれ」といって、「辻潤文青　ウラ哲野狐禅　無想庵サイノロ」と書いてある一枚の紙を託した。潤の目には、宮嶋が「文句があるならやって来い、いつでも相手になってやるから」と駄々を発揮している文句のように読めた。

「宮島君《(ママ)》は辻潤を『文学青年』だと勿論戯談に嗤《あざわら》った。あいにく青年でないことが僕にとってなにより遺憾である。僕は死ぬまで『文学青年』らしく、いつまでも『文学』に溺れることが出来たらどんなに幸福かも知れんと思っている。しかし、僕はまだ女と一度も心中したことのないように、『文学』のために気が狂ったり、自殺したりする程、『文学』を愛することの出来ないことが物足りない。いつでもいうことだが、『文学』を愛するべく、あまりに『酒』を愛し過ぎてしまった。しかし、『酒』と心中する気にはなれん。なぜなら僕はエピキュリアンだからだ。『酒』を享楽するには三度飯などを食ってはならない。僕は一日に一度も飯を食わないことさえしばしばある」（「Mの出家とYの死」）

風呂敷包みをこしらえて出てゆく姿はいかにも寂しそうだったと、Iは潤に告げた。Iの感想にうそはなかろうが、人間の心持ちというものはそう単純ではない。天龍寺にむかう宮嶋の気持ちがどんなものか、想像してみたけれども、潤にはハッキリとはわからなかった。

生田春月は純情、そして可憐な理想家そのもののひとだったと、潤はおもっている。宮嶋資夫に独特の狷介《けんかい》な姿勢は春月には無縁であった。

春月は潤の『ですぺら』を愛読していると、潤に語ったことがある。『ですぺら』をもって江ノ島、鎌倉を散歩していたら強烈な自殺の誘惑を感じたともいい、「きみの本を読むのはこわい」と感想をのべてくれた。

意外な感想であった。そんなことがあるのかなと、潤はいささか不審におもった。

「僕の方からいえば自殺などしようと思っている人間が読んだら、死なずにすむにちがいないと考えているのだ。(中略)僕は自分が病人であり、貧人であり、低人であるが故に、自分と同じような人々と苦悩や非哀《ママ》を分ちあいたいと思っているだけだ。金持ちやスポーツのチャンピオンや、ゼゲンや、相場師に愛読されることはこっちから御免蒙りたい」

潤をモデルにした春月の創作『相寄る魂』の主人公は海に身をなげて死んだはずだ。海で死ぬのが春月のロマンチシズムであるなら、これはこれで仕方がないというべきだろうが、潤は春月には死んでもらいたくはなかった。

死のうとおもいつめたひとでも、自分の生活の様子や心情に触れれば、ことによると死ぬのをやめるかもしれない。これは潤の自負でもある。こういうかたちで「僕のミッション」——聖なる使命——が果たされていれば嬉しいとおもうのが潤の自負なのだ。毎号の「ニヒル」に詩を寄せてくれた春月である、もうすこし自分の生活に接近してくれたなら、死ななかったかもしれない。

「芥川君の死んだ時も、平常辻潤とでもつき合って酒でも飲んで馬鹿馬鹿しいことでも話し合っていたら、死なずにすんだにちがいないと考えた。春月君ももう少し晩年辻潤と酒でもしばしば呑んで、不純な気持を訓育したらもっと生きていたかも知れん。しかし、どっちがいいかわるいか、それは僕にはわからん。どっちでもかまわん」

## 新しい女

第四エッセイ集『絶望の書』が昭和五年（一九三〇）に万里閣書房から刊行された。威勢のいい広告とともに刊行されたために、右翼政治勢力から攻撃され、官憲の忌避に触れて罰金刑をうけた。

「貧乏の王者が忽然五カ年の沈黙を破って、何を嘯き、何を語らんとする？　百人の濱口雄幸《おさち》を失うとも、一人の辻潤を失うべからず。彼は千年にして一人生まれる日本の国宝的存在だ！」

派手な広告が出たのとほとんど同時に、濱口首相が東京駅で狙撃された。撃たれたとき、濱口が「男子の本懐！」と叫んだというので有名となり、その濱口の千人分の重みが辻潤ひとりとおなじだという評価が右翼勢力を刺激したのは無理もない。

恐怖を感じながらも、苦笑い——していたとおもう——の潤のまえに、ひとりの女性があらわれた。佐賀の武雄の出身、京都女子高等専門学校の生徒の松尾季子《としこ》である。

武雄の女学校のころ、潤の「ふもれすく」を読んだ。「どうあがいても助からぬ地獄の底から助けを求めている声」をきいたように感じた。潤の本は「何となく秘密性を持っている」と感じた。こころの秘密を持つ身の彼女は、ふたりのあいだの宿命的な因縁を感じた（松尾季子『辻潤の思い出』）。

京都女子高等専門学校の学生になった季子のまえに、辻潤があらわれた。谷崎潤一郎、武林無想庵と三人で鼎談《ていだん》をしている写真が、週刊誌にのっていた。すぐに手紙を出すと、丁寧な返書があった。それからまもなく、潤が京都へきた。あらかじめ学校の寮にあてて潤から連絡してあったので、会うことができた。

昭和六年（一九三一）の四月、季子は上京した。郊外の中延の潤の住まいには「辻義郎」の標札がかかっていた。義郎が本名、潤はペンネームかとおもったが、義郎は弟の名とわかる。辻潤の名では大家が恐れをなして貸してくれないのだろうと季子は察しをつけた。

幡谷という英語雑誌の発行者の家にあずけられ、家事の手伝いをやり、ときたま潤の家をおとずれるかたちで季子の東京暮らしがはじまった。まもなく体調をくずして不安になり、潤の家に住みつくことになった。いっしょになるとき、潤は「おれは肺結核なんだが、いいかい」と念をおしたそうだ（玉川信明『ダダイスト　辻潤』）。

潤と美津、秋生、食客のウラ哲の四人暮らしだ。別れたはずの小島清《きよ》が出たり、はいったりしている。我が子の秋生の世話をしたいからくるのか、潤のそばにいたいからくるのか、不思議な感じの清の出没である。

季子が同居する件について、潤は美津に相談したらしい。美津は、こんな貧乏な家で辛抱できるかしらと案じたり、秋生のことをかんがえれば清に居てもらうのがいいのじゃないかともいったそうだ。潤の妹の恒も、秋生のことをかんがえれば清に居てもらうのがいいが、本人がイヤだというからには仕方がない、ともいっていたそうだ。同居がはじまってから、季子が潤にきかされたことだ。

季子の記憶では、清は大岡山で古本屋「無有椅庵」をしている男と同棲していた。秋生がむずがって手に負えなくなり、潤が清をむかえにいったことがあると季子はいう。潤は「無有椅庵」にいって、「来てくれよ、秋生をなだめてくれよ」と清に頼んだのだろうか（松尾季子「辻潤の知人のことなど」）。

潤は半分は病人だったと、季子は観ている。寝汗をかき、濡れた寝巻で起きてきても、着替えの寝巻はない。「左半身が痺《しび》れる」とか「手が震える」とかいって、両手を季子のまえに出して、淋しそうな風情をみせた。痛ましいとはおもうが、どうにもしてやれない。季子は、神に祈るしかなかった。

## 「天狗になったぞ！」

あんな女といっしょになったから潤は気が狂ったのだ――あてこすり、陰口は季子の耳にはいってくる。季子の観るところ、潤はいつも狂っていたわけではない。強いていえば佯狂《ようきょう》というものだろうと――あとになってからだろうが――季子はかんがえた。

発狂さわぎは、いつも季子が武雄に帰省した留守のあいだにかぎられていた。わたしの不在が潤さんを苦しめたのだ、その結果の発狂なのだと季子は気に病んだろうか。なんのための帰省だったか？　季子の生家は裕福とまではいかないものの、暮しにさしつかえはない農家であった。暮しをたてるための金策の帰省だったのではないか。

潤が「おれは天狗になったぞ！」といって二階から飛び降りたときにも、季子は武雄に帰省していたかもしれない。

季子と同居するまえから、潤の神経は疲れているようだった。

銀座のカフェでひさしぶりに会った広津和郎に、「きみはどうも、すこし変だぜ」といわれた。自分でも変だとおもい、自分で変だとおもっているうちは実際には変ではないのだろうと素人診断をくだしたが、すこしは気になり、斎藤茂吉先生に診察してもらおうかな、ぐらいはかんがえていた。斎藤茂吉とは、そのむかし、開成中学で机をならべたことがある。

だんだん、おかしくなってきた。街なかを大声で怒鳴って歩くようになった。自分でも、なにを怒鳴っているのか、わからない。

昭和七年（一九三二）、ますますおかしくなる。潤の一家は中延から洗足にうつり、ちかくに住む片柳忠男と親しくつきあっていた。片柳は図案製作の「オリオン社」を経営している。潤の家から風呂にゆく途中に片柳の家がある。潤は風呂のゆきかえりに片柳の家にたちより、酒をふるまわれることもある。まことも片柳夫妻に可愛がられていた。

ある日の夕方、風呂のかえりに潤がやってきた。きちんと畳んだ手拭いを頭のうえにのせている。風呂がえりには珍しくないやりかただが、いつもの潤なら、手拭いは手に下げている。洗面器をもっているはずだが、この日は、どういうわけか、洗面器をもっていない。そのかわりというのか、瓢箪《ひょうたん》をぶらさげている。なんのための、風呂がえりの瓢箪――?

潤はさっさと座敷にあがり、火鉢のまえに陣取って、片柳に「すばらしい酒を呑ませてあげよう」といい、瓢箪をさしあげて敬礼する。「天狗さまにいただいたお酒だ。ロシアのウオッカより強いんだ」といい、片柳のさしだす盃に、瓢箪の液体をなみなみと注いだ。自分の盃にも注いで、ひとくち呑んで、目をつぶり、「天狗さまにいただいた酒」の美味をしみじみと味わっている。

片柳が口に入れると、まぎれもない、ただの水である。「こりゃ、水ですよ」といったが、通じたのか、どうか。瓢箪から自分の盃に注いで、呑み、最後の一滴は片柳に注いでやり、瓢箪を腰にさげて機嫌よくかえっていった。

それから十分ほどして、辻家から急な使いがきた。

ゆくと、家のまえの道路に潤がうずくまっている。抱きかかえて家につれこみ、寝かせた。当人はなにやらブツブツと呟いているかとおもうと、急に大声で怒鳴ったりする。片柳の家からかえってすぐに飛び降りたらしい。

まことを潤といっしょに住まわせるのはよくない――片柳はそう結論を出した。まことを引き取り、「オリオン社」で働いてもらうことにした。まことは二十歳だ（片柳忠男「潤さんと水酒」『ニヒリスト　辻潤の思想と生涯』所収）。

辻家には小島清がきていた。松尾季子は居なかったらしい。清の回想では、飛び降りるまでのいきさつは片柳の語るところとはかなり異なる。

雨の夜であった。二、三日留守にしていた潤が大分酩酊《めいてい》の様子でもどってきて、トイレにはいり、出てきて、手を洗うために廊下のガラス戸をあけたとたん、ウオッと叫んで家の外に走り出した。十分ほどして裸足でもどり、瞳をキラキラと輝かし、二階にあがってきた。寝床で清の唇を激しく吸い、つぎに、清の首を締めつけてきた。清は危険を感じ、潤をふりきって階下に逃げた。

つぎの朝、潤は二階の窓からひさしに降り、「おれは天狗になったぞ！」と叫んで飛び降りた。足と手にかすり傷をしたぐらいで、たいした怪我はなかった。しきりに酒を欲しがり、呑まさないと怒鳴りつけた（玉生清「辻潤の思い出」）。

新聞に「辻潤天狗になる」の記事が出た。辻潤は有名人だ。かれを主人公とする新聞記事は読者の好奇心を満足させる。

斎藤茂吉の青山病院に収容されて治療をうけ、まもなく退院する。四月になってまた調子が悪くなり、こんどは東京郊外の幡ヶ谷の井村病院にはいり、六月に退院、伊豆大島の湯場で二十日ほど静養した。静養の費用は井村病院にいたあいだにつくられた辻潤後援会の醵金によったはずだ。

後援会の事務所は「佐藤春夫方」だから、後援会結成をよびかけたのも佐藤だったろうか、協賛者の名はきらびやかである。谷崎潤一郎や北原白秋、田中貢太郎、萩原朔太郎、武者小路実篤、宮川曼魚、新居格、古谷栄一、井沢弘、宮嶋資夫などの面々。

伊豆大島からもどって、伊勢の津や名古屋、能登を放浪した。虚無僧の姿になり、尺八を吹いて家々をまわって喜捨をうける門付けをはじめたのはこの時期であったろうか。このさき、潤はしばしば虚無僧として歩く姿をみせる。ただし、専業の虚無僧の稼ぎを圧迫してはならんと自分にいいきかせ、門付けする土地の選択には気をつかうのだと、親しいひとに語った。

東京にいるときは弟の義郎か、妹の夫の津田光造の家族と同居することもあるが、そのあいだに、行方さだめぬ放浪がはさまる。名古屋で警察に保護され、東山寮精神病室に入院、治療をうけたこともある。

## 雀と遊ぶ

東山寮を出てから東京にもどり、目黒区内を半分ハダカで歩いていたところを警察に拘束され、豊島郡石神井の慈雲堂病院に収容された。

息子のまことがたずねてゆくと、潤は中庭で日向《ひなた》ぼっこをしていた。潤の肩にスズメが止まって遊んでいたのが、まことを驚かせた。まことが近づくとスズメは飛んで逃げたが、潤の肩から離れたくないようなスズメの様子であった。潤はまことに、こういったそうだ。

「おれは気違いではない。気違いだなんてデタラメだ。帰れるようにしてくれよ。お前も見たろう、雀がいままでおれと遊んでいたんだ。気違いなんかが雀と遊べるかよ、なあ」（草野心平「高村光太郎・智恵子」）

辻潤の言葉と姿を、辻まことが詩人の草野心平に語り、それを心平が昭和三十九年（一九六四）に雑誌「新潮」に発表した。まことは父に、「気違いだから雀が肩に止まる」といいたかったのだが、いっても仕方がないと思いなおし、ウンウンとうなずくだけだった。辻まことからきいた辻潤の姿を、草野心平は、千鳥とあそんでいたという高村智恵子の姿を辻潤にかさねた。

昭和九年（一九三四）の正月は慈雲堂病院でむかえ、四月に退院して宮城県の石巻へ行った。これから一年半ほどは平穏に経過する。このあいだに、「天狗」になって入退院をくりかえした時期の精神の彷徨を数篇のエッセイとして発表した。自己内観タイプの著述家の潤としてあたりまえの作業だが、読者にとっては、希有で貴重な体験の記録である。タイトルだけをみて、「ざまをみろ。ダダイズムのゆくさきは狂気にきまっているじゃないか！」とよろこぶひともいるはずだ。「変な頭」「瘋癲《ふうてん》病院の一隅より」「天狗になった頃の話」といったタイトルなのだから。

「天蓋をかぶって虚無僧になろうが、気狂いになって病院生活をしようが、物を書いたり読んだりする習慣は死ぬまで自分につきまとうであろう。だから、時機に応じてこれからも大いに怪気焔を吐くつもりでいる。自分はサミュエル・バトラウじゃないが、文学上の enfant terrible（怪童）をもって任じてやろうと思っているのだ」（「瘋癲病院の一隅より」）

「変な頭」になっても著述稼業と読書はやめないと宣言した。「頭が変」になるのは著述や読書を不可能にするものではないと宣言したわけでもある。潤はここで、「僕のような著述家、読書家ならば」と条件をつけるべきであったが、別の文章で、自分の文学の性格をつぎのように規定しているから、これはこれでいいのかもしれない。まず、武林無想庵が膨大な量の文章を書いて雑誌社や出版社に送りつけるが、ほとんどカネにならないらしい惨状をのべ、無想庵にくらべて自分の文学の性格を規定する。

「僕の場合でいえば、売りにゆくべき原稿がないのだ。まったく書く暇がないといってはおかしいが、尻をおちつけて自分の書きたいと思う物を書き出すことになると、たちまち一家がヒボシになる危険がある。だから、いわば体裁のいい『乞食』業を始めたのだ。単に飯を食う手段としての職業なら僕はとうに『文学』などはやめて、他になにかやっているはずだ」

体裁のいい「乞食」とは尺八を吹いての門付け稼業である。一家がヒボシになるのを防ぐほどの稼ぎがあったとはおもえないが、放浪しているあいだの潤ひとりの食料ぐらいは稼げたのだろう。

「自分のことを赤裸々に描く（などということは実は出来る話ではなく、まずこれも比較の話だが）ことは文学上の外道だと、その道の先輩もつとにいっているそうだが、外道だか入道だかなにか知らんが、無想庵や僕のような、口を開けば『腸を見せるアケビ』の如く臆面もなく自分の生活をさらけ出す人間も、ひとりや二人位存在してもいいではないか？」

「天狗になった頃の話」というエッセイがある。「すらすらと、なにかいいたいんだ」からはじまり、だが、それが自分にとって如何に至難であるかとの分析に展開し、自分が「芸術家はもちろん、社会人としても立派に惨敗した人間」という結論に達してから、ではさて、その「惨敗した自分の文学とは――」と、もう一段飛躍する。

「自分の書くものは自分という一個の哀れむべき人間の単なる『呻吟《うめき》』だと考えている。呼吸のある間は毎日の所作と同じくそれを繰りかえして終始するまでで、いずれは次第に枯れ細ってゆく虫の声と同様にきこえなくなってしまうのである」

「僕の文章を愛読してくれる人や僕を知る程の人達の間には、なにか僕が一角《ひとかど》の『悟り』をひらいてでもいるように考えてくれる人もいるらしいが、それはまったく贔屓のひき倒しという奴で、当人は一向に『悟り』をひらいているどころか、ますます迷いが深くなってゆくようだ。たまにはちょっと『光明』を覗いて見るような気持ちのする時がないでもないが、それは瞬時に消え失せてやっぱり元の闇黒《あんこく》をさまよっている時の方が常住なのである」

## 「湯につかり、川瀬の音をききながら静かなねむりを貪る」

昭和九年(一九三四)の正月を慈雲堂病院でむかえ、四月に退院して、宮城県の石巻へ行った。石巻と潤の因縁はなかなか深い。

まず、鴇田《ときだ》英太郎という石巻出身の劇作家がいて、潤の友人だった。鴇田はおりにふれて故郷石巻の美しさをいいつのり、潤の頭に石巻の美と静寂が刻みこまれた。行ってみたいなとおもううちに、鴇田が死んだ。石巻に松巖寺という寺があった。住職の松山巖王は鴇田英太郎の友人であった。巖王は雑誌「歌と歌」を発刊し、創刊号で鴇田の追悼特集を組んだ。鴇田を悼《いた》むために「歌と歌」を発刊したというべきなのだろう。潤は乞われて、鴇田英太郎を追悼する「ひとりの殉難者」を寄せた。鴇田を「蕩児として天才的」だといい、いまのような悪い時代に真面目に蕩児《とうじ》として生きるのがそもそも「時代の殉難者」なのだと評した。これが縁になって、松山巖王と潤のあいだに濃厚な交友がはじまる。

潤は「天狗」になり、病院の出入りをくりかえしていたが、回復にむかったようだときいた巖王は、潤を石巻にまねくチャンス到来とばかりに、しきりに誘った。潤は決意した。石巻のちかくの気仙沼に「つじ・まにあ」を自称する菅野青顔が住んでいて、これまたしきりに潤の来訪を望んでいた。

慈雲堂病院を退院、東北本線で小牛田駅につくと巖王和尚が待っていて、鳴子温泉の姥の湯に案内してくれた。和尚とふたり、一週間の湯治。

それから石巻へ行った。巖王和尚の松巖寺は格式は高いが、八十年まえに焼けてしまっていまだ再興ならず、バラックの破れ寺だ。ちかい将来に再興をはたし、大伽藍《だいがらん》をぶったてるのだと和尚はいうが、本気なのか？

「大伽藍ができあがったら、お庭であそぶ丹頂鶴のつがいを潤さんに寄進していただくつもりだ」と和尚はいい、潤は「鶴は無理だろうが、亀の子ならなんとかなるよ」と応じて、興じた。

## 「かばねやみ」

松巖寺で暮らしていたとき、潤は精神の頂点に立っている自分を意識した。このころ、「ひどくぼんやりしている」という意味の文章を書いたことがあるが、じつは、「ぼんやり」してはいても文章を書く意欲を失うことはなかった。まったく調子をくずし、文章どころか、自分で呼吸をして生きてゆくのが精一杯の苦境の時期はしばしばやってくるが、苦境の一時をやりすごせば机にむかって正座し、ペンを握る。これが辻潤の原状だとすれば、原状復帰の意欲が衰えることはなかった。

かつて潤は「人生の最高の峠」に達したのを意識したことがあるが、あれに似ているといえば似ているし、違うといえば違うような頂点の意識――それは「かばねやみ」の意識である。

むかし、佐々木喜善の名著『聴耳草紙』を読んだ。「かばねやみ」という言葉がしきりに出てきて、「いい言葉だ」とおもった記憶がある。石巻で暮らすうち、このあたりではなまけ者のことを「かばねやみ」というと知って嬉しくなり、興奮した。興奮をそのまま文章にして、「かばねやみ」と題をつけた。

「古い日本の話に『かばねやみ』が出世する話がたくさん残っているのを愉快にかんじた。たしかに米を喰う人種の一種の風土病なのかも知れない。自分も当然『かばねやみ』の仲間入りをする資格は充分あるが、ただ断然出世しないだけはたしかである」（「かばねやみ」）

かばね——屍——であるかのように動かず、言わず、人間として機能しない、それを「かばねやみ」という。死んではいない、生きている。「かばね」という病《やまい》を病んでいる病人なのだ。病人だから、回復し、人間として機能する可能性がある。人間として機能することを休止している状態といってもいい。

人間休止状態の「かばねやみ」が、なにかのきっかけで回復にむかい、あれよあれよというまに富とちからを得て長者になる。石巻のあたりでは、なまけ者のことを「なまけ者」と呼んで切り捨てることはしない。羨望と期待をこめ、あたたかく、「かばねやみ」という。

——ぼくも、「かばねやみ」なんだ！

東京でも、どこでも、潤はただのなまけ者でしかない。だが、ここ石巻にくれば「かばねやみ」として迎えてもらえる。

放浪の賜物というと大げさすぎるかもしれないが、一カ所に安住していては得られない心境であるのを、潤は発見した。

潤の晩年は放浪だ。放浪するかれの気持を忖度《そんたく》して悲惨、気の毒、哀れ、自業自得、不運など、さまざまな感情が生じてくるが、この種の慣用表現が頻発するときにはみずから警戒する必要がある。警戒して、慣用表現をひかえれば、放浪のときにこそ良質の言葉、文章が出来るのを知り、快感にふるえる潤に出会える。

## 気仙沼の菅野青顔

石巻から気仙沼へ行った。潤の愛読者のひとり、新聞記者の菅野青顔にまねかれた。

青顔は明治三十六年(一九〇三)に気仙沼の魚屋の息子としてうまれた。父と息子と、二代つづけて大酒を呑んだむくいで魚屋の店は破産閉店、息子の青顔は土方をしながら学問をして、「大気新聞」という新聞の記者になった。十八歳のときに潤の『天才論』を手にし、序文の「おもうまま」に感動して潤の愛読者になった。エッセイ集『浮浪漫語』や『ですぺら』を読んでからは、潤と一体の意識のなかで生きている。口をひらけば辻潤のことばかりの青顔にひかれて、気仙沼の若者が数人、青顔に負けない辻潤贔屓になっている。

青顔の気仙沼勧誘は強烈だったが、自分の暮しが不如意である状況ははじめからうちあけてある。お出でくださっても小生宅に泊まっていただくことはできない、天台のお寺に泊まっていただく手筈をしてあります、ということだった。

青顔と若者の出迎えをうけ、海岸山観音寺という寺の座敷に案内された。天台の寺は檀家が少ないから、やりくりが苦しいという知識はあった。観音寺もそんなものだろうとおもっていたから、大層な伽藍の大座敷に泊まることになり、おどろいた。

歓待ぜめの一週間があっというまに過ぎた。青顔や若者たちと地酒を酌みかわすわけだろうが、貧乏な青顔の主催である、湿っぽい歓迎になるのだろうと予想していたが、予想ははずれた。いちど石巻にもどり、あらためて気仙沼にきて尾崎の海光館の客となり、青顔と酒を呑んでは語り、語っては酒を呑む二十日間が過ぎて東京にもどった。

## 小田原の山内画乱洞

気仙沼からもどったあとでは小田原にゆくことが多くなった。妹の夫の津田光造の暮しの本拠が小田原にあって、小田原には津田の友人のひとりの山内画乱洞がいた。画乱洞は商店の看板専門の絵描きで、辻潤の愛読者だ。おなじく小田原の住人、小説家の坂口安吾の友人でもあって、安吾の小説『真珠』に画乱洞のひととなりの描写がある。看板描きの腕はたしか、小田原を中心にして東海道沿線の一帯には画乱洞の看板絵が多い。独特の画風をもっているから、おもわぬところで画乱洞の作品に出合い、吹きだすことがあると安吾は書いた。

食って生きていければいいとおもっているから、必要以上には稼がない。お世辞にも立派とはいえない住まいに、ユニークな面々がいつもおしかけ、語り合い、酒を呑み、いくらかのカネを借りて――返すつもり、返してもらうつもりはない――去ってゆく。辻潤もそういうひとりだが、辻潤と坂口安吾はとびぬけて「エラかった」と、戦後になって画乱洞は回想する。

これまた戦後のはなしだが、居候をされたり、カネをせびられたり、潤に迷惑をかけられた受難ばなしをするひとがすくなくない。そういう風潮に抗議する意味もあってか、画乱洞は「俺はちっともそういう気はしない」と断言した。

潤は落ちぶれても浩然として贅沢だった。カネがあれば朝風呂にはいって、風呂の帰りには上酒を一杯ひっかける。食べ物の好みはうるさいが、画乱洞は子供が多いうえに多くは稼がないから、注文に応じられない。粗末な食事を、だまって口に入れた。

東京の、どこかの飲み屋で会いましょうと潤と画乱洞が約束した。飲み代は画乱洞が調達するつもりだったが、うまくいかず、待ちぼうけを食わせてしまった。潤はそうとは知らず、居合わせた小説家のイナガキ・タルホ(稲垣足穂)と盛大に呑んだ。呑んだのはいいが、いつになっても頼りの画乱洞とカネがあらわれない。ふたりは警察に連れてゆかれ、説諭処分を食らった。それでも、潤に迷惑をかけられたとはいわない画乱洞であった。

## 淀橋の西山勇太郎

東京の淀橋に木村鉄工所があった。この木村鉄工所の工員として働き、鉄工所の宿舎に住んでいた西山勇太郎は、十八歳の年(大正十三)に『自我経』を読んでから潤の愛読者となった。詩をつくり、詩人とまじわり、雑誌を出した。

潤と西山が知りあったのはいつか、はっきりしたところはわからない。昭和十年(一九三五)、西山の個人雑誌「無風帯」に潤がエッセイ「なにを書いたらいいのか?」を寄せている。

木村鉄工所の西山の宿舎に潤がころがりこみ、しばらく居候したこともある。ふたりで雑誌を出す計画がもちあがり、「萬物流転」という誌名もきまったが、実現しなかった。戦後、気仙沼の菅野青顔が「三陸新報」に八千回あまりの長期にわたってコラム「萬有流転」を連載する。証明はできないが、潤と西山の「萬物流転」が青顔にひきつがれて「萬有流転」となったのではないか。

昭和九年(一九三四)の九月に潤の病気回復を祝う会が東京の新宿でひらかれた。よびかけたのは谷崎潤一郎や佐藤春夫、萩原朔太郎、新居格、武林無想庵などである。

この年の十月、母の美津が死んだ。

昭和十年(一九三五)——正月から初夏のあいだは小田原に住んだり、東京の大森の息子のアパートに同居したりしていた。恋人の松尾季子は故郷にひきもどされたが、また上京して、まことのアパートで潤と同棲した。大森を歩いていて警察に保護され、竹久夢二の息子の不二彦が潤をもらいさげにいったのはこのころのようだ。

## 「同好の人々よ、しばらく自由に憩いたまえ」

辻潤の惑乱は間歇《かんけつ》である。いや、惑乱という症状がそもそも間歇なのだろう。かれにとっては絶好の時節到来、そういって過言でない。かれはそもそも自己内観をもっぱらとする思索家、著述家であるからだ。

惑乱は自他の関係における障害だが、自己においてだけ発症する。惑乱のとき、潤の内側は惑乱で満ちあふれている。惑乱のほかに、なにもない。潤はただ、自己そのものだけを凝視して、そのとおりに書けばいい。惑乱は潤にとって絶好の機会到来だというのは、この意味なのだ。

惑乱と惑乱のあいだは冴えわたる。大正十四年(一九二五)、エッセイ「こんとら・ちくとら」で、潤は「人生の最高の峠にさしかかっている」との自己内観の結果を発表した。「天狗になった」と叫んで二階から飛び降りたあとでは、「人生の最高の峠」よりも、さらに、わずかながら高い標高にのぼったといえる。

昭和十年――「天狗になった」三年後――第五エッセイ集『癡人《ちじん》の独語』が刊行された。惑乱発症の前後の事情や、惑乱の記憶をつづった一連の文章「かばねやみ」などが収められている。そして、「いずこに憩わんや?」と題した序文は、冴えに冴えた潤の自己内観をあますところなく表現している。

まず、「どこかに隠遁したい」という唯一の欲望が表明される。しかし、カネがないから、隠遁を実行しようという肝腎の気持ちさえおこってこない。隠遁は不可能だと悟ったから、つぎには、多少なりとも「他人の邪魔をしないような生活」をしたいと念願してきたところ、それが実現しそうな気配になってきた。『癡人の独語』の刊行によって印税がはいる。ひさしぶりに「自分の独立した部屋」に住むことが出来そうになったのだ。

自分の独立した部屋、それはまず物理的に世間から遮断された空間である。そのつぎに、潤が内観対象の潤自身を安置し、自己を内観する抽象的な精神の場でもある。ここに住むことを望み、喜ぶ人間がただ者であるはずはない、だれであるかと自問し、自答した——

——癡人《ちじん》である、と。

辻潤は癡人なのだ。「癡人」が「ツジジュン」ときこえないこともないのも楽しいではありませんかと明るくふざけて、自分の独立した部屋に住む癡人の独り言をあつめた書、それがこの『癡人の独語』なのですと宣伝する。

だがさて、なにを以て癡人というか?——現在の自分を構成している要素はこれこれであると潤が定義しているのを、参考にしよう。いいかえれば、癡人の要素である。「帰るべき故郷がない」「故郷に代わるべき場があっても、そこへゆくカネがない」「病人である」「年をとっている」「社会的な落伍者」「無益な人間」――もろもろの要素を寄せあつめれば癡人ができあがる。

潤は自分で自分という癡人をつくった体験があるから、癡人になりうる――ならざるをえない――存在が多数であるのを知っている。弱者、病者、貧者、愚者、落伍者等々のすべてが癡人になりうる、ならざるをえない。潤はそういうひとびとを「同好の人々」と呼ぶ。

「いずこに憩わんや？　まずたのむ椎の木もあり夏木立――しかしなにも椎の木とかぎったことはない。お寺の本堂もあれば、公園のベンチもある。いやここに辻潤著わすところの『癡人の独語』という至極安直な廃屋がある。同好の人々よ、しばらく自由に憩いたまえ」（『癡人の独語』序文「いずこに憩わんや？」）

愚者は愚者なりに、弱者は弱者なりに物をいう資格がある――潤はそう確信している。自分は自分なりに物をいってきたから悔いはないが、愚者なりに物をいえない愚者、弱者なりに物をいえない弱者が多い現状を知り、こころを痛めている。そういうひとびとに提供する「癡人のための独立した部屋」がエッセイ集『癡人の独語』なのだ。

東京には家族がいる。ならば、東京にいるのが定住、東京を離れるのが放浪かというと、そうではない。もはや潤にとって、東京にいるのも放浪だ。『癡人の独語』の序文の末尾、「同好の人々よ、しばらく自由に憩いたまえ」を書いた地は東京の大森だが、書いた心境は放浪である。だから、煌《きらめ》いている。

――この部屋で、しばらく自由に憩いたまえ！

華麗なよびかけだ。

# 第11章

# 駄仙終末――「個」を生きる

## 「あやかしのことども」――天狗や河童や妖怪変化

第五エッセイ集『癡人の独語』が出たのが昭和十年(一九三五)八月、九月には知人友人が出版祝賀の会をひらいてくれた。浅草の三州屋の会には六十数名が出席した。十月には新宿の白十字で、二回目の出版祝いの会がひらかれた。こちらのよびかけ人は萩原朔太郎と武林無想庵だから、より親密な友人があつまる小規模の会だったようだ。

一冊のエッセイ集の出版祝いが二回もひらかれる――著述家として栄華の頂点にいる感じだが、暮しはあいかわらず貧弱だ。今日は目黒、明日は池袋と、東京市内をあちこち尺八を携え、門付けして稼いでいた。まことのアパートに同居したり、西山勇太郎の宿舎にころがりこんだりで、住まいは一定しない。

『癡人の独語』が出たあと、最初に書いたエッセイは「あやかしのことども」ではなかったろうか。墓場や妖怪変化に魅力を感じるが、現実の世界にはほとんど興味が湧かなかった少年時代が回想される。

回想のきっかけは、石巻滞在である。石巻の松巖寺で静養していて、ふと、妖怪変化を絵に描いてみようという気になった。松巖寺にはさまざまの妖怪変化が巣くっていて、珍客の潤を刺激し、かつは誘惑したらしいのだ――おれたちを絵に描いてくれよ、と。

甘い誘惑であった。潤はみずから進んで誘惑に身をゆだね、生まれてはじめて絵を描く気になった。

そして、悟ったのが、嬉しい。なにを悟ったのかというと、いくら文章で形容しても、怪物や山川草木の風貌をつたえるのは困難だという事実だ。

「私は自分の眼に映じたものを墨絵で少しばかりスケッチしてみたのである。私はこの未知の世界を発見出来たことをなによりの楽しみにしている。なるべく長生きをして、さまざまの化物を描いてやろうと考えている。私は定命に達して少年に逆戻りをしたのかも知れない」(「あやかしのことども」)

石巻や気仙沼の暮しは楽しかった。妖怪変化をスケッチしていたから楽しかったのだ。潤の妖怪変化のスケッチは、潤と親交のあったひとたち、その遺族によって保存されている。松尾邦之助編『ニヒリスト　辻潤の思想と生涯』や玉川信明『ダダイスト　辻潤』に掲載されている作品もある。

## 雪の塩原温泉

エッセイ「あやかしのことども」は書いたけれども、このころの潤は、雑文稼業は中止、本職とも内職ともつかないその日かせぎの尺八の門付けをしているという意識があった。原稿料のアリ、ナシをとわず、原稿の注文が少ない、というより、なくなってきていた。首をながくして原稿の注文を待つよりは、尺八を吹いて門付けすれば「糊口の資にありつける」とエッセイ「孑孑《ぼうふら》以前」で書いている。「あやかしのことども」を書いたあと、栃木県の塩原温泉で大事件がもちあがり、その大事件の経過を書いたのが「孑孑以前」だ。

松尾季子の『辻潤の思い出』によって、大事件のいきさつを再現してみる。潤の「孑孑以前」でも事件のいきさつは述べられているが、「塩原の話をするのが少しいやになってきた」と書いたり、短期間の滞在で塩原からもどった理由をたずねられても「ハッキリした答えが出来かねる」というように、口を閉ざしたい気分が感じられる。

昭和十年(一九三五)の十一月、潤と松尾季子は住むべき場がなくなった。数日ならば知人や親戚の家に泊まれるが、いつまでも世話をかけられない。塩原にいる潤の愛読者の青年から、ぜひ一度はお出でくださいと誘われていたこともあって、季子が決意して塩原温泉へ逃避静養に行くことになった。

季子は妊娠していた。大森から西那須野までの汽車の切符を買ってから、通称バテレン先生という医師の病院で、季子が診察をうけた。潤は、季子がバテレン先生の診察をうけるのがイヤなようだ。むかし、伊藤野枝がバテレン先生の診察治療をうけていたらしく、かさねがさね世話をかけるのが心苦しいのかと季子は察した。

診察がおわるころ、玄関の外でまっていた潤が尺八で西洋の音楽を吹いた。バテレン先生への感謝の気持を尺八に託したのだと、季子はおもった。胎児の無事をいのって尺八を吹いてくれたのか、それならば嬉しい――季子がそうおもったか、どうかは『辻潤の思い出』には書かれていない。

上野へ着いたが、潤はあちこちを歩きまわって、汽車に乗ろうとしない。東京の案内にくわしくない季子は、自分がどこにいるのか、わからなくなってしまった。潤は料理屋にあがり、青柳有美に電話をした。有美は雑誌「女の世界」の編集者である。有美が帝国劇場にいて、潤が有美に、「いますぐここへ来てほしい」といっているのだけがわかった。有美に断られ、こんどは別の料亭の二階にあがったまま、出てこない。そのうち、裏口から出たのか、季子は潤を見失ってしまった。探していると、道にひとだかりがしている。潤が路上にすわりこみ、両手をついて、しきりに、詫びている。

潤をだきあげ、タクシーで上野駅にかけつけた。潤は焼肉屋にはいって、酒を呑みはじめ、なかなかやめない。季子は潤に切符を渡し、すぐあとから駅にきてくださいといって、自分は駅にはいった。

終列車が出ても、潤はこない。焼肉屋にもどってきくと、潤は出ていったという。ごたごたして行き違っているうちに潤は終列車に乗ったのだと見当をつけ、その夜は駅前の旅館に泊まって、翌朝の一番列車で塩原に着いた。

温泉町に着き、愛読者の青年のハガキをみせると、青年の住んでいる小屋がわかった。青年は、潤はまだ到着していないという。青年に紹介してもらった霞上館の客となって、潤を待った。

## ひとりで死ぬ準備

数日して、まことに伴われて潤が到着した。門付けをしていたら、不審徘徊の容疑で拘束され、王子の滝野川警察署に拘禁されていたのだそうだ。潤のもっていたトランクに母の美津の死亡診断書か埋葬許可証かなにかがあって、身元がわかり、連絡をうけたまことがひきとって塩原まで同道してきた。

霞上館では、とくに変わったこともない。むずかしい英語の書物を季子につきつけ、訳してみろと強硬に迫るのが異常といえば、いえた。

ある夜、潤は季子に、別の部屋で寝ろと命じた。ほかに客はいないから、部屋はいくらでもある。一部屋へだてた別室で寝ていると、四、五匹の犬が廊下を走って、騒いでいる。なにかあったのかと、廊下に出て潤の部屋をのぞいたが、姿がみえない。夜明けまで待ち、旅館のひとに事情をはなし、探してもらった。

山のなかに二坪ほどの、ちいさな池のような露天風呂があった。潤は道に迷って露天風呂に落ち、ズブ濡れのドテラを脱ぎすてて、もっと上に登っていったのだ。寝巻一枚で雪のなかで倒れれば死んでしまう。

いや、潤さんは死ぬ気なのだと季子は察した。一日か二日まえ、潤が季子の父にあてて巻紙に筆で丁寧な手紙を書き、季子の妊娠をうちあけ、ふたりの結婚をゆるしてほしいと願ったのを知っている。あれは、ひとりで死ぬ準備だった。

潤は山の斜面の茨のなかで倒れ、気を失っていた。戸板にのせて旅館にはこび、カネがないから湯タンポを頼むわけにもゆかず、氷のように冷えた潤のからだを抱くようにして寝て、あたためた。

旅館が、ふたりが心中するのではないかと恐れ、警戒しているのはあきらかだった。

東京へもどることにした。長期滞在の約束をして、わずかの逗留でひきあげる。宿賃の割戻はたいした額にはならなかったが、とにかく割り戻して清算したあと、旅館のおかみが潤の尺八に目をつけているのがわかった。凍え死ぬところを助けてやった謝礼はどうするのか、そういっているようなおかみの視線を、潤も季子も感じた。さるひとから、決して失《な》くさないという約束で借りたか、もらったかした大切な尺八である。潤は一瞬、苦しげな顔をしたが、旅館のおかみのまえに、ポトリと音がするように尺八を落として、わたした。

## 「胎児却下願い」

塩原から西那須野までのバスで、潤は機嫌がよかった。そのころの流行歌《はやり》、「ほんとにそうなら」をくりかえして唄って、上機嫌だった。「ほんとにそうなら」の作曲は古賀政男、作詞は久保田宵二、赤坂小梅が昭和八年(一九三三)にレコーディングしてヒットさせた。小梅のデビュー作となった歌だ。

たとえ火の雨　槍の雨
月が四角に　照ったとて

好いて好かれて　紅紐の
解けぬ二人は　縁結び
ほんとにそうなら　うれしいね

潤が上機嫌で流行歌を唄っているあいだ、季子は離れた席にすわり、他人の顔をしていた。

東京にもどって、大森の馬込の東館という下宿屋に住んだ。まことの下宿に潤と季子がころがりこんだ、といった状況であったらしい。まことは、どこか別の下宿へ逃げ出したのか。そのあと、いまは玉生という男と結婚し、女子の母となった清《きよ》の一家がまたまた東館にころがりこむという騒ぎもおこる。

季子は腹に子を宿して、半分は病人だった。知らせるひとがあって、父が上京し、兄といっしょに東館をたずねてきた。季子が故郷へもどるらしいと察した潤は、「帰るなよ」といったが、季子はだまったままだ。

父と兄は、部屋へはいるとすぐに、潤にたいして、絶縁状と胎児の堕胎同意書を書いてもらいたいといった。潤はすぐに承知し、「堕胎の同意書はどんなふうに書けばいいんだろうかなあ」などといいながら、書いた。

潤が書いた書状には「胎児却下願い――」と書いてあった。

「胎児却下なんて――また、ふざけている」と季子はおもった。

季子は十二月の末に父と兄につれられて馬込の東館を出てゆき、二月になってから佐賀へひきあげていった。

このさき、ふたりが顔を合わせることはない。だが、手紙の往復はつづいた。季子から潤に食料が送られるのもしばしばであった。

## 出直しの予感――「小手調べ」

松尾季子の『辻潤の思い出』によると、塩原への往復のあいだ、潤の機嫌がよかったのは帰りのバスのなかだけ、総じていえば、機嫌は悪かった。

だが、潤自身の「孑孑《ぼうふら》以前」では、そうではない。機嫌はよく、湯治の日々を楽しんでいた自分自身を回想している。「孑孑以前」を読みながら、潤が放浪をもっぱらとする日々にうつってゆく状況と心境をかんがえてみたい。さほど長いエッセイではないが、いつもの潤の文章の形式の特異さにもまして、格別に特異な構成である。

ほぼ等量の導入部と本論の二部構成である。導入部は「紙とペンさえあればなんでも書けるような気がするんだが、さて原稿紙にむかってみるといつでもハタと当惑してしまう」と、執筆直前の困惑の告白からはじまる。

パリの昼寝の記憶、名前は壮大だが規模は極小の「シェークスピアカンパニイ」というパリの古本屋、小説を書こうとおもわない自分自身、無い知恵を絞ったり頭を酷使したりしてまで物を書くことはやめる決意、この三年間は世間と隔絶していたから時代遅れになった、トーキイ映画というものを一度も観たことがなく、したがって、いま大評判の「モロッコ」さえ観なかった、音楽もとなりのラジオで満足しているが、どう考えてもラジオはやかましい、佐藤春夫も裏の家のラジオにあてられ、ひどく当惑していた——というふうにもたもたして、なかなか本論がはじまらない。本論とすべきテーマがないのかというと、そうではない。塩原の湯治のことを書くのだとわかっているのに、そちらに筆がむかないのだ。

映画や音楽が大好きな潤なのに、トーキイも知らない、「モロッコ」も観ないというのだから世間との隔絶がどれほど完璧であったか、想像はつく。ゲイリー・クーパーとマレーネ・デートリッヒが主演のトーキイ映画「モロッコ」はトーキイ装置にあわせて日本語訳の文字を画面の横に焼き付けるという独特の方法で、昭和六年(一九三一)に公開された。日本映画の最初のトーキイ版は「モロッコ」から半年ばかり遅れて公開された松竹の「マダムと女房」である。主演は渡辺篤と田中絹代。世界の映画史の画期を、潤は見逃した。いや、そもそも、見逃したという意識があったか、どうか。

導入部はまだつづく——自分の文章を自分で読んで面白ければ満足する、自分と似たような人間を相手にするほか仕方はない、偶然論でも必然論でもどっちでもかまわない、こっちから見れば偶然がむこうからみれば必然といったようなもの、そんなことで頭を使うよりは昼寝でもしているほうがいい、自然科学の知識は小学生以下かもしれないが、生きてゆくに不自由は感じない、それよりは毎朝たべる味噌汁の味が落ちているのが気にかかる、味噌といえば昔は「ミソをあげる」といったのを、いまでは「メートルをあげる」なんていう——ここでようやく導入部の結語が書かれる。

「当分小手調べのつもりで書くから、読者もそのつもりでいてもらいたし。つまりクリエーション以前、ボーフラ以前だと思ってもらいたい」

塩原温泉の湯治の日々のことを書いて、読んでもらうが、それは自分の「小手調べ」なのだから、そのつもりで――出直しを宣言することで潤は読者に決断を迫る。

自分はあいかわらず辻潤だが、辻潤になるまえの無の状態、ボーフラ以前の状態で書く「小手調べ」の文章をお目にかけることになります。それでよろしければ、これまでどおり読者になってもらいたい。イヤとおっしゃる方々とは、これでお別れです！

ボーフラ以前だと思ってもらいたい、で導入部がおわり、区切りのしるしの「Ⅱ」があって本論がはじまる。

「私はいま、万人風呂のイの一号という部屋に泊まって梅干しで朝茶を呑みながら、ボーフラの第二号にとりかかろうとしている」と、本論がはじまる。

さてここで、二点の疑問が生じる。本論――「ボーフラ二号」を、いま、塩原温泉の万人風呂で書いているというが、ならば、「ボーフラ一号」に相当する導入部はどこで書いたのだろうか？　これが疑問の第一。

本論冒頭のおわりで、「自分がいま、塩原で彷徨しているのはまったく不可解きわまる事実であって」、その理由は「わからない」と書きながら、すぐつづけて、「塩原の甘湯温泉にいたかと思ったら、私はまたいつの間にやら東京の大森馬込の谷中の丘や、林の間をうろつく身分になってしまった」という。「冬籠りでもしたいとまで考えていた塩原の万人風呂を、どうしてまた僅か半月あまりしか滞在せずに舞い戻ってきたのかと尋ねられても、それに対して私はあんまりハッキリした答が出来かねる」と書く。

つづけて、今度は突然、「西那須についたのは——と、また私は塩原へ行った時のことを思い出しているのである」という文章が出てくる。西那須のことを「思いだしている」というとき、潤はどこにいて、思いだしているのか。塩原温泉の万人風呂なのか、東京の大森なのか、わけがわからなくなってくる。これが疑問の第二。

複数の時間と空間が〈入れ子〉になっているとかんがえれば、疑問は解けそうだ。本論を書いたのは塩原から東京の大森にもどって、まもなくである。季子が父兄につれられて佐賀にもどる気配を察したが、止められないとあきらめた時点にちがいない。

では、「私は今、万人風呂のイの一号という部屋に泊まって」は、どうなるのか？　この部分は「万人風呂のイの一号」で書き、「いつの間にやら東京の大森の」の部分は大森でと、別々に書いたのを合わせたとかんがえればいいのか？

そうでは、ない。本論のすべてを大森で書いた。ならば、なぜ、「万人風呂に」が出てくるのかというと、塩原のことを書くとき、潤の意識は塩原に飛んでゆくのである。間接話法をつかうべきところなのに直接話法で書くから、困惑させられる。

あえて文法を無視することで強い効果を狙ったとはおもえない。塩原温泉の経験はこのうえもなく重要だった。神聖といっても過言ではない、それくらいに重要だった。身は東京の大森にあっても、こころは塩原に飛んでいってしまう。

## まことは自分で生きられる

潤は、なぜ塩原へ行ったのか——潤自身の回想「孑孑以前《ぼうふら》」は挙動不審で王子の滝野川警察署に監禁された事件からはじまる。監禁処分が解かれ、静養の目的で塩原へやってきた。「息子のM（まこと）」が父の監督役として同行した。なぜ塩原がえらばれたか、説明はない。松尾季子より数日遅れて行ったことも書かれていない。

夜汽車に酒なしで乗っていられる潤ではない。宇都宮で「白雪」の四号瓶とノシイカを買って、チビリチビリとやりだした。Mはしきりに止めるが、四号瓶をラッパ呑みするわけではないから馬耳東風とききながし、月が冴えわたる窓外の景色をひとりでエンジョイしつつ、「月を旅路の友として——」と頭のなかで唄って、旅愁にひたる。大和田建樹大人——と潤は尊称する——の「鉄道唱歌」は少年時代に好んで唄ったものだ。

そのあと、同行者、つまり息子を紹介する文章が出てくるのが、なんとも意外の感じなのである。潤がまことを紹介する文章を書く？　まさか！　という感じだ。しかし、読めばすぐに意外感は払拭される。まことの紹介よりは、まことにたいする潤の感想、つまりは潤自身の内部の想いが主たる内容なのだ。

Mは年齢は二十五歳？　モダアン・ボーイで、洋服を着ているが、生地の名や値段の見当はつかない。黒いセーターのようなものを着ていたのを覚えている。オリオン社という図案の会社に勤めているが、月給がいくらかは知らない。どうせ五十円以上ではないはずだから、知ったところで結局はディスイリュージョンにきまっている。もしもMが女性であれば、いまごろはキャフェの女給かなにかになって、日に二両や三両のチップにありついているかもしれず、となると父親である自分にとっては好都合だがと、つまらぬ妄想にふける。

そのあとに、潤による、潤自身の近況報告がある。本業たる雑文書きは中止し、本職とも内職ともつかぬその日稼ぎの虚無僧といえば風流だが、じつはニッチもサッチもゆかなくなっての窮余の一策、背水の陣というわけで、尺八を吹いて稼いできた。そしてさて――そのつぎの文章がこれまた人騒がせである。虚無僧といったって別に坊主になったつもりはない。散歩するより、一銭にでも二銭にでもありついた方がよろしいと生臭い告白の、そのあと。

「今日は日がらもよろしき故、ちょっと一稼ぎやってこようと考えているのだ」

尺八を吹いてひとまわり、ちょっと稼いでくるつもりという、その稼ぎ場はどこか？

塩原温泉で虚無僧をやって稼ぐつもり、と読んでしまうところだが、そうではない。東京の大森の下宿から出て、そのあたりでちょっと一稼ぎのつもり、と潤はいっているのである。

雑文書きの本業がニッチもサッチもいかなくなった。仕方がない、芸が身を助けるのたとえもある、尺八を吹いて稼いでいる――なぜ、このように明快に書かないのか？塩原温泉、息子のM、着ている洋服の生地や値段がわからない、Mの給料は五十円以下、女ならばカフェーの女給になれるのに――なぜ、このように厄介な、もってまわった言い方をするのか？相手が限定されているからだ。伊藤野枝の霊に、野枝の子のまことの近況を告げるのが目的で――この部分にかぎっては――書いているからだ。

――辻家は解散しました。まことは自分のちからで生きられます、安心してください。辻潤はボーフラ以前にもどって、ひとりで、放浪して生きてゆきます。

## 彷徉《ほうよう》の快感

潤が季子の父にあてて、季子の妊娠を知らせ、結婚をゆるしてほしいと願ったのを季子は知っている。季子は、潤は死ぬ準備をしたのだと察した。

手紙を書いたときの潤の気持ちがどうであったのか、他人にはわからないことだが、深夜、塩原温泉の霞上館の部屋から雪の野に出ていったのは死ぬつもりだったにちがいない。

潤は死ななかった。死ななかったと知ったのが、そのまま生きる気につながったのか、どうか、これまた他人にはわからない。わからないけれども、帰りのバスのなかで「ほんとにそうなら」を唄っていた潤は、はっきりと、生きる気をかためていた。

生きる気をかためただけではない。遠ざかってゆく塩原温泉郷の美景を思いだして、

――おれの放浪の道は、あのように美しく楽しい景色のなかに、遠くまでつづいている！

過去を摑んで、前に放り投げる。前面に展開する明るく、楽しい光景のなかに分け入ってゆく、それが潤の放浪なのである。

――おれは、あのなかへはいってゆくんだなあ！

ボーフラの潤がボーフラ以前の潤のときに観た光景を思いだして、書き留める、それがエッセイ「孑孑以前」なのだ。すべては見覚えがある、馴染みの光景だ。その光景のなかに、ひとり分け入ってゆくのが潤の放浪である、なにも寂しいことはない。

「塩原は勿論、全山紅葉で埋まっていた。私はこんな紅葉は生まれて始《(ママ)》めて見物したといっていい。なぜなら、私はまだ生まれてほんとうに意識的に紅葉見物などに出かけてみようというような了簡を一度だって起こしたことはなかったのだ。(中略)かつて叡山の秋に会ったことがあるが、自分の心の状態がいかんながら悠々とモミジなどを観賞するようなゆったりした気持じゃなかったから……」

「まったくこんどの塩原の紅葉をみて、私は初めて紅葉のうつくしさと秋の山の豊麗《ポラオウチユアス》な味わいを身に泌《し》

みて感じることが出来たのであった」

「万人風呂でT女と三人で湯気にあたって鯉のアライかなんかで一杯やりながら、万山の鹿子斑《かのこまだら》な肌触りを思う存分にアプレシェート出来たのは千載の一遇とでも多分いうのであろう」

ここではじめてT女――松尾季子《としこ》が登場する。季子の塩原回想では、そもそも塩原へ湯治にゆきましょうと誘ったのが季子である。あまり乗り気でなさそうな潤の腰をたたいて上野駅までひっぱっていったのも季子だが、乗車寸前、潤は季子を撒いて行方をくらまし、上野から浅草をあやしげに徘徊しているところを警察に保護拘束され、まことの監視つきで、数日遅れて季子の待つ塩原へやってきた。

息子に監督されて塩原についたら季子が待っていた――ぐらいは書いてあってもいいはずだが、それがないのは、塩原からもどって東京の大森で「孑孑以前」を書いたからだろう。

辻家の解散を宣言し、野枝の霊に告げ、いままさに放浪に出ようとしているときだ。季子はまだ佐賀にひきもどされてはいないが、潤の心境としては、季子はもはや人生の同伴者ではない。だから、塩原の美しい光景の記憶の点景としてしか意識されなかったのだろう。

### 紅葉のなかへ――「ちょっと一稼ぎ」

エッセイ「孑孑以前」の末尾に昭和十年(一九三五)十一月三十日の日付けがある。

自分はこれから虚無僧行脚に出かける。虚無僧といえばお坊さんを想像するだろうが、自分がやる虚無僧はお坊さんのそれではない、稼ぎなんだと説明した。そして、書いた。

「今日は日がらもよろしき故、ちょっと一稼ぎやってこようと考えているのだ」

その「今日」が十一月三十日であったにちがいない。潤の気持では、これからはじまる放浪は、「ちょっと一稼ぎ」にすぎない。「ちょっと」が一年になり、十年になったとしても、潤の気持では「ちょっと一稼ぎ」なのだ。

昭和十年十一月三十日、この日から潤は虚無僧行脚の気分である。

年が変わって昭和十一年(一九三六)、春に第六エッセイ集『孑孑以前』が刊行された。はじめにかれが選んだタイトルは「れざんどらん」だが、出版社の意見を容れて『孑孑以前』となった。塩原温泉の体験を書いた「孑孑以前」が巻頭に配されたこともあるだろう。エッセイと翻訳文の二部構成であり、一冊の本とするにはエッセイだけでは原稿の量が足りないことを潤はいささか恥じていた。ともかくも、『孑孑以前』が刊行されたおかげで塩原体験記「孑孑以前」が今の世に、読みやすいかたちでのこることになった。

東京を出たのは十一年の六月のはじめだ。大森の「東館」の下宿代をはらえなくなり、仕方がないから飛び出すことになった。四、五人の若い友人にかこまれて「東館」を出て、大森駅前の通称「呑んべい横町」の居酒屋で一杯十銭なりのコップ酒を二、三杯くみかわして送別の宴とした。

まず伊勢の津にゆき、「長年のパトロン兼友人」の今井兄弟の世話になった。潤が急性肝炎にかかって苦しんでいるときいた今井が、こちらにきてゆっくりと静養しなさいと誘ってくれたのだ。

九月には快復した。津から大阪にゆき、それから京都にまわり、八瀬からケーブルカーで比叡山にのぼった。パリへゆく途中、香港ではじめてケーブルカーにのった。こんどが二度目である。宿坊に籠もり、『唯一者とその所有』の翻訳にうちこんだときから十八年ほどの時間がすぎた。あのころ、ケーブルカーはなかった。十八年前には宮嶋資夫もいっしょに宿坊でくらした。宮嶋はいまは出家して、天龍寺の僧侶だ。

武林無想庵が宿坊に籠もっている。潤は無想庵に会いたくて、比叡山にのぼった。資産家の息子にうまれ、パリで派手な暮しをしていた無想庵だが、いまや月収三十円そこその窮乏の身のうえだが、あいかわらず意気はさかん、ジンギスカンの研究にとりかかっている。貧乏な無想庵がジンギスカンの研究をするのは悲劇だと、嘲笑半分の記事をのせた新聞もあった。「悲劇か喜劇かわからんが、無想庵とジンギスカンはどう考えても判じ物だ」と潤がいうと、無想庵は「そうかなあ」とこたえた。「ともかくも勇猛心が盛んなところはよろしい、安心だ」と潤ははげました。

『唯一者とその所有』を全訳する意気込みではじめて比叡山にのぼったとき、無想庵の紹介状をもっていた。紺屋ヶ関で琵琶湖をわたる汽船をまつあいだ、潤はセンチメンタルになっていた。対岸の坂本につくと粉雪が降ってきて、いよいよ旅愁をそそられた。このさき、自分はどうなるのか？　『唯一者とその所有』なんて、どうせ失敗するにきまっているのに――

だが、ともかくも、『唯一者とその所有』は訳し遂げたのだ。

「私の全生涯の中にあって、叡山の約一カ年あまりの生活は最も記念すべき出来事に充ちていて、ある意味で人生のクライマックスに到達したともいい得るのである」（「妄人のことば」）

比叡山から京都におりた。二カ月半ばかり起居を共にした青年画家Nというのは中西倪太郎だろう。西陣の織屋で画家の伊藤健造、おなじく画家の伊谷賢蔵の面々とのつきあいは長くつづく。

千本通一条上ルのバー「オリエンタル――織縁樽」に仲間があつまった。友人にあてて「京都では表記――オリエンタル――に起居している」とか、「手紙はオリエンタル気付にしてくれ」と書くこともあった。京都の友人一同と「オリエンタル」の椅子におさまる写真ものこっている。「あほだらり」という作品は潤みずから「駄句」としているものだが、「織縁樽」が登場する。

千本通り夜はふけて
「織縁樽」の酒ほがひ
マダム　ステキな酔っ払ひ
酔ってクダ巻くうるささよ
御機嫌二千八百年

「文学する」ということ——静寂と縁あるひとを

辻潤が東京を留守にして、伊勢や大阪、京都や比叡山を転々としているのをつたえる記事がY新聞に出た。たぶん、「読売新聞」だろう。記事を読んだYという詩人がひさしぶりにハガキを送ってくれた。千本通一条のバー「織縁樽」気付に送ったのだろうか。潤はYと会ったことはない。そのYが、鳥取の極楽寺へ行ってはどうかと勧めてくれた。

すぐに行く気になった。京都で、画家の中西倪太郎を通じておなじ画家の伊藤建造と知り合いになった。伊藤の兄が鳥取にいて、しきりに誘ってくれていた。伊藤の兄に会って、それから極楽寺へ行けばいい。二条駅から山陰線にのった。亀岡まで中西が同乗してくれた。中西が餞別にくれた瓢箪型のガラス瓶の酒をちびりちびりとやりながら、雪の山々をながめるうちに鳥取につき、I家の歓待をうけた。

つぎの日には鳥取砂丘を見物、それから上井《あげい》駅でおりて日照山極楽寺へ行った。極楽寺は禅寺、住職のM氏、中僧と小僧がふたりだけ、女っ気は皆無。

境内にはいると、巨大な二本の松の木が目につく。樹齢三百年以上といい、よほど反り返って見上げなければ梢が視野からはみ出る。方丈に「古松聳永年黙仙」と書した額がかかっているのは、二本の巨松を極楽寺の阿《あ》の仁王、吽《うん》の仁王とみたてているのか。

二本の巨松の称賛からはじまる極楽寺讃美は、「まったく閑静地だ」「まったく理想的」という至極の表現に昇華してゆき、潤の文章としては異例の部に属する。文体が異例だというのではない、景観を文章にするのがそもそも異例なのだ。

潤は旅をしているわけではない。名所旧蹟をたずね、歌枕をめぐるのが旅であるなら、潤は旅をしていない。極楽寺に滞在している潤の現況を「旅」といわずに、なんといえばいいのか？　潤は「随縁遊行」と表現する。

「私のような環境の誘惑にたちまち引き入れられる意志薄弱な人間は、こんなところにでもいなければ自分の思っているような仕事は到底出来そうもない。私は別段隠遁しているわけでもなんでもない。東京なんかにいては到底思うように仕事も出来ず、飯も食えそうにないからだ。幸い私はひとりなので随縁遊行しているわけである」（「浮生随縁行——あるいは極楽寺だより」）

文学の仕事をするには、それなりの環境に身を置く必要がある——潤の文学環境論である。

具体的にいうと、静寂と縁が第一。静寂だけでは飯が食えないから、縁につながるひとびとがいなければならない。どこどこに、こういうひとがいるよと、つぎつぎに縁あるひとを紹介してもらって食って寝て、酒のふるまいにあずかって文章を書く。

縁あるひとの生きる場には、かならず美しい景観がある。潤が仕事をできる環境だから、当然そうなるのである。ならば、その美なる景観を鑑賞して文章にするのが第一の仕事になる。いま現在は美と静寂の極致の極楽寺にいるのだから、極楽寺の美景と静寂を文章にする。文学を生涯の使命としてみずからに課した潤の義務なのだ。

「『文学する』ということは、なにもくだらん文章を書くばかりではないと思う。古来の名文章を味わったり、天地山川の美を鑑賞することも立派に『文学する』ことだと思うのである。こんな考え方はまことに非現代的で、古くさいかも知れない。しかしこれは私ひとりの趣味に属することだから、放棄しておいてもらいたい」

いい仕事ができる環境をもとめて、潤は遊行している。辻潤はどうにもならなくなって放浪している——そういった見方があるなら、それに挑戦している。

## 「なんの救いもない」

昭和十二年(一九三七)の二月から四月まで、鳥取の極楽寺にいた。それから山陽道を遊行し、西山勇太郎の個人誌のために文章を書いて送っていた。

まことは、竹久不二彦や福田了三といっしょに金鉱さがしに熱中し、東北や上信越の山地を歩いている。不二彦は竹久夢二の次男、了三は慶応大学の経済学の教授で、『社会政策と階級闘争』の著者の福田徳三の息子である。

潤は京都に姿をあらわし、岡本潤の家に居候した。岡本潤には、こころなしか、潤が吹いて聴かせてくれる尺八の音色に哀愁がただよっているように感じられた。2・26事件から一年以上すぎた。軍部が威張る世の中が、潤のようなひとにとって生きやすいはずがない。

「生きていたって面白くもねえな。大きな声で天皇陛下バンザイでも唱えて、ビルの上からとびおりてやるか——いや、それもつまんねえな」などと岡本を相手に冗談をいい、寂しく笑っていたが、やがて出ていった。

数日後、金閣寺で外国人の案内をしている織本という友人がやってきて、「西陣警察署から潤をもらいさげてきた」と知らせた。不審徘徊とかいう容疑で保護検束されたのだ。「警察は潤を狂人あつかいしているが、潤さんは正気、警察の連中が頭が悪いんです」と織本はいっていた(岡本潤『詩人の運命』)。

それから数日、こんどは松ケ崎の高等工芸学校のまえでハダカで暴れて、下鴨警察署に保護され、岩倉の病院に収容された。

東京にもどり、まことが借りたアパートに住んだ。まことは金鉱探しの旅に出ていて、ほとんど留守である。

西山勇太郎が、「まだ生きているというしるし」に、なにか書いてくれという。そこで、「まだ生きている」というタイトルでエッセイを書いた。

「老来、ますます頭が悪く、心境などはメチャクチャである。しかし、生きている間はまたなんとかよきことが湧いてくるかもしれないという妄想を断ち切れず、あさましき醜骸を曳きずって歩いているのであるが、よくも自殺をしないものだと不思議にかんじているのである」

「現世には『なんの救いもない』という現実が、最後に与えられたせめてもの慰めである」

## 「おれは癡人だ」

昭和十三年(一九三八)、辻まことはイヴォンヌと結婚した。イヴォンヌは武林無想庵と妻の文子の子である。二年目に若い夫婦の長女がうまれ、ノブと名づけられた。まことの友人の山本夏彦のはなしでは、まことは長女に「野枝」と名づけようとしたのだという。諫止《かんし》するひとがあってノブになったのだそうだ(山本夏彦『無想庵物語』)。五十七歳の辻潤の初孫だ。

ノブのじいさん、まことの父の潤は西から東へ——かれの用語をつかうなら——随縁遊行している。東京の淀橋の木村鉄工所の宿舎の西山勇太郎のところに居候、まことの家に同居、妹埍の津田光造の横浜の家で静養、小野庵保蔵がいる静岡県藤枝の志太温泉で湯治、といった具合だ。伊勢の津の今井家に逗留したこともある、京都の大徳寺の塔頭《たっちゅう》に泊めてもらったこともある。

このころの文章では、「なにも書かない」「書こうとはおもうが、なにも書けない」といった苦悶の言葉が目立つ。自分は「癡人《ちじん》」「妄人」だという意識が強くなってきた。昭和十年(一九三五)に出した第五エッセイ集の夕イトルは『癡人の独語』だったが、そのあとから自分は「癡人」だという想いが強くなった。

だが、自分を「癡人」と規定して、すべてをあきらめるわけではない。いちど自分を「癡人」の低レベルに落としてから、さーて、といったふうに腰をあげ、「癡人」の自分になにが書けるかなと、賭をする気分であったかもしれない。大阪の十二段家書房から出ていた雑誌「茉莉花」に三回連載した「癡人の手帖」は辻潤自身による〈辻潤百科事典〉といった内容の文章だ。

——考えていると面倒くさくなってくる、これは少年時代からの根本的な性質、つまり自分は近代的「物臭太郎」のひとりだ。ひとから見れば自分はきちがいにみえるはずだ。去年の秋に京都へ行ったのはよかった。マダム・オリエンタル——バー「織縁樽」のマダム——の真実の愛情などによってやっと蘇生の思いをして、ふたたび人間らしい感情を奪回できた。東京にもどってからも健康を持続し、毎日尺八を吹いて都会の放浪を継続している。

——自分のような人間が生きていること、それ自体がすでにひどい矛盾だと、以前から承知している。しかし生物には生きる本能があり、惰性もあり、生来の臆病も手伝って生きているのだ。犬や猫ならば良心に咎めないだろうが、自分は人間であることから逃れられない。

——ながいあいだ私を慰めてくれた文学や酒が、ちかごろ魅力をもたなくなってきた。自分の求めるものが、なにひとつない。これほどつまらないことはない。

息子や孫が慰めにも励みにもなる——ということが、潤の場合は、ないのである。親友の無想庵とお孫さんを共有している、こんな幸福はないではありませんか——といっても潤は苦笑するだけだろう。ノブが嫌いではないが、ノブがいるから生きる意欲が湧くわけではない。

ノブは竹久不二彦に育てられていた。不二彦夫妻には実子が恵まれないのだ。不二彦は大田区の新井宿に住んでいた。不二彦の家に若松流二(潤と伊藤野枝の子、里子に出した次男)が顔を出すこともあり、大杉と野枝の子の伊藤魔子、幸子、エマも遊びにきた。潤もやってきて、泊まっていったこともある。

戦争が激しくなってきた。政府の主導によって、国民のあいだの相互監視のシステムが強化されてくる。隣組と配給制度だ。まことは隣組と配給の息苦しさに耐えきれなくなり、昭和十七年(一九四二)、一家をあげて中国の天津へわたった。「東亜日報」の記者になったのだ(「辻まこと「略歴」)。

## 「たっしゃで元気でニコニコと青空めがけて生きたまへ」

随縁遊行である、あなたまかせである、拠点がきまっているわけはないが、伊勢の津の今井俊太郎、東京の西山勇太郎、小田原の山内画乱洞、気仙沼の菅野青顔の四カ所に滞在する時間が長くなってきた。辻潤の死がちかづいているしるし、そういえないことはない。

昭和十六年(一九四一)の夏から秋にかけて、潤は伊勢の津の今井俊太郎のところにいた。

それから、秋のなかごろまで、小田原の画乱洞の「バラック工芸社」にいた。工芸社というと威勢はいいが、つまりは看板絵の工房である。潤は戯れて、ここを「小田原の本陣」と呼んでいた。大軍で包囲して、北条氏をじわじわと滅亡に追いこんでゆく豊臣秀吉の心境に我が身をなぞらえたのか。

十二月の五日に気仙沼にあらわれた。潤と青顔のあいだの書簡の往復は頻繁であった。玉川信明編『辻潤撰集』には潤から青顔にあてた書簡九十五通がおさめられている。いちばん古いのが昭和四年(一九二九)九月、新しいのが昭和十九年(一九四四)の四月のものである。潤の最初の気仙沼訪問は昭和九年(一九三五)であった。こんどは二度目の気仙沼訪問だ。

青顔は新聞社をやめて、気仙沼市立図書館の職員になったばかりだ。寒い風の吹く十二月五日、妻から図書館に電話がかかり、辻潤先生がお出でになったという。とんで帰ると、潤が老父母を相手に焼き芋をかじって話しをしていた。垢じみた十徳《じっとく》すがた、ヒゲはぼうぼう。十徳の下は古ぼけた袷《あわせ》に、垢で黒くなった晒布の肌襦袢《じゅばん》が一枚だけ、手首も足首も垢で汚れ、おまけに皹《ひび》まで切らしているようだった。長年のあいだ、どこか他国を放浪していた肉親がもどってきたような気がして、目頭が熱くなって困ったと青顔は回想する。

青顔の顔をみるやいなや、「画乱洞を出て、ちっと仙台まできたついでに寄ったよ。一週間も厄介になったら、北海道へ行くつもりだ」という。仙台はともかく、北海道は「先生ののっぴきならぬ嘘」であるに違いないが、そんなことは問題にせず、「ここでよかったら寒が明けるまで泊まってらっしゃい」といった(菅野青顔「駄々羅先生を憶ふ」)。

このまえのときは世間にも菅野家にも余裕があった。観音寺の方丈をあけてもらって大臣待遇をしたものだが、こんどは、そうはいかない。青顔の借家は、一階が妻の内職の店の間と六畳の茶の間と台所、二階が八畳一間だけで、家族は十人、ここに潤がふえた。狭いけれども、ほかに移ってもらうところはない。

仲間があつまってきた。酒をさげてくる者、タバコをもってくる者、酒の肴をはこんでくる者で青顔の狭屋がにぎやかになる。先生の寒そうな姿をみて、すぐにメリヤスのシャツとズボンを買ってきた者がある。潤は「洋服の時でなければこういうものは着ないんだが」といい、「ここは仙台や東京とちがって寒いから」とことわって、好意をうけた。

青顔の息子の仙吉は九歳だ。仙吉がピョコンと頭をさげると、潤は「大きくなったね」と祝ってくれた。そして仙吉のために、ありあわせの障子紙に書いてくれたのが「たっしゃで元気でニコニコと青空めがけて生きたまへ」である。「仙吉君へ　辻潤」と署名がしてある。

あとになって、青顔は気づく。二度の気仙沼来遊で潤が揮毫《きごう》した書画は百点ちかいが、署名はすべて「陀ッ仙」や「奇仙洞」といったもので、「辻潤」とあらたまったものはない。仙吉のために格別の意をこめて書いてくれたのだと、青顔は解釈した。

## 「日本は負けるよ」

潤の二度目の気仙沼来遊は昭和十六年十二月五日、それから三日あとの十二月八日、日本軍の真珠湾奇襲攻撃が成功し、気仙沼の町は興奮につつまれた。青顔は図書館にいたが、早めに勤務をおわって帰宅した。十徳のうえに羽織をひっかけ、タバコをくゆらしていた潤は青顔の顔をみるやいなや、こういった。

「困ったことになったね、青顔。真珠湾攻撃ぐらいでこの戦争が勝てるなら、こんな都合がいいことはないんだが、これは大変なことなんだ。僕の観る目では日本はかならず負けるよ」(「駄々羅先生を憶ふ」)

## 「余計なこと」

仲間が青顔の家にやってきて誘えば、呑みに出かける。仲間がこない日は、いるかいないかわからぬほど静かに書物のページを繰っていた。丘浅次郎の『進化と人生』はいちど読んだことがあるが、いま読んでも面白いと、しきりに丘博士の名文を称賛していた。『進化と人生』は青顔の蔵書であったろう。

丘浅次郎の生物学の著作は大杉栄の愛読書でもあった。動物から人間が派生する過程を検討することで、人間の社会組織に権力が必要でも不可欠でもないことを証明する、それが丘生物学の神髄であった。もちろん、大杉と潤では人間にたいする解釈の姿勢は異なる。大杉は複合組織体としての社会を構成する単位として人間に注目するが、潤は個体の人間にしか目がむかない、そういう違いがあった。

気仙沼の菅野家、家族が寝静まってから六畳の間の炬燵《こたつ》にはいり、地酒をチビチビ舐め、みずからの一代記を潤が語る。一言一句聴きもらさじと青顔は耳をかたむけ、筆録する。酒があるうちはポツリポツリと潤は語るが、最後の一滴を舐めおわると、どんなに催促しても口はあかない。

ある晩、関東大震災のときに殺された大杉栄と伊藤野枝のことを、たずねた。あのときの感想は、といったことをたずねたわけだが、あとになって、「余計なこと」をたずねたものだと青顔の後悔の種になる。野枝と栄虐殺についての潤の感想は「ふもれすく」に書かれ、第二エッセイ集『ですぺら』に収録されている、青顔が読まないはずはない。

青顔の後悔の種は、『ですぺら』で読んだはずのことをふたたび潤自身にたずねた重複ではない。青顔ほどの長く濃密なつきあいなら、虐殺についての潤の感想など、いまさらたずねるべきではなかったのだ。

だが、青顔は潤にたずねた。恥ずかしさや後悔は事後ではなく、事前の予兆として洞察されていたはずなのだ。にもかかわらず、青顔はたずねた。そして、青顔の回想文には書かれていないが、おそらく、潤も重苦しい口調で語ったにちがいない。

あえて青顔が問い、あえて潤が語ったのは、なぜであったか？

真珠湾攻撃の衝撃である。国家の強欲が生々しい姿となったのを知った、いや、知らされた恐怖である。

大阪の道頓堀で「アノ号外」を手にしてから、国家に背をむけ、目をつぶり、ひたすら逃げてきた。短くはない時間がすぎた。逃げているうちに、何者から逃げているのか、記憶が薄れたかしれない。逃げていることの意識さえ希薄になったかもしれない。

真珠湾攻撃の報道が、潤に、忘れていた恐怖を思いださせたはずだ。恐怖の源泉の国家の存在よりも、国家の恐怖を忘れていたことの恐怖が強かったにちがいない。

## 萩原朔太郎の死

昭和十七年(一九四二)の正月は気仙沼でむかえた。

二月の末に気仙沼を出て、横浜や東京、蒲田を遊行していて、五月に萩原朔太郎が死んだと知った。萩原朔太郎については格別の友情と尊敬をいだいている、告別式に行けなかったのを後悔する気もおこったが、朔太郎は自分の気持を知ってくれるはずだ、ゆるしてくれるだろうとおもうことにした。

まもなく、雑誌「書物展望」の編集をしているSと会ったとき、「たまにはなにか書け」と誘われ、朔太郎から来た書簡について書く気になった。Sというのは斎藤昌三だろう、第五エッセイ集『癡人の独語』を刊行してくれたのが斎藤だ。朔太郎からの書簡を紹介するかたちをとって、詩人としての朔太郎を讃美し、友情に感謝するエッセイに、潤は「癡人の独語」のタイトルをつけた。エッセイ集『癡人の独語』を刊行してくれた斎藤昌三への感謝も兼ねるつもりだろう。

朔太郎の書簡は昭和四年、『虚妄の正義』が出た年に書かれたものだ。朔太郎から詩論『詩の原理』、または詩集『虚妄の正義』が贈呈されたのだろう。潤が称賛の辞をおくり、こたえて朔太郎が感謝の気持をつづったものである。「他人はどうでもよく、大兄にだけ認められれば安心です」とはじまる。「自分が真に好きな文学者は谷崎潤一郎と辻潤の二人に尽きる」といい、さらに谷崎と潤とを比較する。

「あの人(谷崎)について見るものは、思想や感覚の文学的要素とはすこしちがう、もっと別の性格的本質要素にあるのです。思想上や感覚上で、深く文学上の一致と友情を感ずるものは貴下の辻潤一人です」

尊敬し、信頼する人物に序文を書いてもらいたい――著述家の多くに共通する想いだが、朔太郎の想いは格別なものがあった。『詩の原理』は潤に献本すべきだとかんがえ、扉書きに「辻潤に献じる」といった言葉を書こうとおもったが、再考の結果、やめた。客観的な純粋論文だから、辻潤という個性ゆたかな名を冒頭におくことが論文の客観性をそこなうかもしれぬと恐れたからだ。

朔太郎は『虚妄の正義』の序文こそは是非とも潤にと計画したが、印刷所の都合で時期を失した。「重版の幸運があるならば、そのときは是非にも」といい、「おもえば自分は自著の序文については運が悪い」と嘆く。序文を重視するのはほかならぬ潤のやりかたである、そうと知る朔太郎ならではの言葉であった。

朔太郎から書簡をもらったときの感激は、朔太郎自身が死んでしまったいま、いよいよ強くなっている。ここ十年ほどのあいだ、潤は自信をうしなっていた。だが、

「萩原君の書いた手紙を読むと、なんとなく自信を取り戻すことが出来そうである。実は、私が色々と友人諸君に厄介をかけているのも、もし幸い、ながいきをすることが出来、文学に対する熱情を挽回し得たら、な

んとかしてもう少し仕事らしい仕事をしてから死にたい、という妄執が残っているからで、でなかったら、とうに自決でもした方がましだと考えている」

自信が挽回できるか、どうかはわからないと慎重な態度を保っているが、自信らしきものは取り戻したのだ。京都で、アブラハム・カノヴィッチの『美への意志——ショウペンハウエルとニイチェ哲学の継続』という書物を手に入れた。奈良の柳生村の芳徳寺から萱野青顔にあてた便りで、「やっとこの春、京都で、自分の興味を唆《そそ》るに足る本を見つけた」と、興奮を隠せない様子だ。すでに翻訳は完了していた。本文が原稿用紙四百枚、それに「例の調子の僕の序文」が三十五枚ほど。「例の調子の僕の序文」というところに朔太郎の書簡を読み返して得られた自信のほどがのぞいている。翻訳文の原稿は昭森社にわたされ、出版の計画がまとまった。昭森社は第六エッセイ集『孑孑以前《ぼうふら》』を刊行した出版社である。

## 「いかにも潤らしかった」

『美への意志』を翻訳したのは奈良の芳徳寺でだった。芳徳寺から但馬の城崎温泉へ行って湯治し、横浜や東京で遊行したあと、十月には小田原の山内画乱洞の世話になった。伊藤野枝と大杉栄の虐殺死について、潤が画乱洞にむかって、「殺され損だよ」と評したのは、このときではなかったろうか。これが最後の小田原滞在なのだ。

潤の言葉を画乱洞がつたえた相手は高木護である。

高木護は熊本県に生まれ、徴兵され、シンガポール——昭南島——の戦場でマラリア熱に罹《かか》ったが、九死に一生をえて復員した。マラリア熱の後遺症ゆえに定職につくことができず、さまざまの雑業をした。

昭和十七年（一九四二）、博多の丸善書店で働いていたときに「ツジ」「ジュン」と『絶望の書』の名を知った。南陽堂という古本屋にゆき、『癡人の独語』『孑孑以前』『浮浪漫語』の三冊を買った。このあとで出征、罹病、復員という辛苦の連続があり、昭和三十八年（一九六三）に東京に出た。肉体労働して稼ぎ、詩を書き、辻潤に一歩でもちかづきたいと、潤の生前を知っているひとたちを歴訪し、『辻潤著作集』（全六巻・別冊年譜）を編集した。

高木護が小田原へゆき、山内画乱洞に潤について語ってもらったのは一度や二度ではなさそうだ。潤は婆さん——画乱洞夫人——にドヤサレながらもいくらかのカネを出させ、酒をくらっていた。画乱洞もお相伴をする。画乱洞は「我乱洞」と書くこともある、高木護は「我乱洞」を使う。

「結局は自分のおかみさんに出させた銭で、二人で酒を呑むのが、我乱洞さんらしいおもしろいところでもあろう。まごまごしていると酒の話でおわってしまうので、

『あの、幸徳秋水ですが——』

わたしは先を急いだ。

『大逆か、オレ知らんよ』

『死刑されたのは明治四十四年、辻潤が二十八歳のときですが、事件のことをなんとかいっていませんでしたか』

お構いなしに聞いてみた。我乱洞さんは話好きで物好きなところもあったので、ひょっとしたら——と思った。彼は四、五分黙り込んでいたが、

『あいつらに、殺されてはいかんな、殺され損だよ』

といった。

『辻潤が、そういったのですか？』

潤が小田原の我乱洞さん宅に居候したのは、昭和十三年が皮切りである。そのころから、『大逆事件』に遡ると三十年の月日が過ぎていることになる。三十年といっても、昭和五十四年のきょうから、昭和二十年の敗戦の日に遡るみたいなものだった。

『大逆にしろ、大杉栄にしろ、野枝さんにしろ、殺されてしまう運命にうまれてきたんだ、と思うしかないよ。ぼくは自分を自分で殺しても、やつらの手は借りないぜ』

『と、彼がいったのですか』

『――そうだよ』

（中略）

それにしても、殺され損とか、自分を殺すのには人手を借りないというのは、いかにも潤らしかった」（高木護『辻潤「個」に生きる』）

### 「駄仙　辻潤」

潤は、昭和十八年（一九四三）の暮れは安房の若松流二（伊藤野枝との子、次男）の家にいたが、年のうちに東京にもどり、淀橋区上落合の静怡寮アパートで越年したらしい。小田原の友人、桑原国治が管理人をしていたアパートだから、家賃はタダだったろうか。

若松流二の家にゆき、それから石巻の松巖寺へ行ったのが随縁遊行の終末になる。

夏に東京にもどり、静怡寮の一室に住みつき、松尾季子や山内画乱洞に食べ物を送ってもらって食いつないだが、十一月の二十四日、室内で死んでいるのが発見された。

この日はアメリカ空軍のB29爆撃機がはじめて東京に爆弾を投下した日である。以来、東京は連日の爆弾の嵐にみまわれ、潤が訳して出版がきまっていた『美への意志』の原稿は印刷所で灰になってしまった。

潤の墓は東京駒込の西福寺にたてられた。

墓碑にきざまれた「駄仙　辻潤の墓」の文字は西山勇太郎のものだそうだ。

# 参考・引用文献一覧

＊文献引用について

(1) 引用は、当該個所に明記した。

(2) 原文の漢字表記を、平仮名に改めた部分もある。また、読み方のむずかしい文字には、振仮名を添えた。

(3) 引用文中には、今日では不適当と思われる表現も含まれているが、時代と歴史性を考えて、そのままとした。


『辻潤著作集』(オリオン出版社)
『辻潤全集』(五月書房)
『辻潤選集』(五月書房)
『大杉栄全集』(世界文庫　別冊『伊藤野枝全集』)
『宮崎滔天全集』(平凡社)
『金子光晴全集』(中央公論社)
『辻まこと全集』(みすず書房)
『宮嶋資夫著作集』(慶友社)
『奥邃先生資料集』(大空社)
『平民新聞論説集』(岩波文庫)
佐々木喜善『聴耳草紙』(ちくま文庫)

『日本アナキズム運動人名事典』(パル出版)
清野　茂『シリーズ福祉に生きる19　佐藤在寛』(大空社)
菅野青顔『菅野青顔の萬有流転』(三陸新報社)
菅野青顔「陀々羅先生を憶ふ」(『ニヒリズム　虚無思想研究(4)自由の挫折』星光書院)
西田耕三編『追悼　菅野青顔を語る』(菅野青顔追悼集刊行委員会)
玉川信明『ダダイスト　辻潤』(論創社)
松尾邦之助編『ニヒリスト　辻潤の思想と生涯』(オリオン出版社)
三島　寛『辻潤　芸術と病理』(金剛出版)
有島テル『画乱洞仙人』(浮遊社)
佐藤文雄『波瀾の八十年　佐藤文雄自伝』(小野寺志向)
高木　護『辻潤「個」に生きる』(たいまつ社)
山本夏彦『無想庵物語』(文芸春秋)
マコーウエル『響影　狂楽人日記』
　辻潤訳(三陽堂出版部　国立国会図書館マイクロ・フィッシュ版)
伊藤野枝訳(「青鞜」V3—5・6・7・9・10　V4—1　竜渓書舎複製版)
遠藤　宏『明治音楽史考』(友明堂)
堀内敬三『音楽明治百年史』(音楽之友社)
秋山　清『竹久夢二』(紀伊國屋新書)

岡崎まこと『竹久夢二正伝』（求龍堂）
「本の手帖　No.62　特集　竹久夢二　第三集」（昭森社）
松尾季子『辻潤の思い出』（『虚無思想研究』編集委員会）
脇　とよ『孤影の人』（皆美社）
マルクス・エンゲルス『ドイツ・イデオロギー』（古在由重訳　岩波文庫）
大月　健「辻潤の『精華高等小学校退職願』」（「虚無思想研究2号」）
岩崎呉夫『炎の女　伊藤野枝伝』（自由国民社）
大沢正道『大杉栄研究』（同成社）
らいてう研究会『「青鞜」人物事典』（大修館書店）
米田佐代子『平塚らいてう』（吉川弘文館）
井出文子『青鞜・元始女性は太陽であった』（弘文堂）
神近市子『私の半生記・伝記・神近市子』（大空社）
添田唖蟬坊『浅草底流記』（刀水書房）
藤田三郎『佐藤惣之助案内　佐藤惣之助掌事典』（詩の家）
生田春月『相ひ寄る魂』（新潮社）
谷崎潤一郎『鮫人』（全国書房）
高橋新吉『ダダイスト新吉の詩』（日本図書センター）
矢川澄子『野溝七生子というひと』（晶文社）

ロレンス・スターン『トリストラム・シャンディ』（朱牟田夏雄訳　岩波文庫）
浜田　明『トリスタンツァラの仕事』（思潮社）
岡本　潤『詩人の運命』（立風書房）
近藤憲二『一無政府主義者の回想』（平凡社）
玉川しんめい『ぼくは浅草の不良少年　実録サトウ・ハチロー伝』（作品社）
寺島珠雄『西山勇太郎ノート』（『虚無思想研究』編集委員会）
吉行和子・齋藤愼爾『吉行エイスケとその時代』（東京四季出版）
吉行和子『吉行エイスケ　作品と世界』（国書刊行会）
池内　紀『見知らぬオトカム　辻まことの肖像』（みすず書房）
宇佐美英治『辻まことの思い出』（みすず書房）

「虚無思想研究」第2号、第5号〜第8号、第11号〜第13号
（『虚無思想研究』編集委員会　一九八二年六月〜一九九七年五月）
『現代日本文學大系』40（筑摩書房　昭和四十八年）
「ダダイスト・辻潤　――書画集――」（『虚無思想研究』編集委員会）

# あとがき

辻潤について書く――至福の予感は二十五年まえからあった。至福の予感の、そのまた前兆というべきものがあった。予感からさかのぼること十年、ロレンス・スターンの『トリストラム・シャンディ』に読み耽っていた。こんなに面白い文章の原文はどういう具合になっているのかと興味が湧いて、英文版と照らし合わせながら読んだ記憶もある。

あのころ、暮しは貧の不安に満ちていた。不安の責めを感じたときにすぐに手が出て、読めば不安を忘れさせてくれる。それればかりではない、いうにいわれぬ快活な気分に導いてくれる、それが『トリストラム・シャンディ』だった。ぼくはロレンス・スターンに勇気づけられたのだ。こういう読み方があってもいいと確信している。

辻潤は別のかたちで登場してきた。大杉栄について書いたのを修士論文とし、いささかの好評を踏台にして、ぼくは世に出た。主役はもちろん大杉である、潤は脇役にすぎなかった。潤の名や言行を論文に記したのかどうか、それさえ忘れていた。

〈変わり者の日本史〉というテーマで一冊を書かないかと廣済堂出版の楢崎知行さんから注文をいただいたのが一九八〇年のこと、織田信長・桐生悠々・平賀源内・宮崎滔天に辻潤をくわえて五人の〈変わり者〉とした。オリオン出版社版『辻潤著作集』に没頭の日々のうち、潤がロレンス・スターンに注目、〈ダダの祖〉に位置づけていたのを知った。至福のはじまりである。

一九八一年の春であったろうか、大月健、久保田一ほか諸氏による「辻潤展覧会」が京都でひらかれたのは。新聞で予告記事を読んだ興奮をそのままに展覧会にかけつけ、お誘いをうけて諸氏とともに小宴に席をしめた。この席ではじめて高木護さんにお会いし、お話をうかがった。

高木さんの著書のほとんどに目を通したつもりだが、どういうわけであったか、一九七九年刊の『辻潤「個」に生きる』を見逃したまま二十年以上もの時間が過ぎてしまった。そして昨年(二〇〇五)、道川文夫さんから誘っていただいていよいよ〈ぼくの辻潤〉を書く幸運にめぐまれたが、書き出しでモタツイテしまって、調子があがらない。困惑しているところへ、ほんとうに神秘ないきさつで『辻潤「個」に生きる』が出現してくれたのだ。

「あいつらに、殺されてはいかんな、殺され損だよ」

「ぼくは自分で自分を殺しても、やつらの手は借りないぜ」

潤が小田原の山内画乱洞に語り、画乱洞から高木護さんに伝えられた言葉をひきつぐときめた時点で、〈ぼくの辻潤〉の完成は約束された。至福の成就である。

ロレンス・スターンの『トリストラム・シャンディ』に惹かれて三十五年、そのスターンに辻潤が重なってから でも二十五年、ぼくは口をひらけば「スターン、ツジジュン」といいつづけてきた。「忘れるんじゃないぞ」と、ぼく自身に命じるためであったが、出版業界のひとの耳にとどくのを期待し、計算もしてのことではあった。

人文書館の道川文夫さんが、「こちらに任せなさい」と声をかけてくれ、「やはり……道川さんだった」と、あたたかい気持ちで納得した。

人文書館の初期の業績の一点として〈ぼくの辻潤〉が記録されるのは嬉しく、ありがたい。

二〇〇六・初夏

高野　澄

**装画『守り神』(2005年作)について**
**高山ケンタ（たかやま・けんた）**

**守り神**

世界がまだ、初恋のように美しく、幻のように不確かだった頃の事。
僕はほんの小さなナイフで世界との距離を計ろうとしていた。
本当の意味を知る事よりも、あたりまえに続く毎日に
今日という日を刻み込みたかったから。
小さなナイフに映し出された小さな夜の輝きは、
そんなささやかな僕の願いを叶えてくれそうな気がしていた。

いつしか僕は生活の中で、新しい言葉を手に入れていた。
時に言葉は夜を切り裂き、夢を粉々にしてしまうけれど、
切り落とされたカケラの中に、微かな光を見る事がある。
小さいけれど確かに光は、時々強く、時々弱く。
ロウセキの線路の上で、いつか見た僕達の風景は、
きっとこんな風に輝いていたんだろう…
たとえ世界が悲しみの淵に、僕を置き去りにしたとしても…

旅人のようにとまどい乍ら、夜にかざした僕のナイフは、
今夜の星に照らされていた。

**略歴**
画家、イラストレーター。
1968年、愛媛県松山市に生まれる。
日本デザイン専門学校卒業後1996年迄、広告代理店にて
グラフィックデザイナーとして勤務した後、画家となる。
イラストレーターとしては、「ココの森のおはなし」
(作／とき　ありえ・パロル舎)、「ココの森と夜のおはなし」
(作／とき　ありえ・パロル舎)の挿画、装丁等がある。

協力（敬称略）

『虚無思想研究』編集委員会

大月　健

久保田一

高木　護

吉田遊介

林　聖子

渡辺　東

みすず書房

ご協力ありがとうございました。

カバー装画　高山ケンタ

編集　道川龍太郎

校閲　山本則子

**高野澄**

……たかの きよし……

1938年、埼玉県坂戸市に生まれる。
同志社大学文学部社会学科卒業。新聞学を専攻。
立命館大学大学院史学科修士課程修了。専攻は、日本近代史。
立命館大学助手を経て、歴史研究家・作家に。
著書『呂宋助左衛門』『怒濤の時代』『西郷隆盛よ江戸を焼くな』
『賄賂の歴史』『文学でめぐる京都』『物語 廃藩置県』
『太宰府天満宮の謎』『烈公水戸斉昭』『徳川慶喜』
『忠臣蔵とは何だろうか』『井伊直政』『麒麟、蹄を研ぐ』
『藤堂高虎』『武蔵外伝 武芸者で候』
『清河八郎の明治維新』
『平家の棟梁 平清盛』など

人文書館

# 風狂のひと 辻潤
## 尺八と宇宙の音とダダの海

**発行**
2006年7月25日
初版第1刷発行

**著者**
高野 澄

**発行者**
道川文夫

**発行所**
人文書館
〒151-0064
東京都渋谷区上原1丁目47番5号
電話 03-5453-2001(編集) 03-5453-2011(営業)
電送 03-5453-2004
http://www.zinbun-shokan.co.jp

**ブックデザイン**
鈴木一誌+仁川範子

**印刷・製本**
信毎書籍印刷株式会社


ISBN 4-903174-06-9
Printed in Japan